# KONINKLIJK BEDROGEN

MISHA BELL

 Mozaika Publications ♠

Copyright © 2022 Misha Bell
www.mishabell.com/nl/

Uitgegeven door Mozaika Publications, onderdeel van Mozaika LLC.
www.mozaikallc.com

Ontwerp cover: Najla Qamber Designs
www.najlaqamberdesigns.com

Fotografie: Wander Aguiar
www.wanderbookclub.com

Vertaling: Missy Veerhuis

ISBN: 978-1-63142-752-7
Print ISBN: 978-1-63142-746-6

## Hoofdstuk Een

Ik verstevig mijn greep op het mes. "Niet bewegen."

Mijn slachtoffer - ik bedoel mijn vriend Waldo, de toeschouwer - ziet er ongemakkelijk uit. "Weet je het zeker?"

Ik heb al mijn acteervaardigheden nodig om precies de juiste hoeveelheid twijfel op mijn gezicht te laten verschijnen. "Trek alleen niet je hand weg."

Hij houdt zijn handpalm tegen de mijne, alsof we midden in een ongemakkelijke high five aan elkaar zijn geplakt. Mijn hand zit natuurlijk in een handschoen.

Ik kijk om me heen. We zijn alleen in het buitengedeelte van de coffeeshop en de voorbijgangers op straat letten niet op ons.

Jammer. Ik hou van publiek.

Zoals ik had gehoopt, ziet Waldo mijn gestaar voor nervositeit aan en zijn hand trilt.

Ben ik een slechte vriendin, omdat ik hier zo van geniet?

Domme vraag. Dat is hetzelfde als vragen of ik een slechte zus ben, omdat ik die ene avond de hand van mijn tweelingzus in warm water had gestopt toen ze 'om de een of andere reden' in haar bed had geplast.

Ik ben gewoon een leuke vriendin. En een leuke zus.

Ik staar naar de rug van mijn gehandschoende hand om mijn slachtoffer nog nerveuzer te maken. "Ik ga ervoor... nu."

Terwijl ik de daad bij het woord voeg, til ik het mes in een brede, dramatische boog omhoog en doe ik de douchescène uit *Psycho* na.

Waldo rukt zijn hand weg voordat het mes zijn doel bereikt.

Oef. Dit zou niet hebben gewerkt als hij zich niet had teruggetrokken.

Ik ga door met de stekende beweging en gil van neppijn voordat ik de stiekeme beweging doe om de illusie te voltooien.

Het resulterende beeld spreekt voor zich: het mes zit aan de ene kant van mijn gehandschoende handpalm tot aan het heft in mijn hand begraven, terwijl het lemmet er aan de andere kant uitsteekt.

Waldo staart ernaar, zijn magere gezicht bijna net zo bleek als het mijne - en als onderdeel van mijn toneelpersonage heb ik de zon in geen jaren mijn huid aan laten raken.

Ik vat zijn reactie als een compliment op. Hij moet

geloven dat ik mijn hand heb doorboord. De realiteit is natuurlijk anders. Het lemmet dat uit het mes stak zit nu in het holle heft verborgen, en het lemmet dat uit mijn handpalm steekt, wordt door een krachtige magneet die in mijn handschoen zit op zijn plaats gehouden.

"Wacht eens even," zegt Waldo, terwijl zijn ademhaling kalmeert. "Er is geen bloed."

Voordat hij meer vervelende logica kan gebruiken, 'trek' ik triomfantelijk het mes eruit en beweer ik dat ik mijn hand met een toverwoord heb genezen.

"Dat was duidelijk een illusie," zegt hij terwijl hij naar het mes tuurt.

Ik verstop het in mijn zak. "Weet je het zeker?"

Hij pakt mijn pols om de handschoen te inspecteren. Het is intact en ik heb de magneet in mijn zak laten vallen toen ik het mes verborg, dus zoals we in mijn beroep zeggen, ik ben schoon.

"Laat me het mes zien," eist hij.

Ik haal het normale mes tevoorschijn dat in mijn zak naast het getrukeerde mes verstopt zit.

Waldo bekijkt het en kijkt met de seconde verwarder. Ten slotte spreekt hij de negen favoriete woorden van elke goochelaar uit. "Ik heb geen idee hoe je dat hebt gedaan."

Ik grijns. "Dan ben je hier misschien nog meer door verrast." Ik haal een roodgestreept horloge uit mijn zak. "Ik geloof dat dit van jou is."

Naar adem happend rukt hij zijn bezit uit mijn hand. "Hoe heb je dat voor elkaar gekregen?"

"Extreem goed," zeg ik met een stalen gezicht.

"Holly?" zegt een onbekende mannenstem vanaf de straat.

Ik werp een blik op de nieuwkomer en plotseling is het mijn beurt om te staren.

Ik wist niet dat dit soort mannelijke perfectie buiten Hollywood bestond.

Gebeeldhouwde gelaatstrekken. Een Romeinse neus. Vaag katachtige, lichtbruine ogen die roofzuchtig over mijn gezicht dwalen, waardoor ik me als een gazelle voel die op het punt staat om verslonden te worden.

Ik slik de overvloed aan speeksel in mijn mond met een luide slik door.

De breedgeschouderde, gespierde torso van de vreemdeling is in een strak wit T-shirt gekleed en ondanks de rafelige spijkerbroek die laag op zijn smalle heupen valt, heeft hij iets koninklijks - een indruk die door het vreemde ontwerp op de gesp van zijn riem wordt ondersteund. Het lijkt op een wapen dat een middeleeuwse ridder op zijn schild zou kunnen dragen.

Er is me verteld dat ik mensen te veel met beroemdheden vergelijk, maar het is moeilijk om dat met deze man te doen. Misschien als de liefde tussen Jake Gyllenhaal en Heath Ledger in *Brokeback Mountain* vruchten had afgeworpen?

Nee, hij is nog knapper dan dat.

Ik realiseer me dat ik te aandachtig naar zijn gezicht staar om het als beleefd te beschouwen, dus ik sla mijn blik neer en zie dat hij twee leren banden in zijn vuisten houdt. Riemen, vermoedelijk.

Half in de verwachting om gewillige seksslavinnen aan de andere kant van die riemen te zien, zie ik in plaats daarvan twee rare honden.

Ik denk tenminste dat de wezens honden zijn.

De ene heeft zwart-witte vlekken waardoor hij op een panda lijkt. Gezien de gigantische omvang van het wezen, kan ik de mogelijkheid niet uitsluiten dat het een beer *is*. En alsof het niet vreemd genoeg was om er als een bedreigde berensoort uit te zien, draagt het beest ook nog een veiligheidsbril.

Is het vanwege slecht zicht of staat de panda op het punt om te gaan snowboarden?

Het tweede wezen heeft geen bril en doet me aan een koala denken, alleen veel groter en met een hangende hondentong.

Ik dwing mijn blik terug naar hun belachelijk knappe eigenaar. "Hé," is het enige wat ik uit kan brengen. Mijn overactieve hormonen lijken me van het vermogen om te spreken te hebben beroofd.

De vreemdeling vernauwd zijn lichtbruine ogen. "Jij *bent* Holly, toch?"

*Dit is je kans,* mijn innerlijke goochelaar komt naar boven. *Bedrieg de hete vreemdeling. Houd hem voor de gek totdat zijn broek afzakt.*

Met een heroïsche wilsinspanning verjaag ik de lust en wrijf ik in mijn hoofd als een kwaadaardige schurk in mijn handen. Voordat ik mijn toneelpersonage met huidige bleke huid en ravenzwarte haar adopteerde, werd ik regelmatig voor mijn identieke tweelingzus aangezien, zelfs door mensen die het dichtst bij ons stonden. Onze ovale gezichten zijn precies hetzelfde, tot de scherpe jukbeenderen en sterke neus aan toe. Ik ben letterlijk voor dit specifieke bedrog geboren.

Ik voeg een vleugje deftigheid aan mijn stem toe en zeg, "Wie zou ik anders zijn?"

Zo. Als hij weet dat Holly een tweelingzus met de naam Gia heeft (als in, ik), dan zal hij die gok nu uiten en dan zal ik ermee stoppen.

Misschien.

Ik wed dat ik hem kan overbluffen, zelfs als hij weet dat ik besta.

Hij staart me aandachtig aan. "Je hebt je haar veranderd."

"Verkleedpartijtje voor de *Addams Family*," zeg ik met mijn beste Morticia Addams-stem. Het is niet mijn meest overtuigende leugen, maar het lijkt erop dat de man erin gaat trappen. Dan zie ik een probleem. Waldo, die verward met zijn ogen knippert, staat op het punt om iets te zeggen. Ik schop onder de tafel tegen zijn been en vraag de vreemdeling opgewekt: "Ken je Waldo al?"

Ik hoop dat de hottie zijn hand zal uitstrekken en zichzelf zal voorstellen, zodat ik zijn naam kan leren kennen.

Mijn kwaadaardige truc wordt door de panda gedwarsboomd. Het trekt met zijn tanden aan de broekspijp van de hottie. Als hij dit ziet, doet de koala hetzelfde aan de andere kant, behalve dat zijn bewegingen onhandig en puppyachtig zijn en een gat in de broek achterlaten.

Als dit de manier is waarop de honden zijn aandacht trekken, dan is het geen wonder dat hij zoiets haveloos draagt. Het is ook vies. Ik hoop dat hij dat hondenspeeksel zo snel mogelijk van zijn broek wast.

"Een ogenblikje, jongens," zegt de vreemdeling op een warme, vaderlijke toon tegen zijn viervoeters, wat me raakt. "Zien jullie niet dat ik met Holly praat?"

Gescoord! Hij gelooft dat ik Holly ben.

De vreemdeling kijkt op van de honden en bekijkt Waldo van top tot teen. Vindt hij ook dat mijn vriend op Willem Dafoe lijkt, alleen toen hij de mentor van Aquaman speelde, niet de Green Goblin uit *Spider-Man*?

Voordat ik het kan vragen, keert de blik van de vreemdeling naar mij terug. "Dat is niet je vriendje."

Ik knipper. Kent hij Holly's vriend? Waar vindt mijn zus al die lekkere mannen? Deze is nog lekkerder dan haar Alex.

"Inderdaad," zeg ik, terwijl ik haar weer nadoe. "Deze kerel is gewoon een *vriend*."

De goddeloze grijns van de vreemdeling is als een tik op mijn clitoris. "Ik denk niet dat mannen en vrouwen gewoon vrienden kunnen zijn."

Dat kunnen ze echt wel. Mijn zussen en ik zijn ons hele leven al met een bepaalde man bevriend en hij heeft nooit bij een van ons een versierpoging gedaan. Toegegeven, hij is homo, maar toch.

Waldo gaat staan, een en al gewonde waardigheid.

"Luister, makker, ik ben allergisch voor honden, dus als je het niet erg vindt..."

"Makker?" De katachtige ogen van de vreemdeling zijn spottend terwijl ze in de mijne kijken. "Zie je wel? Hij vindt het niet leuk dat ik in zijn territorium kom."

De warmte die door mijn lichaam flitst is geen lust meer. Het lef van deze man. "Ik ben niemands territorium." En zeker niet dat van Waldo. Hij heeft ook nooit geprobeerd om me te versieren, niet in de hele achttien maanden dat we elkaar kennen.

Waldo's gezicht wordt rood en hij verstevigt zijn greep op het mes dat hij nooit heeft teruggegeven.

Serieus? Kan testosteron je *zo* dom maken?

"Ze heeft gelijk, makker," zegt Waldo met zijn meest dreigende stem, die, als we eerlijk zijn, een beetje klinkt alsof hij een Koekiemonster-imitatie doet. "Je kunt maar beter ophoepelen."

De vreemdeling trekt zijn bovenlip naar hem op. Als hij van het mes weet, dan laat hij het niet zien. Ongetwijfeld een ander slachtoffer van testosteronvergiftiging.

"Ophoepelen?" Hij kijkt me aan. "Waar heb je deze Waldo-gast gevonden?"

Oké, dat is het. Ik ben de enige die "Waar heb je Waldo gevonden?" grappen ten koste van mijn vriend mag maken.

De hete vreemdeling heeft net een grens overschreden.

Ik duw mijn stoel naar achteren en sta tot mijn volledige lengte van anderhalve meter op. "Wat dacht je

8

van 'ga verdomme weg?' Is dat een betere woordkeuze voor je?"

Dit is het moment waarop de panda naar Waldo gromt - een dreigend geluid dat je niet van zo'n schattige, zij het te grote hond zou verwachten. Het doet me aan een nieuwsbericht over een man denken die in de dierentuin een panda probeerde te knuffelen, maar die uiteindelijk in het ziekenhuis belandde nadat de bange beer hem had toegetakeld.

Waldo verbleekt en legt het mes op tafel. Er zitten duidelijk minstens tien hersencellen in die dikke schedel van hem.

De vreemdeling klopt op de kop van het bebrilde beest en mompelt iets rustgevends in een taal die Oost-Europees klinkt.

Huh. Hij had geen accent toen hij tegen me sprak, maar Engels moet zijn tweede taal zijn. Anders zou hij zijn honden niet in die vreemde taal aanspreken.

Shit. Met ons geluk is de hottie een Russische gangster.

"Ga zitten," sis ik naar Waldo en tot mijn opluchting doet hij wat ik zeg.

Maak daar twintig hersencellen van.

De mooie ogen van de vreemdeling dwalen over mijn gezicht voordat hij ze weer tot spleetjes samenknijpt. "Jij bent Holly niet. Zij is aardig." Een vleugje van die kwaadaardige grijns keert weer terug naar zijn lippen en zijn stem wordt dieper. "Terwijl *jij* ondeugend bent."

Dat doet het. Geen mevrouw Vriendelijke Goochelaar meer.

Langzaam slenter ik naar hem toe.

Hoewel... misschien is dit niet zo'n goed idee.

Nu ik dichterbij ben, besef ik hoe groot hij is. En breedgeschouderd. De gigantische honden hebben mijn perspectief in de war geschopt en hebben een visuele illusie gecreëerd dat hun eigenaar van een normale lengte was. Dat is hij niet. Erger nog, hij ruikt goddelijk, zoals de branding van de oceaan en iets onuitsprekelijk mannelijks.

Een truc onder deze omstandigheden zal al mijn vaardigheden testen.

Wacht even. Zullen de honden boos worden dat ik zo dichtbij ben?

Alsof hij mijn gedachten kan lezen, geeft de vreemdeling hen een streng bevel en ze vallen schaapachtig achter hem neer.

Was dat bevel bedoelt om *mij* me als een goede, gehoorzame teef te laten gedragen? Want dat wil ik zo graag.

Nee, niks daarvan. Ik blijf bij mijn plan, wat vereist dat ik binnen zakkenrollersafstand moet komen.

"Wil je zien hoe ondeugend ik kan zijn?" vraag ik met de zwoelste stem die ik op kan brengen.

Is het normaal dat menselijke ogen zulke kleine spleetjes kunnen worden, alsof hij een leeuw is?

"Hoe ondeugend is dat, *myodik?*" mompelt de vreemdeling.

Zei hij net "me pik?" Nee. Het was iets in welke taal

dan ook die hij ook voor de honden gebruikte. Toch zit zijn pik nu stevig in mijn gedachten, wat de hormonale overbelasting niet helpt.

Ik dwing de ongepaste afbeeldingen uit mijn hoofd en lik doelbewust mijn lippen. "Ik zal je portemonnee stelen. Of je horloge. Jouw keuze."

De veronderstelde keuze is natuurlijk misleiding. Mijn echte doelwit is geen van beide, maar dat hoeft hij niet te weten.

Zijn neusgaten trillen terwijl zijn blik naar mijn lippen zakt. "Is het stelen als je me waarschuwt?"

Als het voor mij mogelijk was om mijn zorgen over ziektekiemen te vergeten en te overwegen om mijn lippen op die van iemand anders te plaatsen, dan zou ik dat nu doen. Het is de sterkste drang die ik ooit heb gevoeld.

"Wat is er aan de hand?" zeg ik ademloos. "Bang?"

Hij klopt op de rechterzak van zijn spijkerbroek. "Wat dacht je van het stelen van mijn portemonnee?"

Ik adem rustig in. "Bedankt dat je me hebt laten zien waar die is."

Voordat hij kan antwoorden, duik ik in die zak. Ik heb een grote misleiding nodig voor wat ik echt probeer te stelen.

Bij Houdini's wenkbrauwen, is dat wat ik denk dat het is?

Yep. Er is geen twijfel mogelijk. Terwijl ik met mijn gehandschoende vingers over de portemonnee strijk, voel ik iets anders achter de stof van de broek.

Iets groots en heel hards.

Nou. Iemand is dolgelukkig om zijn zakken te laten rollen.

Misschien had *hij* toch "me pik" gezegd?

Ik doe mijn best om zijn blik vast te houden en mijn plotseling droge keel niet te schrapen. "Kun je voelen dat ik het steel?"

Terwijl ik praat, werk ik aan het losmaken van de mooie gesp - zijn riem is mijn echte doelwit.

Zijn oogleden komen halfstok te hangen en zijn stem wordt dieper. "Je behendige vingers zijn precies waar ik ze wil hebben."

Shit. Tussen mijn handschoenen en zijn belachelijke sexappeal heb ik problemen met de sluiting.

Maar nee. Ik kan niet gepakt worden. Dat zou hetzelfde zijn als het onthullen van een magisch geheim - het grootste taboe dat ik kan bedenken.

"Deze vingers?" Vraag ik hees en streel zachtjes zijn hardheid door de lagen stof, waarbij ik de afleiding gebruik die deze sletterige beweging creëert om met mijn andere hand harder aan de sluiting te trekken en hem uiteindelijk te openen.

Ik zou David Blaine *dat* graag zien doen.

Het lage, keelgeluid van de vreemdeling is dierlijk en maakt mijn tepels zo hard dat ze op het punt staan om zich binnenstebuiten te keren. Hij ziet er nu uit als een leeuw die op het punt staat om toe te slaan.

Ik slik terwijl ik mijn hand uit zijn zak trek en gluiperig naar hem probeer te glimlachen. In plaats daarvan komt het er haperend uit. "Ik heb me bedacht. Ik zal je horloge stelen."

Ik pak zijn pols en knijp er stevig in terwijl ik met mijn andere hand de riem naar buiten trek.

Ja! Hebbes. Ik verstop de riem achter mijn rug en pruil naar het horloge. "Bij nader inzien denk ik dat ik je je bezittingen laat houden."

Hij ziet er triomfantelijk uit, waarschijnlijk ervan overtuigd dat zijn sexappeal mijn zakkenrollerkunsten heeft verslagen. Aangezien het bijna het geval was, kan ik het hem niet echt verwijten dat hij dat dacht.

Ik ga voorzichtig achteruit. "Oh, tussen haakjes, ben je dit kwijt?"

Ik laat hem mijn prijs zien.

Met grote ogen beweegt hij zijn blik tussen mijn hand en zijn broek heen en weer.

"Hoe?" vraagt hij.

De vraag klinkt mij als muziek in de oren.

"Heel goed," zeg ik, maar ik krijg mijn gebruikelijke bluf niet voor elkaar.

Hij strekt zijn hand uit om de riem terug te krijgen. "Je bent een gevaarlijke vrouw."

Er gebeuren twee dingen tegelijk als ik naar hem toe stap om de riem terug te geven.

De panda probeert zijn aandacht weer te krijgen door aan zijn linker broekspijp te trekken. De koala wil niet achterblijven en doet hetzelfde aan de rechterkant - alleen deze keer is er geen riem die de broek omhooghoudt en hij glijdt naar beneden.

Helemaal naar beneden.

Fuck. Mij.

De grootste erectie in de geschiedenis van fallussen

steekt naar voren en - hoewel dit mijn verbeelding zou kunnen zijn - knipoogt naar me.

Heeft hij al die tijd omhoog gestaan?

Als we het over me pik hebben.

Ik vergaap me aan de reusachtigheid. Ook al heb ik het aangeraakt en voelde ik het formaat toen ik in zijn zak aan het rommelen was, had ik me het nooit zo voorgesteld.

Glad. Recht. Heerlijk aderig. Het smeekt er gewoon om om aangeraakt, gezogen of gelikt te worden, maar dat kan ik niet doen om redenen die ik me nu maar moeilijk kan herinneren.

Er zou een vergunning om verborgen te mogen dragen nodig moeten zijn om dat soort heerlijkheid bij je te hebben. En welke vergunning je ook maar nodig hebt om zware machines te mogen bedienen. En een jachtvergunning. Misschien zelfs een 007-achtige vergunning om te mogen doden-

Achter me hoor ik Waldo naar adem snakken. Arm ding. Ik wed dat zelfs *hij* er klaar voor is om op zijn knieën te gaan om te proeven en voor zover ik weet, is hij hetero.

Ik kan mijn blik niet wegtrekken.

Als die pik een toverstaf was, dan zou het er een van de Relieken van de Dood zijn - degene die Voldemort aan het einde hanteerde. En als het een banaan was, dan zou het precies de juiste maat snack voor King Kong zijn.

De vreemdeling zou rood moeten worden van schaamte en bezig moeten zijn om zichzelf als een gek te bedekken, maar in plaats daarvan tilt een arrogante grijns zijn mondhoeken op. "Vind je het leuk wat je ziet?"

Ik wel. Ik wil zo graag mijn telefoon tevoorschijn halen en er een selfie mee maken.

Tot mijn enorme - en ik bedoel ook *enorme* - teleurstelling trekt hij zijn broek op. Zijn zware stem is hees. "Zoals ik al zei. Ondeugend. Heel ondeugend."

Hij rukt de riem van mijn zenuwloze vingers, doet hem terug in zijn broek en slentert weg met zijn honden en laat me daar met open mond staan.

"Snap jij die kerel?" vraagt Waldo van ergens in de verte, zijn toon verontwaardigd.

Nee. Dat doe ik niet.

Ik kan niet geloven wat er net is gebeurd, punt uit.

Ik weet alleen dat dit niet was wat ik in gedachten had toen ik die vent voor de gek wou houden totdat zijn broek af zou zakken.

## Hoofdstuk Twee

De rest van het uitje met Waldo gebeurt in een waas. Ik ben er vrij zeker van dat hij minstens twintig minuten lang tekeergaat over de ballen van de vreemdeling, maar ik luister maar half. Zodra het sociaal aanvaardbaar is, verzin ik een excuus om te vertrekken en haast me naar huis om met mijn tweelingzus te videobellen.

Omdat de mysterieuze man haar kent, moet zij hem ook kennen.

Als ik mijn kamer binnenkom, zoek ik een plek om mijn telefoon op te zetten waar mijn zus de goochelattributen niet overal kan zien liggen. Ik wil niet dat ze hier persoonlijk heen komt en Marie Kondo gaat spelen.

Zo.

Ik loop naar Manny toe, de mannequin waarop ik mijn trucs oefen - van de magische variant, tenminste.

Ik haal het uitdrukkingsloze hoofd van Manny er af, leg mijn telefoon in zijn nek en bel Holly.

Geen antwoord.

Shit.

Ik bel haar zonder de video. Hetzelfde resultaat.

Ik schakel over naar de app en vraag haar me te bellen zodra ze beschikbaar is en wacht.

En wacht nog even.

Moe van het wachten besluit ik mezelf af te leiden. Maar waarmee?

Gewoonlijk gebruik ik elk vrij moment van mijn leven om magie te oefenen, maar de lul van de mysterieuze man heeft me aan een project laten denken waar ik van tijd tot tijd aan heb gewerkt - een soort exposure-therapie die bedoeld is om me op een dag in staat te stellen intiem met een man te worden.

Prima. Ik zal het toegeven. Ik heb misschien een klein probleempje. Ik heb niet alleen moeite met handen schudden zonder handschoenen aan te hebben. Ik heb ook een probleem met meer intieme aanrakingen, om nog maar van de uitwisseling van lichaamsvloeistoffen van welke aard dan ook te zwijgen.

Dit is voor een goochelaar of een mens niet geweldig. Maar als ik detective à la Adrian Monk wilde worden, dan zou ik goud waard zijn.

Aan de positieve kant, mijn kansen om buikloop te krijgen zijn nihil.

Het begon allemaal in mijn jeugd toen ik getuige

was van iets vreselijks, een incident dat ik de Zombiemees Slachting heb genoemd.

Mijn ouders hebben een boerderij waar ze allerlei dieren redden en ze kwamen op het lumineuze idee om een vogel met de wetenschappelijke naam *Parus major*, beter bekend als *de Koolmees*, onderdak te bieden. Deze vogel heeft ook een andere naam - de zombiemees. De reden voor het laatste is wat je zou verwachten. In het wild hebben deze vogels een bloeddorst naar hersenen - vleermuishersenen, om precies te zijn. Maar het blijkt dat ze niet super kieskeurig zijn en ook de hersenen van andere vogels zullen opeten, inclusief die van kippen en dat is waar ik op die noodlottige dag tegenaan liep.

Bebloede kippen waarvan hun hersens er venijnig uitgepikt waren.

Overal bloed en hersenen.

Een tevreden zombiemees.

Ik verloor door het schreeuwen bijna mijn stem.

Er werden die dag eigenlijk twee van ons getraumatiseerd. Mijn zus Blue, een van de zesling en dus jonger en meer beïnvloedbaar, zag het bloederige tafereel als eerste. Ze is tot op de dag van vandaag bang voor vogels. Misschien ook voor kool. Ik heb het nooit gevraagd.

Ik, ik heb geen probleem met vogels. Of met kool. Maar ik walg van bloed en hersenen, en die afkeer is sindsdien op alle lichaamsvloeistoffen overgegaan en uitgebreid naar ziektekiemen.

Dus ja. Als het concept van zoenen voor mij

onbegrijpelijk is, dan zijn verschillende seksuele handelingen dat nog meer.

Met een luide zucht pak ik mijn laptop en open ik de eerste pornosite die ik vind.

Ben ik hier klaar voor?

Ik haal diep adem en laat het langzaam tevoorschijn komen.

Wat ik ga doen heet systematische desensibilisatie, en het idee erachter is zoals de term impliceert: als ik in een kalme, gecontroleerde omgeving handelingen zie die me bang maken, kan ik misschien de moed verzamelen om met het echte ding om te gaan.

Hé, het werkt voor spinnen- en slangenfobieën.

Ik begin met video's van mensen die zoenen.

*Blijf kalm. Denk niet aan speekselmicrobiota. Of tongmicrobiota.*

Het probleem is dat bij porno niemand alleen maar kust. Ze zuigen elkaars gezicht op een manier die aan de monsters uit *Alien* doet denken. Over het algemeen doet porno kijken voor mij wat horrorfilms voor alle anderen moeten doen.

Over horror gesproken, tijd om de lat hoger te leggen.

Ik begin met een monogame seksscène. Het verhaal hier is dat hij een pizzabezorger is en ze kan het niet helpen om hem te verleiden.

Ja. Tuurlijk. Dat klinkt logisch.

Kijken hoe ze zich uitkleden is oké. Ze kussen niet, wat goed is - niet voor hun fictieve relatie, maar voor mijn preutsheid. Als ik echter een lul zonder condoom in de opening van de actrice zie gaan, gaat mijn hartslag weer omhoog en niet door seksuele opwinding.

Fuck. Ben ik aan het hyperventileren?

*Adem. In. Uit. Het gebeurt niet met mij. De mensen in de video zijn instemmende volwassenen. Pornosterren worden ook regelmatig getest, dus wat is het ergste dat er kan gebeuren?*

Mijn mantra's werken niet. Ik kan een handvol soa's bedenken die een extreem korte incubatietijd hebben, maar volgens mijn onderzoek testen pornosterren zichzelf slechts ongeveer twee keer per maand. Simpele wiskunde zegt dat als ze genoeg scènes opnemen, ze besmet kunnen raken.

Op de een of andere manier lukt het me om mijn ademhaling te normaliseren.

Goed. Ik ben klaar voor meer.

Ik klik op een video met een kinky ding die me bijzonder verontrust: een gouden douche.

Het verhaal hier is dat zij een MILF is en hij de beste vriend van haar zoon. Wat nergens op slaat. Zou zij niet zijn uroloog moeten zijn of zo? MILF staat voor Mom I'd Like to Fuck, dus zou ze in dit geval geen MILPO moeten zijn, zoals in Mom I'd Like to Pee On, dus moeder waar ik op wil plassen? Of MILPOM - Mam, I'd Like to Pee On Me? Mam ik wil op mezelf plassen?

Dit versterkt in ieder geval de therapeutische waarde van deze sessie. Als ik het eenmaal kan verdragen om naar zoiets te kijken, ben ik misschien klaar om in de echte wereld de eerste stap te zetten.

Hopelijk. Misschien.

Zodra de video begint, wordt het gevoel dat ik naar een horrorfilm zit te kijken intenser.

Sommige mensen denken dat urine steriel is, maar dat slaat nergens op. Als iemand een urineweginfectie heeft, waar letten de artsen dan op in hun urinemonster? Bacteriën. Zou dat werken als het spul echt steriel was? Nee.

Ik ben halverwege de video voordat ik hem moet afsluiten. Ben er nog niet helemaal klaar voor, denk ik.

Ik kauw op mijn lip, met mezelf discussiërend om de therapiesessie hier te beëindigen, maar ik besluit nog één ding te trotseren.

Bukkake.

Het is een Japans woord dat zich naar 'oogherpes' vertaalt. Dat neem ik tenminste aan, want bukkake is een act waarbij een groot aantal mannen gezamenlijk op iemand ejaculeren - in de versie die ik ga bekijken op een vrouw.

Het verhaal in deze video is dat zij de ondeugende stiefzus is - een erg populair pornothema op deze site.

Maar wacht even. Als we even vergeten dat sommige mannen veel te oud zijn om nog thuis te wonen, hoe kan dit fictieve gezin überhaupt uit vijftig stiefzonen en één stiefdochter bestaan?

Als de echte bukkake eenmaal begint, vind ik het moeilijk om naar te kijken.

Misschien als ik een beetje vooruitspoel?

Nee.

Erger.

Ze houden in de hoek van de video een digitale telling bij die de kijker vertelt hoe vaak de mannen al klaar zijn gekomen, evenals het aantal keren dat de actrice het heeft doorgeslikt - en we zitten op zestien spermaklodders en tien keer slikken.

Zou dit niet voor iedereen op een horrorfilm moeten lijken? Anders dan bij een gewone gezichtsbehandeling, is het gezicht van de vrouw volledig met een romige vloeistof bedekt, waardoor er een grotesk effect ontstaat.

Vreemd genoeg heb ik niet het gevoel dat de actrice wordt uitgebuit, hoewel dat heel goed zo zou kunnen zijn. Misschien is het omdat ze eruitziet alsof ze het naar haar zin heeft, terwijl de anonieme mannen gewoon mechanisch en zonder enig enthousiasme staan te trekken - alsof het een karwei is.

Ik vraag me af hoeveel het zou kosten om zoveel kerels in te huren als je dit privé bij je thuis zou willen doen. Is dit voor heteromannen ook leuk om naar te kijken? Ik ben geen expert, maar het lijkt alsof pikken en mannelijke kwakjes hier het hoofdgerecht zijn, met een meisje dat bijna een bijzaak is. Slaat de actrice na deze scène ook een maaltijd over? Hoe voedzaam is dat spul eigenlijk? Kan een veganist het consumeren?

Kanttekening: geen van deze pikken ziet er zo mooi uit als degene die de mysterieuze vreemdeling in zijn broek had. Er is zelfs geen enkele pornopiemel die ik ooit heb gezien mee te vergelijken.

Wacht. Ik speel vals. Ik heb mezelf van de video gedistantieerd. Ik moet goed op het scherm letten en eraan werken om te kalmeren om therapeutische effecten te krijgen.

Ik open mijn ogen in *Clockwork Orange*-stijl en vergaap me aan de groep die klaarkomt en drinkt.

Nu slaat de paniek toe.

Net als bij urine, als een man een urineweginfectie heeft, kan sperma met bacteriën besmet zijn. Met zoveel mannen neemt de kans op een slechte afloop proportioneel toe.

Ik zet de video uit en kalmeer mijn ademhaling.

Ben ik klaar voor het moeilijkste deel van de therapie?

Ik ga naar de doelcategorie en kijk even goed. Er is een video met de naam *Analyse*. Komen mensen klaar als ze dingen analyseren?

Nee. Het is eigenlijk Anally Sis, een andere stiefzustersituatie.

Prima. Dit heeft in ieder geval een meer realistische stiefbroer-verhouding. Ik begin te kijken en dwing mezelf om naar de gapende opening op het scherm te staren.

Yep. Daar is het. Kont op mond - een gebeurtenis die ik enger vind dan Freddy Krueger, Michael Myers, The Babadook en zelfs Pee Wee Herman.

Langzaam ademen helpt me nu helemaal niet. Zo moet iemand met een clownsfobie zich voelen als hij naar de *It* kijkt.

*De ontvanger moet super schoon zijn.*

Nee. Helpt niet.

*De gever moet een zeer goed ontwikkeld immuunsysteem hebben.*

Nee.

Ik zet de video uit.

Kan het niet kijken. Nog niet klaar voor.

Hé, ik heb tenminste niet geschreeuwd. Of een hartaanval gekregen. De eerste keer dat ik leerde wat "gooi de salade" betekende, ben ik ongeveer een jaar met het eten van alle salades gestopt.

Ik sluit mijn laptop en probeer mezelf te kalmeren.

Misschien was dit een slecht idee. Misschien wil ik niet dat mijn tweelingzus me vertelt wie de man is. Wat is het punt? Het is niet alsof ik iets met hem kan doen. Het kan gewoon frustrerend zijn om-

Mijn telefoon gaat.

Terwijl ik op de terugweg naar mijn mannequin bijna struikel, geef ik aan mezelf toe dat ik *wel* wil weten wie hij is.

Daarom is het een grote opluchting dat het mijn tweelingzus Holly is die belt.

## Hoofdstuk Drie

*A*llesbehalve stuiterend van gretigheid, accepteer ik het videogesprek.

"Hiya," zegt Holly, een warme glimlach verlicht het gezicht dat we delen.

Hmm. Is dat een blik van post-coïtale gelukzaligheid? Dat zou verklaren waarom het zo lang duurde om me terug te bellen.

Zoals vaak het geval is, houdt ze een dampende kop thee deftig in haar hand, met haar pink omhoog. De grote kamer achter haar is onbekend. Ze is waarschijnlijk in het huis van haar vriend, wat mijn coïtustheorie verder ondersteunt.

"Hé," zeg ik terwijl ik naar de bovenkant van haar hoofd tuur. "Heb je je haar gekleurd?"

Meestal is het enige dat opvalt als ik naar mijn tweelingzus kijk, onze overeenkomsten. Deze keer concentreer ik me echter op de subtiele verschillen, vooral in onze gezichten en het doet me denken dat de mysterieuze vreemdeling misschien toch gelijk had. Vergeleken met de argeloosheid die in Holly's onschuldige gelaatstrekken is geëtst, zie ik er misschien een beetje ondeugend uit.

Aan de andere kant, een non misschien ook.

Mijn tweelingzus pakt een pluk van haar haar op en kijkt er fronsend naar. "Het is dezelfde kleur als altijd. Waarom vraag je dat?"

Ik steel met een vloeiende beweging die een normaal mens hopelijk niet zou opmerken de portemonnee uit Manny's achterzak. "Om de een of andere reden ziet het er roder uit."

Ze schudt haar hoofd.

Ik grijns. "Misschien heb je het eindelijk gewassen?"

Ze blaast geërgerd in haar thee en ik zie dat ze moeite heeft om niet met haar ogen te rollen. "Misschien ben je inmiddels vergeten wat onze natuurlijke haarkleur is?"

"Ik heb mijn schaamhaar om me eraan te herinneren." Ik doe de portemonnee stiekem in Manny's zak terug, een techniek die put-pocketing wordt genoemd. "En er is daar geen spoor van rood te vinden."

Ze verliest haar strijd tegen de oogrol. "Ik - dat wil zeggen, *wij* - hebben die rode tint alleen op het hoofd, en alleen in bepaald licht, daarom heb je het misschien niet opgemerkt."

Ik haal mijn schouders op. "Je lijkt op Cate Blanchett aan het begin van *Elizabeth*."

Ze weet niet zeker of ze wel of niet beledigd is, wat

vreemd is gezien het feit dat ze van alles houdt wat Brits is. Haar licht samengeknepen ogen lijken erop te wijzen dat ze uiteindelijk beledigd is. "Nou, *jij* lijkt op Cate Blanchett als Hela in *Thor: Ragnarok*."

"Ik zal dat als een compliment beschouwen. Die vrouw ziet er naarmate ze ouder wordt steeds verbazingwekkender uit en dat specifieke personage was helemaal stoer."

Ze schudt haar hoofd. "Was ze niet kwaadaardig?"

Mijn grijns wordt sluw. "Was ze dat? Zij was de eerstgeborene, dus dat maakte haar de rechtmatige erfgenaam van de troon. Wil je zeggen dat ze het niet verdiende om over Asgard te regeren omdat ze een vrouw was?"

"Een bloeddorstige vrouw."

Ik steel de portemonnee weer. "Haar vader voedde haar op om een veroveraar te zijn, maar veranderde toen van mening over het buitenlands beleid voordat hij de arme vrouw besloot te verbannen. Waarom? Ze is niet erger dan Loki, maar hij mocht wel blijven."

Holly blaast nu bijna gewelddadig in de thee. "Heb je me gebeld omdat je een willekeurig debat wilde beginnen?"

Aangezien ik dat in het verleden heb gedaan, voel ik me niet al te beledigd. "Nee." Ik werp een blik op mijn deur om te zien of die dicht is, want ik wil niet dat een van mijn huisgenoten het volgende gedeelte hoort. "Ik kwam iemand tegen die jou kent en wilde je iets over hem vragen."

Ze zet haar kopje neer en trekt de telefoon dichter naar haar gezicht. "Een *hem?*"

Huh. Door de gluiperige uitdrukking die haar gelaatstrekken vervormt, lijkt het alsof ik in een spiegel in de vorm van een telefoon staar.

Ik doe de portemonnee weer in de zak. "Yep. Een mannetje van de soort *Homo sapiens.*"

Ik beschrijf hem en de details van onze ontmoeting en wanneer ik bij het deel kom waar ik zijn enorme toverstaf zag, spuugt ze haar thee uit.

"Dus," zeg ik als ze zichzelf onder controle heeft. "Hij wist van je vriend, dus het is iemand die je-"

"Ik weet precies wie hij is."

Er verschijnt nu een ronduit ondeugende uitdrukking op haar gezicht. Zie ik er meestal zo uit? Als dat zo is, dan kan ik het tijdens mijn magische optredens maar beter in toom houden.

Ze pakt haar kopje weer op, blaast overdreven langzaam in de vloeistof en neemt rustig een slok.

Ik zucht. "Ga je me laten smeken?"

Ze slikt haar thee met smaak door. "Waarom wil je dat weten?"

Het is mijn beurt om met mijn ogen te rollen. "Om Leonardo DiCaprio in *Django* te parafraseren: toen ik hem voor het eerst zag, had hij mijn nieuwsgierigheid. Maar nadat ik zijn volledig stijve pik had gezien, had hij mijn aandacht."

"Goed dan. Het was Tigger." Ze kijkt me over haar kopje heen aandachtig aan. "Weet je nog?"

Ik kijk niet-begrijpend terug. "Weet ik wat nog? Is hij een grote fan van Winnie de Poeh?"

Ze grinnikt. "Ik dacht iets soortgelijks toen ik die bijnaam voor het eerst hoorde. Ik vermoed dat hij zo werd genoemd omdat hij als kind veel rond stuiterde."

Oh. Nou, hij kan op me stuiteren - of me bespringen - wanneer hij maar wil. "Wat moet ik me herinneren?"

De thee krijgt opnieuw een geërgerd klinkende blaas. "Dat ik heb aangeboden om je met hem te koppelen."

"Echt waar?"

"Ja." Ze neemt een sierlijk slokje. "Je weigerde. Je zei dat hij als een mannelijke hoer klonk."

"Oh." Op de automatische piloot steel ik Manny's horloge terwijl ik mijn geheugen inspan. "Bedoel je de neef, van de broer, van de vriend van je nieuwe bestie?"

Tot voor kort was ik bang dat mijn tweelingzus asociaal was. Jarenlang ben ik haar beste en enige vriendin geweest, terwijl zij een van mijn velen was. Ik was aangenaam verrast toen ze een man ontmoette en een hechte band met zijn zus kreeg - en ik ben helemaal niet jaloers op hun vriendschap. Zelfs niet als ze extatisch wordt over hoe mooi, slim en inspirerend haar nieuwe BFF is, en hoe cool haar bedrijf is die dildo's maakt. Mijn zus kreeg zelfs zoiets als een vriendschapsarmband van haar nieuwe vriendin, alleen was het dan een dildo.

Ze kijkt verlangend naar haar minder wordende thee. "Hij is geen neef, maar ja, dat is de man."

Ik doe het horloge stiekem in Manny's linker broekzak. "Is dit de man die met je probeerde te dansen?"

"Inderdaad. Ik denk dat dat betekent dat hij ons gezicht aantrekkelijk vindt."

Ik vernauw mijn ogen tot spleetjes. "Is hij niet ook degene die de moeder van je vriend heeft droog geneukt?"

Ze gnuift en het is een wonder dat de thee niet uit haar neus komt. "Ze waren gewoon aan het dansen en *zij* was *hem* aan het droogneuken."

Klinkt aannemelijk. Als ik een vrouw van middelbare leeftijd was, zou hij in een oogwenk een poema van me maken. Aan de andere kant zou ik hem op elke leeftijd verrukkelijk vinden, zelfs-

"Dus." Nu lijkt Holly zoveel op onze moeder dat ik half verwacht dat ze tips gaat geven over hoe je een goed orgasme kunt bereiken. "Wil je een introductie?"

Wil ik dat?

De herinnering aan het pornodebacle is terug van weggeweest. Om mezelf te kalmeren steel ik weer de portemonnee. Zo nonchalant als ik kan, zeg ik, "Nee, bedankt."

De teleurstelling op haar gezicht is pure Octomam. "Waarom niet?"

"Omdat hij nog steeds een mannelijke hoer is?"

De volledige waarheid is duidelijk subtieler dan dat. Holly weet niets van mijn intimiteitsproblemen. Op de middelbare school creëerde ik een van mijn beste illusies: ik liet alle zeven van mijn zussen geloven dat ik seksueel actief was toen ik allesbehalve dat was. Als ik ze de waarheid had verteld - dat mijn volkomen redelijke ontwijking van ziektekiemen me ervan heeft weerhouden om zelfs maar een jongen te kussen - zouden ze me hebben bespot totdat onze ouders me naar therapie hadden gestuurd. De uitwisseling van vloeistof is voor onze Octomam heilig, maar ook voor Octopap. Eerlijk is eerlijk, Holly zou me niet bespotten, maar ze kan zelfs om haar leven te redden geen geheim bewaren, dus ik heb haar samen met de zesling voor de gek gehouden.

Nu we volwassen zijn, ben ik te beschaamd om zelfs aan haar toe te geven dat ik nog steeds niemand heb gekust. Niemand weet dat ik een maagd ben - iemand die jaren geleden haar maagdenvlies met een dildo heeft gescheurd, maar toch.

"Als je naar wat casual rumpty-tumpty op zoek bent, dan zul je geen betere match vinden." Ze zet haar theekopje neer.

"Rumpty-tumpty? Is dat een andere versie van 'vrijpartij?'"

Holly heeft in het VK op de universiteit gezeten en ze kwam terug als een personage uit een roman van Jane Austin, wat me het plezier gaf om haar een tijdje te plagen. Nu heeft ze het accent niet meer, maar gebruikt ze nog steeds af en toe (en meestal charmant) Britsheid, dus ik kan niet zoveel met haar rotzooien als ik zou willen.

Ze maakt met haar rechterwijsvinger en duim een cirkel en doorboort die vervolgens met haar linker middelvinger. "De aardappel bakken, het brood in de oven zetten, de pastinaak planten, een komkommer in-"

"Stop," zeg ik streng. "Mijn voedselkeuzes zijn al beperkt genoeg zoals het is."

Ze ziet er zelfvoldaan uit. "Ik wed dat hij wel in is voor een one-night-stand."

Tuurlijk. Goed idee. Mijn maagdelijkheid aan een seksgod verliezen en voor de rest van mijn leven voor een andere man geruïneerd worden. Niet dat hij zelfs maar op zo'n manier gebruikt zou willen worden, om nog maar te zwijgen van-

"Als het helpt," fluistert mijn zus samenzweerderig, "hij is een prins."

"Pardon?" Ik stop de portemonnee onopvallend in Manny's zak en draai het volume van mijn telefoon omhoog. "Wat zei je net?"

"In zijn thuisland heet het *velikiy knyaz*," zegt ze. "Wat zich naar zoiets als een Grootvorst vertaalt."

Haar gezicht staat ernstig. Of ze beheerst plotseling de kunst van het liegen of ze vertelt de waarheid. Of misschien heeft ze eindelijk te veel afleveringen van *Downton Abbey* opnieuw bekeken.

"Is hij een prins?" zeg ik ongelovig. "Een echte prins?"

"Jazeker." Ze geeft haar kopje aan iemand buiten het zicht van de camera en zegt iets (waarschijnlijk in het Russisch) dat als *"chai"* klinkt. Ze kijkt me aan en zegt, "Als je met hem zou trouwen, dan zou je een prinses zijn."

Terwijl ze dat zegt, zie ik een Disney-achtige montage zich afspelen. Ik barst uit in een lied over hoe graag ik een beroemde illusionist wil worden. Ik praat met mijn (waarschijnlijk dierlijke) assistent, die net als een beroemde komiek zal klinken. Ik die de enige echte kus met de prins beleeft-

"Hier," zegt een mannenstem met een licht Russisch accent als een gigantische hand met een dampende theekop in de video verschijnt.

Ik had gelijk. Ze is bij haar vriend thuis.

"*Spasibo*," zegt ze met een bewonderende grijns.

Dus ze *kan* nu Russisch spreken. Cool. Als ik geluk heb, krijgt ze ook een Russisch accent en kan ik haar daarmee plagen.

Ze houdt haar thee vast en tuurt in de camera. "Heb je me niet gehoord? Je zou een verdomde prinses kunnen zijn."

Ik knijp in de brug van mijn neus, te veel afgeleid door het onderwerp om de spot met dat "verdomde" te drijven. "Dit slaat nergens op. Wie is er tegenwoordig koninklijk? En als hij echt een prins is, waarom verwijst zijn bijnaam dan naar een tijger? Zou een leeuw niet logischer zijn? Zoals in de koning van de jungle?"

"Misschien denken ze in Ruskovia dat tijgers de koningen van de jungle zijn." Ze blaast op een verontrustend verleidelijk ogende manier in haar nieuwe kopje thee.

Voert ze een show op voor haar vriend?

Dan registreer ik het land dat ze noemde en mijn

rechterwenkbrauw schiet omhoog. "Is hij een prins uit Ruskovia?"

Dat is logisch, net zoals het ontmoeten van een echte prins logisch zou kunnen zijn. Het verklaart de Oost-Europese taal die hij tegen zijn honden sprak en het ontwerp van de gesp op zijn riem - dat was waarschijnlijk een familiewapen. Het kan zelfs de arrogante houding verklaren.

Ze knikt. "Heb je wel eens van Ruskovia gehoord?"

Is dat een steek onder water naar mijn gebrek aan een universitaire graad?

Ik steel Manny's portemonnee, een prestatie waar geen universiteit je op voor kan bereiden. "Natuurlijk. Mijn favoriete vrouwelijke illusionist woont daar. Rasputina. Heb je ooit van haar gehoord?"

"Van jou, denk ik." Ze kijkt scherp naar mijn haar. "Was zij niet degene van wie je deze vampiervermomming hebt gestolen?"

"Nee," zeg ik verontwaardigd.

Ik heb het niet gestolen. Ik werd erdoor geïnspireerd. Over het algemeen ben ik dol op Rasputina. Als ik met een vrouw naar bed zou moeten - een scenario met een pistool tegen mijn hoofd - dan zou ik *haar* kiezen.

Ik doe de portemonnee weer in de zak. "Mijn toneelpersonage lijkt meer op Criss Angel, met een beetje Winona Ryder van *Beetlejuice*."

"Tuurlijk," zegt Holly. "Jij en Tigger zouden in ieder geval een leuk stel zijn."

Ik gnuif. "Waarom zou hij me überhaupt nodig

hebben? Heeft hij in zijn thuisland geen vrouwen meer?"

"Ik heb geen idee, maar als je besluit om iets meer te doen dan alleen met hem naar bed te gaan, dan moet je weten dat hij een waaghals is." Ze vertelt me over zijn gekke stunts - waarbij basejumpen het tamste ding op de lijst is.

"Maak je geen zorgen," zeg ik als ze klaar is. "Ik ga helemaal niets met hem doen."

Dat gezegd hebbende, als het doel van mijn tweelingzus was om me bang te maken om de man te willen, dan heeft de lijst met activiteiten die hij doet het tegenovergestelde effect gehad. Ik stel me Tigger nu als de meest interessante man ter wereld voor, à la de bierreclames van de Dos Equis. Ik kan de man in de voice-over praktisch horen zeggen, *"Het enige wat hij spijtig vindt is dat hij niet weet hoe spijt voelt. Hij heeft de Lifetime Achievement Award gewonnen... twee keer."*

"Weet je," zegt Holly. "Als je met hem uit zou gaan, dan zou het je aanstaande samenzijn met onze ouders een stuk gemakkelijker maken."

Houdini sta me bij. Dat was ik helemaal vergeten. Niet zo lang geleden was Holly me een gunst verschuldigd en ik had haar gevraagd om in mijn plaats met onze ouders te lunchen - een taak die ze goed wist te verknoeien. Nu, naast het afweren van de nieuwsgierige zorgen van de ouderlijke eenheden over mijn datingleven, moet ik Octomams klaagzangen over dat (vrij tamme) bedrog aanhoren.

Oh en dit herinnert me eraan: Holly is me nog

steeds iets verschuldigd. Ik moet zorgen dat ik ga incasseren.

"Je *gaat* toch met ze afspreken?" vraagt ze schuldbewust. Ongetwijfeld gingen haar gedachten in dezelfde richting als de mijne.

Ik zucht. "Natuurlijk. Maar ik vertel ze niets over Tigger. Het laatste wat ik wil is dat Octomam met me gaat proberen te fokken."

Mijn tweelingzus krimpt ineen.

Ah. Juist. Ze vindt het niet leuk als ik onze moeder Octomam noem en niet vanwege onnauwkeurigheid - mam heeft ons tweeën gebaard en daarna onze zeslingzusjes, geen achtling. Nee, Holly houdt gewoon niet van nummer acht. Of negen. Of zes. Ze geeft de voorkeur aan priemgetallen, zoals vijf. Ik wed dat als ze vooruitziend was geweest toen we samen in mama's baarmoeder zaten, ze me met haar navelstreng zou hebben verstikt om er zeker van te zijn dat het totale aantal zussen van Hyman op zeven uit zou komen. Ze is ook de enige van ons die het niet erg zou hebben gevonden dat mama nog drie broers en zussen zou voortbrengen om er elf van te maken.

De 7-Eleven moet een hemelse plek voor haar zijn.

"Wanneer heb je met ze afgesproken?" vraagt ze.

"Over een paar dagen."

Ze grinnikt. "Succes."

"Dank je." Ik haal Manny's portemonnee nog een keer uit zijn zak. "Ik zal het nodig hebben."

Ze knikt naar iemand buiten mijn zicht - ongetwijfeld haar vriend. "Ik kan maar beter gaan."

"Nog één ding," zeg ik. "Is de Ruskovische taal met het Russisch te vergelijken?"

"Ik denk van wel. Hoezo?"

Ik krab op mijn achterhoofd. "Ik zou graag willen weten wat *me-pik* of *me-o-pik* betekent."

Ze grijnst. "Bedoel je *myodik*?"

"Ik denk van wel."

"In het Russisch betekent het *weinig honing*," zegt ze op professorale toon. "Waarschijnlijk hetzelfde als het in Ruskoviaans."

Wauw. Of ze heeft alle woorden geleerd die met theetijd te maken hebben of haar Russische vocabulaire is al omvangrijk. Hoe dan ook, dat accent ligt om de hoek.

Een mannenstem zegt iets aan haar kant dat ik niet helemaal begrijp.

"Ah. Er is me verteld dat je in Rusland een vrouw geen *myodik* noemt," legt ze uit. "Honing is een mannelijk zelfstandig naamwoord."

"Is dat zo?"

Betekent dat dat ik er voor hem mannelijk uitzie?

Ze zucht. "Breek me de bek niet open. Russisch is een moeilijke taal om te leren."

"Maar waarom is honing mannelijk? De bijen die het maken zijn vrouwelijk, dus waarom zouden hun uitwerpselen van geslacht wisselen?"

Ze knikt enthousiast. "Er zit geen logica in lichaamsvloeistoffen in het Russisch, punt uit. Bloed is vrouwelijk, zweet is mannelijk, poep is onzijdig. Waarom?"

Iew. Ik trek een vies gezicht en schud mijn hoofd. "Ik ben nog steeds aan de honing. Het is een vloeistof, dus zou het geen geslachtsvloeistof moeten zijn?"

Ze kreunt. "Degene die me het meest irriteren, zijn bloemen. Waarom zijn ze mannelijk? Ze hebben de vorm van vagina's en bevatten meestal beide geslachtsorganen. En niet om te stereotyperen, maar het zijn vrouwen die van bloemen houden, niet mannen." Achter de camera klinkt een mannenlach, dus mijn zus kijkt naar de bron en vraagt nadrukkelijk, "Waarom is de maan vrouwelijk, maar de zon onzijdig? Waarom zijn lepel en vork vrouwelijk, maar mes is mannelijk?"

"Dat zijn ze gewoon," zegt hij. "Niet mijn schuld, *kroshka*. Je hoeft het niet te leren."

"Zo," moppert ze. "*Kroshka* betekent *broodkruimel* en het is vrouwelijk. Brood zelf is mannelijk. Een boterham is ook mannelijk, maar zodra je klein genoeg bent, verandert het geslacht?"

"Hé, ik laat je teruggaan naar je taalkunde," zeg ik en reik naar mijn telefoon om het gesprek te beëindigen.

"Wacht, zus, het spijt me." Holly kijkt terug in de camera. "Wil je hallo zeggen tegen mijn Russische leraar?"

Ik knik en haar minnaar, Alex, komt in beeld.

Ik heb hem eerder ontmoet, maar verdomme. Goed gedaan, Holly. Ze heeft een indrukwekkend exemplaar. Ik wed dat Henry Cavill er zo uit zou zien als hij als de *Red Son* werd gecast - een versie van Superman wiens ruimtewieg in Sovjet-Rusland in plaats van in Kansas neerstortte.

Is het raar om een ego-boost te voelen door te weten dat zo'n man een vrouw met mijn gezicht zou daten?

"Hé," zeg ik tegen hem. "Heb je nog nieuwe Russische grappen?"

Hij laat een sexy grijns zien. "De deurbel gaat. De jonge Vovochka doet open en ziet een jonge man met een boeket staan. Hij staart hem peinzend aan en zegt, 'Je bent de laatste tijd nogal vaak bij mijn zus op bezoek geweest. Heb je er zelf niet een?'"

Nadat het gegrinnik over de grap is weggeëbd, nemen we afscheid. Die van hen zijn allebei in het Russisch.

## Hoofdstuk Vier

$\mathcal{D}$e verleiding om na dat telefoontje Tigger online op te zoeken is groot, maar ik vecht ertegen. Er zal niets goeds komen door meer over hem of zijn beter-dan-porno lul te leren.

Aangezien hij een prins is, noem ik het hierbij Zijne Koninklijke Hardheid.

Ik haal mijn telefoon van Manny's nek en maak zijn hoofd weer vast. Om mezelf van gedachten aan Tigger en zijn koninklijke aanhangsels af te leiden, zet ik de CGI-filmversie van *The Lion King* op. Al dat gedoe over Disney en gigantische katten heeft de drang gewekt om het te bekijken.

Halverwege pauzeer ik en zoek een belangrijke vraag op: wie zou er in een gevecht winnen, een leeuw of een tijger?

Uit mijn onderzoek blijkt dat tijgers sterker en groter zijn dan leeuwen. Leeuwen jagen echter in groepen, terwijl tijgers solitaire wezens zijn, dus als ze elkaar in de natuur zouden ontmoeten, dan zou het gevecht niet eerlijk zijn. Als dat waar is, waarom wordt de leeuw dan als de koning beschouwd? Zou het niet de tijger moeten zijn? Als kracht de beslissende factor is, dan zou het eigenlijk de olifant moeten zijn, of beter nog, de orka.

Leeuwen moeten de juiste mensen kennen, zoals de mensen bij Disney.

Ik ga verder met de film, maar realiseer me al snel dat het kijken ervan een vergissing was. Er zit nu een liedje in mijn hoofd, alleen in mijn versie is het Tigger die vannacht in de machtige jungle slaapt. Hij slaapt bij voorkeur bij mij.

Nee. Moet niet aan hem denken.

Moet aan iets anders denken.

Maakt niet uit wat anders.

Oh, ik weet het. Misschien komt het door de Russische grap waardoor ik dit nu denk, maar het lijkt erop dat er incest-fratsen in *The Lion King* zitten. Neem Simba en Nala. Misschien is ze zijn zus of zijn nichtje. De enige mannen in de film zijn tenslotte Mufasa en Scar en het zijn broers. Om nog maar te zwijgen over het feit dat de vrouwtjes in een groep leeuwen meestal verwant zijn. Hoe ziet een huwelijk tussen leeuwen er bij Disney eigenlijk uit? In de natuur slaapt de mannelijke leeuw met elk vrouwtje in de groep. Hebben ze in *The Lion King* ook een open huwelijk?

Als ik aan katachtige koninklijken denk, komt er een zekere prins samen met Zijn Koninklijke Hardheid terug in mijn bewustzijn geslopen.

Ugh. Het lijkt erop dat aan leeuwenseks denken me alleen maar geiler heeft gemaakt.

Tijd voor een grotere filmafleiding: *The Illusionist*, *The Prestige* of *Now You See Me*.

Ik zet *The Illusionist* op, maar dat is weer een fout. Er is een prins en hoewel hij een schurk is, doet zijn aanwezigheid me aan Tigger denken - om nog maar te zwijgen van het feit dat de naam van de kwaadaardige prins Leopold is. Hij wordt door zijn vrienden waarschijnlijk Leo genoemd en Leo is Latijn voor leeuw, dus niet zo ver van een tijger vandaan.

Films opgevend, oefen ik wat goochelarij.

Nee. Doet me aan hem denken. Of in ieder geval mijn hand op Zijn Koninklijke Hardheid.

Wanhopig start ik mijn computer op - het grootste tijdverslindende apparaat dat de mensheid kent - en open een app die door mijn zus Blue voor mij is gemaakt, het andere traumaslachtoffer van de Zombiemees Slachting. Ik gebruik de app om enkele afbeeldingen van shirtloze jongens op populaire internetplatforms te wijzigen door hun tepels door de tepels van vrouwelijke pornosterren te vervangen.

Waarom? Omdat ik het grappig vindt en de Bevrijd de tepel-beweging steun, hoewel niet genoeg om mijn tepels zelf te laten zien door topless naar een openbare plaats te gaan.

Misschien ooit nog. Misschien dat als ik de kans krijg om een groot podiumoptreden te doen, ik mijn tepels kan laten "verdwijnen".

Shit. Nu vraag ik me af hoe de tepels van Tigger

eruitzien en op welke vrouwelijke pornostertepels ze het meest lijken, als er al zulke tepels zijn.

Mijn telefoon pingt, omdat er een berichtje binnenkomt.

Toeval.

Ik was net Blue's app aan het gebruiken en hier is ze om me te vragen om binnenkort te gaan lunchen.

Dat is geweldig. Blue is mijn favoriet van de zesling. Naast het feit dat ze de Zombiemees Slachting samen met mij heeft meegemaakt, heeft ze een passie voor spionage, wat verrassend veel op magie lijkt.

Ik vertel haar dat ik graag met haar wil eten en zij vertelt me waar - een restaurant dat geen gevogelte op het menu heeft staan - en wanneer.

Over eten gesproken, ik heb honger.

Als ik de keuken binnenkom, pak ik wat havermelk uit de koelkast en een doos Frosted Flakes uit de voorraadkast. Dit wordt een ontbijt-voor-het-avondeten-dag, een veelvoorkomend verschijnsel voor mij en de rest van mijn uitgehongerde kunstenaarshuisgenoten.

Ik plof neer aan tafel en begin te eten, maar pauzeer even als ik de voorkant van mijn cornflakesdoos zie.

Dit is gewoon geweeeeeldig. Tony de tijger doet me ook aan Tigger denken.

Moet nu gedachten afleiden.

Waarom is een tijger een woordvoerder van koolhydraten? Zou hij niet in plaats daarvan voor een steakhouseketen moeten werken? Zou grrr ook geen uiting van tijgerwoede zijn? Tony klinkt gelukkig, dus zou hij niet moeten spinnen?

Spinnen tijgers?

Nee. Volgens een snelle zoekopdracht op Google gnuifen tijgers wanneer ze gelukkig zijn, wat als snuiven klinkt en wordt gedaan door door hun neusgaten te blazen.

"Hé." Een bekende stem sleept me weg van de allure van het scherm van mijn telefoon.

"Hé jij." Ik grijns naar mijn huisgenoot en vriendin die in de magische wereld als La Profesora bekend staat. Dat komt omdat haar vader een beroemde Spaanse goochelaar was, bekend als El Profesor, en ook omdat ze, als het op magie met kaarten aankomt, een cursus op universitair niveau zou kunnen geven.

De naam op haar geboorteakte is Clarisa, maar ze kiest liever voor de meer Amerikaans klinkende Clarice - misschien omdat ze 's nachts geslachte lammeren kan horen schreeuwen à la de gelijknamige heldin van *Silence of the Lambs*.

Waarom zou ze haar kat anders Hannibal noemen?

Ondanks haar naam lijkt ze niet op Jodie Foster, de originele Clarice, of op Julianne Moore, de vervanger. De actrice aan wie ze me het meest doet denken, is Penelope Cruz, met name haar personage in *Pirates of the Caribbean*, tot aan het piratenshirt, het vest en de hoed met veren toe waardoor iedereen denkt dat ze op weg is naar een steampunk-conventie.

Clarice weet van mijn problemen en blaast me een luchtkus toe en ik beantwoord hem. Ze voegt zich dan bij me in de avondmaaltijd van ontbijtgranen, alleen in haar geval is het Captain Crunch - ongetwijfeld omdat ze wat betreft mode zich net als de mascotte voelt.

"Wil je iets zien waar ik aan heb gewerkt?" vraagt ze.

Ze heeft me gisteren een uur voor haar op laten treden, dus het is niet meer dan eerlijk om haar nu op mij te laten oefenen. "Tuurlijk. Zolang ik maar tot ik klaar ben met eten niets aan hoef te raken."

Ze haalt een pak kaarten tevoorschijn en schudt ze echt. "Denk aan een kaart."

Wauw. Alleen de beste van de beste kaartgoochelaars beginnen een truc door je te vragen alleen maar aan een kaart te *denken*. Bij de meeste anderen moet je er een kiezen.

"Ik heb er een in gedachten," zeg ik terwijl ik aan de schoppendrie denk.

"Denk nu aan een getal," zegt ze.

Ik voel koude rillingen over mijn lichaam lopen. Als dit heen gaat waar ik denk dat het heen gaat, dan zal ik versteld gaan staan.

"Ik heb er een," zeg ik met grote aarzeling terwijl ik voor zeventien kies.

"Ik ga de kaarten met de afbeelding naar beneden op tafel leggen," zegt ze. "Als we bij jouw getal zijn, zeg dan stop."

Dat meen je niet.

Ze begint de kaarten een voor een neer te leggen.

Ik tel tot we bij mijn getal zijn en zeg: "Stop."

Hoe zou dat de kaart kunnen zijn waar ik alleen

maar aan heb gedacht? Echt niet. Ze staat vast op het punt om de zaken ingewikkelder te maken of zoiets.

Maar nee.

Ze draait de kaart om en het is de verdomde schoppendrie!

Ik voel een overweldigend gevoel van ontzag. Het brengt me terug naar mijn kindertijd, toen ik voor het eerst door een goocheltruc voor de gek werd gehouden en er voor het leven verslaafd aan raakte.

Maar het volgende moment schieten de mogelijke manieren waarop ze het gedaan zou kunnen hebben door mijn hoofd, waardoor het moment verpest wordt. Misschien heeft ze me voorbereid om aan die kaart en aan dat getal te denken? Of een soort subliminale berichten gebruikt om ze op de een of andere manier *in* mijn hersenen te krijgen?

Maar wanneer dan? Hoe?

Ik heb weer geen idee, en hoewel ze me waarschijnlijk zou vertellen hoe ze het heeft gedaan als ik het zou vragen, wil ik dat niet doen - deels omdat ik in wederkerigheid een groot geheim van mezelf zou moeten onthullen, maar ook omdat het leuker is om het niet te weten.

Soms.

"Dat was geweldig," zeg ik. "Je bent echt La Profesora."

Ze straalt en verzamelt liefdevol de kaarten voordat ze ze in haar zak verstopt.

Het gerucht onder ons, haar huisgenoten, is dat ze met een pak kaarten in haar ene hand en met de andere onder het kussen slaapt. Als ze een vibrator in de vorm van een spel kaarten zou hebben, dan zou het mij ook niet verbazen. Als er zoiets als een kaartseksueel bestaat, dan is zij het wel.

"Dus," zegt Clarice, die er buitengewoon ongemakkelijk uitziet. "Deze maand is het mijn beurt om het huurgeld te innen."

En zo is elke warme nagloed na haar wonder verdwenen.

Het is al een tijdje geleden dat ik iets heb gehad dat op een betalend optreden lijkt.

"Hoe erg is het deze maand?" vraag ik aarzelend.

Ze zucht. "Zonder jouw deel zullen we niet op tijd betalen en de huisbaas zet ons er dan zeker uit. We zijn al vijf keer te laat geweest."

Yep. Zo erg als ik vreesde. Mijn cornflakes smaken ineens naar de doos waarin ze hadden gezeten.

"Ik zal mijn tv-contacten bellen," zeg ik. "Misschien heeft iemand iets nodig?"

Hoewel ik het liefste zelf op wil treden, heb ik wat geld verdiend door succesvolle goochelaars te adviseren die het te druk hebben om nieuwe trucs voor hun repertoire te bedenken.

"Bedankt." Ze staat op. "Ik vind het echt leuk om met jullie allemaal samen te wonen."

Ik knik plechtig. Mijn huisgenoten zijn grotendeels goochelaars, maar we hebben ook een mentalist - wat ongeveer hetzelfde is - een jongleur, een slangenmens en zelfs een komiek. Het zijn allemaal vrouwen op wie ik dol ben en die ik niet dakloos wil zien worden, vooral niet vanwege *mijn* geldproblemen.

Ze gaat weg en ik maak mijn kom leeg. Dan zet ik hem in de vaatwasser en ren terug naar mijn kamer om te bellen en e-mails te versturen.

Uren later moet ik aan een gevoel van naderend onheil toegeven.

Er lijkt voor een niet zo beroemde goochelaar geen werk te zijn.

Misschien moet ik toch een dreuzelbaan nemen? Zoiets als een stewardess, een bankbediende of een pandafokker? Zijn die moeilijk te krijgen?

Eén ding is zeker: gezien hoe mijn exposure-therapie is verlopen, is 's werelds oudste beroep voor mij uitgesloten. Strippen zou ook niet werken. De metalen palen die die dappere vrouwen beklimmen, lijken meer ziektekiemen dan de leuningen in de NYC-metro te hebben en *die* staan op het punt om tot leven te komen.

Ik zucht, luid.

Als we worden uitgezet, dan maak ik niet alleen mezelf kapot, maar ook de mensen die buiten mijn familie het dichtst bij me staan.

Over familie gesproken, misschien kan ik mijn zussen of ouders om geld smeken?

Nee. Echt niet. Ik ben vervloekt met te veel trots. Trouwens, geld van familie komt met te veel verplichtingen. Octomam zou bijvoorbeeld eisen dat ik haar met een kleinkind of twee terugbetaal.

Ja, nee, bedankt. Ik zal wel wat werk vinden, zelfs

als dat betekent dat ik tienerjongens de basisprincipes van magie moet leren of in een goochelwinkel trucjes met kaarten moet verkopen.

Wacht eens even. Ik heb nooit gecontroleerd of het kaartspel van Clarice normaal was. Ze beweert altijd dat ze normale kaarten gebruikt, maar is dat niet wat ze sowieso zou zeggen?

In ieder geval navigeer ik met het onderwijs in gedachten naar mijn YouTube-kanaal en bekijk de reacties onder mijn populairste video, die waarin ik twintig minuten lang onder water mijn adem inhoudt.

Zoals je op internet zou verwachten, zijn negenennegentig procent van de opmerkingen extreem onbeleefd, met als meest populaire onderwerp hoe neukbaar ik er uitzie in het zwempak dat ik voor de stunt droeg.

Ja, dat is wat interessant is. Mijn borsten, niet mijn vermogen om zonder zuurstof te zitten. Niet dat ik echt zonder zuurstof zat, maar toch.

Het goede nieuws is dat er nog steeds die ene procent van de tieners is die wil weten hoe ik heb gedaan wat ik heb gedaan. Omwille van hen neem ik een video op waarin ik mijn magische bijlesdiensten aanbied en post deze in de hoop dat iemands ouders rijk zijn.

Tijd om te gaan slapen. Als ik in bed lig, heb ik alleen moeite om in slaap te vallen - gedachten aan uitzetting worden met de herinneringen aan Tiggers ogen... en andere delen afgewisseld. Zoals Zijn Koninklijke Hardheid.

Hmm. Moet ik met mezelf spelen om dat uit mijn hoofd te krijgen?

Om in de stemming te komen, zet ik wat sexy muziek op - "The Final Countdown" van Europe. Hoewel dit nummer in *Arrested Development* werd gebruikt om goochelaars te bespotten, vind ik het toch geweldig.

Vervolgens haal ik mijn vertrouwde dildo van mijn nachtkastje en bekijk hem eens goed. *Je bent te klein. En te gewoon. Ik heb ineens zin in iets veel groters... en koninklijker.*

*Hé,* ik kan me voorstellen dat de arme dildo antwoord geeft. *Het is niet de grootte van de oceaan die ertoe doet, maar de trillingen van de golven.*

Nee.

Ik pak mijn laptop en mail mijn tweelingzus en vraag om een link naar de website waar haar nieuwe beste vriendin haar speeltjes verkoopt. Ik wil de grootste dildo kopen die ze heeft.

Nadat ik op 'verzenden' heb geklikt, realiseer ik me mijn fout. Ik heb geld nodig voor de huur en frivole boodschappen - en een gebrek aan magische optredens. Dat is de reden waarom ik op die afdeling in de problemen zit.

Ach ja. Ik zal het met mijn kleine dildo moeten doen.

*Noem me nog een keer klein en ik maak kortsluiting bij mezelf.*

Ik zet de vibratie aan en denk aan Tiggers gebeeldhouwde gelaatstrekken.

Boem. Ik kom in een recordtijd klaar.

*Zie je. Klein maar machtig.*

Ik koester me in de orgastische nagloed en val snel in slaap, maar mijn dromen zijn vreemd. Eentje doet me aan *Donnie Darko* denken, behalve dat er in plaats van een gigantisch konijn de Joker van Batman is. Daarna droom ik van Jake Gyllenhaal die een baby baart die door Heath Ledger is verwekt.

## Hoofdstuk Vijf

*H*et eerste wat ik de volgende ochtend doe, is mijn laptop meenemen naar de coffeeshop waar ik gisteren was.

Het is *geen* truc om Tigger weer tegen het lijf te lopen. Het internet is hier sneller dan bij mij thuis, dat is alles.

Helaas zijn er ondanks alle telefoontjes en e-mails die ik heb gestuurd geen vacatures.

Er is ook geen Koninklijke Hardheid te zien - niet dat ik om die reden hier ben.

Aangezien ik mijn spaarzame geld niet aan uit eten moet besteden, ga ik voor een snelle lunch naar huis en zoek ik gedurende de rest van de dag naar werk.

De volgende dag ga ik nog een keer naar de coffeeshop - weer niet in de hoop Tigger tegen het lijf te lopen.

Ik ben op zoek naar werk. Dat is alles.

Helaas, weer geen tips op genoemde banen. Met

pijn in het hart solliciteer ik bij de coffeeshop en een paar andere restaurants in de buurt naar een positie als serveerster, maar word vanwege gebrek aan ervaring ter plekke afgewezen.

Ik vervloek mijn tienerzelf, omdat ik al mijn zomers aan magie heb besteed in plaats van de gebruikelijke bijbaantjes te nemen.

Ik sta op het punt om naar huis te gaan als ik een app van mijn tweelingzus krijg:

*Bella en ik zijn straks bij jou in de buurt. Kunnen we langskomen?*

Ik zeg haar dat dat kan en haast me naar huis.

Tegen de tijd dat ik klaar ben met eten, ben ik de app van mijn zus vergeten, tenminste totdat er iemand op mijn slaapkamerdeur klopt.

"Ja?" Ik open de deur en zie Harry staan.

Als een van mijn favoriete huisgenoten doet Harry me aan Meg Ryan in *When Harry Met Sally* denken, alleen dan met een ronde bril. Helaas weigert ze vurig om naar Sally te luisteren. Ze is als Harriet geboren en ze beweert dat ze vanwege de beroemde goochelaars Harry Houdini en Harry Blackstone de naam Harry gebruikt, maar gezien haar bril vermoed ik sterk dat het eigenlijk door Harry Potter komt.

Totdat ik haar had ontmoet, had ik me bij de naam Harry Octopap voor de geest gehaald - aangezien Harry zijn voornaam is - maar de naam past beter bij mijn huisgenoot. Niet voor het eerst vraag ik me af of mijn grootouders zich hadden gerealiseerd dat ze door hun zoon Harry met de achternaam Hyman te noemen hem in het Engels als het maagdenvlies van een yeti doen klinken. Aan de andere kant verdient hij het, omdat hij mijn arme tweelingzus Holly heeft genoemd, aangezien Holly Hyman ook als het maagdenvlies klinkt, alleen dan dat van een maagdelijke godin. En laat me niet eens over Blue en enkele van de andere zeslingen beginnen.

Als ze niet door het gedrang om ruimte in één baarmoeder verknipt waren geraakt, dan zouden hun namen dat zeker hebben gedaan.

"Er is iemand voor je." Harry klinkt nijdig, omdat ze voor butler moet spelen, dus ik bedank haar voordat ik me naar de deur haast.

Daar staat Holly op me te wachten en bij haar is een vrouw die eruitziet alsof ze net uit een modeblad is gestapt.

Dit moet Bella zijn, de nieuwe beste vriendin van mijn tweelingzus.

Verdorie. Ze *is* inderdaad net zo mooi als mijn zus heeft gezegd. Doet me aan Angelina Jolie in *Maleficent* denken. Zou ze me, aangezien ze Russisch is, me eigenlijk niet aan Angelina Jolie in - spoiler alert - *Salt* moeten herinneren?

"Jullie zijn echt een tweeling," zegt Bella, terwijl haar blik van mijn gezicht naar dat van mijn zus dwaalt.

Hmm. Nul accent.

"Ja," zegt Holly. "Alleen is zij door vampiers opgevoed."

Ik rol met mijn ogen. "Ik ben in ieder geval niet in Downton Abbey... door Mary Poppins opgevoed."

Bella grijnst naar me. "Je zus *is* supercalifragilistischexpialidocious."

Ik beantwoord de grijns. Ik kan Holly's verliefdheid nu begrijpen. Als Bella een goochelaar was, dan zou ze zich als een vrouw met wie ik naar bed zou gaan bij Rasputina voegen - nogmaals, natuurlijk onder bedreiging van een pistool tegen mijn hoofd.

"Geef het aan haar," fluistert Holly tegen haar BFF.

Komt het door mijn eerdere gedachte, of klonk dat vaag seksueel?

"Ah, juist." Bella haalt de koffer naar voren die ze vasthoudt. Het lijkt veel op degene die een gouden gloed projecteerde toen Jules het in *Pulp Fiction* opende.

Wacht. Is het deksel met handgetekende genitaliën versierd?

Voordat ik het kan vragen, opent Bella de koffer en staar ik met morbide fascinatie naar de inhoud.

Dildo's.

Kleurrijke dildo's.

Bolvormige dildo's.

Dunne dildo's.

Kleine dildo's.

Grote dildo's.

Enorme dildo's... en zelfs een paar obsceen gigantische.

Siliconen dildo's.

Glazen dildo's.

Metalen dildo's.

Zelfs iets dat van hout lijkt te zijn, maar dat hopelijk niet is, want splinters in de hoeha klinken helemaal niet leuk.

Holly moet mijn uitdrukking verkeerd gelezen hebben, want ze klinkt schuldig als ze zegt: "Ik heb Bella over je e-mail verteld en ze wilde je een mooie selectie geven."

"Juist," zeg ik, terwijl ik nog steeds de fallische goederen scan die tentoongesteld staan.

"Ze hebben allemaal vibratie," zegt Bella; haar toon klinkt als die van een verkoopster. "Ze werken ook allemaal met de Belka teledildonics-app, dus je kunt je vriendje je op afstand laten plezieren."

Als ik een vriend had - en er komt een heel specifiek persoon in me op - dan zou ik van Zijn Koninklijke Hardheid willen genieten in plaats van een dildo.

"Kies nou maar gewoon," zegt mijn tweelingzus, met een lichte blos op haar wangen.

Oh. Denkt ze dat het beschamend voor *haar* is als een vrouw die ik nog nooit heb ontmoet dit komt brengen?

Ook het stukje "kiezen" laat dit hele gebeuren als een kaarttruc klinken.

*"Kies een dildo, elke dildo."*

*Iemand doet het.*

*"Onthoud nu je dildo."*

*Ze onthouden de dildo.*

*"Laten we nu de dildo in welke vrouw dan ook in het publiek verbergen."*

*Dat doen ze.*

*Met grote ernst lokaliseert de goochelaar de vrouw en trekt de dildo eruit zonder haar slipje uit te doen.* "Is dit jouw dildo?"

Mijn tweelingzus kijkt me bezorgd aan. "Ik denk dat haar hersens door de besluiteloosheid zijn ingestort."

Ik schud mijn hoofd en pak de dildo die qua grootte en vorm het dichtst bij Zijne Koninklijke Hardheid in de buurt komt, alleen is het felrood. En hé, dat is misschien de kleur van de Ruskoviaanse vlag. "Deze. Hoeveel ben ik je verschuldigd?"

Bella sluit de koffer met een luide plof. "Het is een cadeau."

"Een cadeau?" Ik houd de dildo bij de schacht vast en zwaai ermee in de lucht. "Is dit niet hoe je je brood verdient?"

Ze knipoogt naar me. "Als je het gevoel hebt dat je me iets schuldig bent, dan kun je me vertellen wat je ervan vindt. Als een soort bètatester."

Geweldig. Dat zal een leuk gesprek worden.

Dan komt er een idee in me op.

Ik kan haar met mijn kunst voor de dildo betalen en als ik toch bezig ben een onbetaalbare prestatie-ervaring opdoen.

Holly fronst haar wenkbrauwen. Ik denk dat ze weet waar mijn geest heen is gegaan - een staaltje van dubbele pseudo-telepathie. Ik kan het haar niet kwalijk nemen dat ze niet enthousiast is. Ze was erbij toen ik nog maar net als goochelaar begon, dus ze heeft vervelende trucs doorstaan die helemaal niet op de leuke meesterwerken lijken die ik tegenwoordig uitvoer.

"Zal ik je wat magie laten zien," zeg ik tegen Bella met een stem die misschien een beetje te verleidelijk is.

Haar ogen lichten op. "Serieus?"

"Yep." Ik neem ze mee naar de woonkamer. "Geef me een minuutje."

Ik haast me naar mijn kamer, laat de dildo daar achter en pak wat rekwisieten.

Als ik terugkom, doe ik voor Bella een show van een half uur, die de perfecte toeschouwer blijkt te zijn: op de juiste momenten ooh en ahh zeggen en "Hoe heb je dat gedaan?" vragen alsof ze het echt meent.

Het duurt niet lang voordat mijn huisgenoten binnenkomen en hun eigen dingen voor haar beginnen op te voeren, die Bella als een kind in een snoepfabriek op Halloween in zich opneemt.

Zelfs mijn met magie afgematte tweelingzus lijkt het naar haar zin te hebben.

Nadat Harry klaar is met het uitvoeren van haar kenmerkende touwtruc, bedankt Bella ons allemaal uitbundig, schenkt alle artiesten een dildo en vertrekt met mijn tweelingzus op sleeptouw.

"*Dat is* wat je opviel?" vraag ik Clarice, naar de dildo knikkend die ze heeft gekozen - de gepolijste houten.

Ze haalt haar schouders op. "Past bij mijn toneelpersonage."

Daar zit misschien enige logica in. Piraten hebben houten poten, dus ik denk dat als ze dildo's zouden gebruiken, de dildo's ook van hout zouden zijn. Hun gebruikers zouden ze ongetwijfeld woodies noemen en in de greep van passie "argh, matey, sneller, sneller" schreeuwen.

Ik grijns. "Dus je gaat een houten dildo aan je act toevoegen?"

Ze heft haar kin op. "Je moet te allen tijde als je toneelpersonage *leven*."

Met die wijze les van *The Prestige* stevig in onze gedachten, verspreiden we ons allemaal naar onze eigen kamers.

Ik glimlach terwijl ik mijn deur op slot doe. Om de moeder van Forrest Gump een beetje te parafraseren: het leven is als een koffer vol dildo's - je weet nooit wat je krijgt.

Voordat ik het nieuwe speeltje ga testen, besluit ik braaf te zijn en nog een keer te kijken of er banen zijn.

Ja! De e-mail in mijn inbox is van een formulier op mijn website afkomstig, een die alleen door potentiële klanten of mensen van de media, zoals Waldo, wordt gebruikt.

Ik kijk naar het veld 'van' en zie de naam Anatolio zonder achternaam vermeld staan.

Hmm. Klinkt niet bekend.

Ik lees de eerste regel en krimp ineen: "*Beste Geweldige Hyman*".

Stomme Waldo.

Hij heeft voor zijn tijdschrift verslag van mijn adembenemende optreden gedaan en heeft me in zijn artikel zo genoemd, bewerend dat het mijn artiestennaam was, wat het toen helemaal nog niet was. Tot op de dag van vandaag beweert Waldo dat hij niet gemeen wilde zijn. Hyman is mijn achternaam en veel goochelaars gebruiken het bijvoeglijk naamwoord 'Geweldige' in hun artiestennaam, zoals de Geweldige Kreskin of de Geweldige Randi.

Geweldige Hyman is echter veel erger. Het laat me als een maagdelijke superheld klinken of als iets dat iemand in een infomercial zou kunnen zeggen waarin maagden als seksslavinnen of drakenoffers worden verkocht. Het feit dat ik nog maagd *ben* (maagdenvlies intact of niet) maakt het alleen maar erger.

Prima. Whatever.

Ik lees de rest van Anatolio's korte bericht. Hij zegt dat hij mijn optreden op YouTube heeft gezien, onder de indruk was en nu een gerelateerde mogelijkheid wil bespreken.

Intrigerend. Vooral vanwege de laatste zin:

*Dit is een serieus voorstel. Geld speelt geen rol. Noem een tijd en plaats waar we elkaar kunnen ontmoeten.*

Hij klinkt als een man die krijgt wat hij wil.

Ik druk op 'beantwoorden' en vraag hem of hij me in de coffeeshop waar ik vaak kom wil ontmoeten - een openbare plaats, voor het geval hij een engerd is.

Voordat ik mijn laptop kan sluiten, krijg ik antwoord:

*Wat dacht je van morgenochtend om 10 uur?*

Dat is voor mijn lunch met Blue, maar twee uur zou genoeg moeten zijn om over zaken te praten, dus ik ga akkoord.

Wie is hij?

Ik zoek goochelaars met de naam Anatolio op, maar de zoekopdracht levert geen resultaten op. Misschien is hij geen goochelaar? Hé, niet iedereen is perfect. Het belangrijkste is dat ik vannacht goed slaap, zodat ik deze potentiële klant morgen kan overtuigen om een hoog bedrag te betalen.

Aangezien een liaison met een dildo me de nacht ervoor heeft geholpen om te slapen, besluit ik vanavond dezelfde strategie te gebruiken. Ik sta bovendien te popelen om mijn nieuwe siliconenvriend uit te testen.

Het belangrijkste eerst. Ik steriliseer de dildo zo goed als ik kan en doe er dan een condoom om, voor het geval dat.

Als ik weer naar bed ga, kijk ik schuldbewust naar mijn oude dildo.

*Oh, maak je om mij maar geen zorgen. Laat mijn batterijen gewoon leeglopen en gooi me dan in de vuilnisbak. Ik had van iemand die zo oppervlakkig is als jij nooit loyaliteit verwacht.*

Schouderophalend kijk ik naar de nieuwe dildo.

Erg leuk. Bella is een geweldige ontwerper. Ik vind het zelfs zo leuk dat ik besluit om het een naam te geven. Als ik mijn speeltje ga vermenselijken, dan kan ik er net zo goed voor gaan.

*Wat dacht je van Koninklijke Hardheid?*

Nee. Die is al bezet. Ik denk aan de Regent.

*Wat dacht je van prins Regent?*

MISHA BELL

Klaar. Ik download de benodigde app om de vibratie van prins Regent in te schakelen.

Terwijl ik met mezelf speel, probeer ik niet aan Tigger te denken, vooral niet aan zijn lichtbruine ogen, zijn brede schouders of zijn-

Laat maar zitten.

Ik laat mezelf de Ruskoviaanse prins volledig visualiseren en kom met een knal klaar voordat ik met een gekke grijns op mijn gezicht in slaap val.

## Hoofdstuk Zes

*I*k ben tien minuten te vroeg in de coffeeshop, want het laatste wat ik wil is dat mijn huisgenoten en ikzelf vanwege mijn te laat komen uit huis worden gezet.

Ik pak buiten een tafeltje, nip aan mijn ijskoffie en kijk naar de voorbijgangers.

"Hallo," zegt een bekende sexy mannenstem.

Ik kijk op en stik bijna in mijn latte.

Het is Tigger in al zijn Meest Interessante Man ter Wereld-glorie. Ongevraagd komen de woorden van de commercials bij me op: *"Hij had een keer een ongemakkelijk moment, gewoon om te zien hoe het voelt. In musea mag hij de kunst aanraken. Als hij aan het vrijen is dan wordt dat door een seismograaf gedetecteerd."*

Eigenlijk is hij nog knapper dan ik me herinner, waarschijnlijk omdat hij zonder zijn honden in de buurt veel leuker gekleed is.

Zijn tijgerogen glinsteren slinks. "Leuk je hier te ontmoeten."

Ik spring overeind en maak een spottende buiging. "Uwe Koninklijke Achterste. Het is een eer en een voorrecht."

Hij grijnst. "Het klinkt alsof ik indruk op je heb gemaakt."

Ik rol theatraal met mijn ogen. "Rustig aan, *Tigger*."

"Zie je." De grijns wordt arrogant. "Je hebt je zus naar mij gevraagd."

Shit. Daar heeft hij me. Ik geef de hormonen de schuld.

Opeens krijg ik dorst en neem een grote slok van mijn latte. Kun je uitgedroogd raken als je vrouwelijke delen te veel sap produceren? Vraag het voor een vriendin.

Hij gaat aan mijn tafel zitten.

"Wat doe je?" vraag ik streng.

"Ik kom bij je zitten. Lijkt me duidelijk."

Ongelooflijk. "Hoe groot is je verdomde ego?"

Hij kijkt naar beneden. "Alles is proportioneel."

Geweldig. Nu heb ik het beeld van Zijn Koninklijke Hardheid in mijn geestesoog. En in de mond van mijn geest.

"Die stoel is bezet."

Zo. Ik ben er trots op hoe gelijkmatig mijn stem is.

Zijn wenkbrauw gaat omhoog. "Door wie?"

Ik vernauw mijn ogen tot spleetjes. "Dat gaat je niks aan."

"Oh, ik denk dat het me zeker iets aangaat."

Het lef! "Serieus. Ga."

Hij kruist zijn armen voor zijn borst. "Waar is Waldo?"

Ik kan het deze keer niet opbrengen om boos te worden. Als iemand me een dollar zou geven voor elke keer dat ik die exacte uitdrukking heb gebruikt om mijn vriend te plagen, dan zou de huur geen probleem zijn. Toch houd ik mijn toon streng. "Hij is thuis, dat is ook iets dat jou niets aangaat. Waar zijn je honden?"

"Ook thuis. Ik neem ze niet mee naar zakelijke besprekingen." Hij kijkt me scherp aan.

Zakelijke besprekingen.

Ondanks de handschoenen voelen mijn vingers ijskoud aan.

Dat kan niet.

Kan hij het zijn?

"Ah." Deze keer is zijn grijns zelfvoldaan - zoals die van een kat die eindelijk een vervelende kanarie heeft opgegeten. "Je begint het door te krijgen."

Mijn kiezen knarsen op elkaar. "Hoe heet je echt? Het is duidelijk niet Tigger."

"Wat onbeleefd van me." Hij steekt zijn hand uit. "Anatolio Cezaroff, tot uw dienst."

Anatolio. Zoals in de naam van de e-mail van de 'klant'.

In verbijsterde stilte schud ik zijn hand.

Ook al zit er een handschoen tussen ons in, een rilling verspreidt zich door mijn lichaam, wervelt rond en vestigt zich in mijn lagere regionen.

Verdorie. Als een van die wezens uit *Predator* met

hun hittevisie naar me zou kijken, dan zou ik als een geile kerstboom oplichten.

Met veel moeite gris ik mijn hand weg. "Waarom de schijnvertoning?"

Hij houdt zijn hoofd schuin. "Wat bedoel je?"

"Waarom heb je toen je me een e-mail stuurde niet gezegd dat we elkaar hebben ontmoet? Heb je nog zaken te bespreken of is dit een grap?"

"Oh, ik heb je unieke vaardigheden nodig, dat verzeker ik je," zegt hij.

Of zijn pokerface is de beste die ik ooit heb gezien of hij spreekt de waarheid.

"Wat het ook is, het kan maar beter met magie te maken hebben."

Zijn ogen glinsteren. "Ja, dat heeft het."

Hmm, oké. "Het zal je... veel gaan kosten."

"Ik heb je al gezegd, geld speelt geen rol."

Ik adem diep in en adem langzaam uit. Zonder mijn benarde financiële situatie zou ik hem regelrecht weigeren, maar zoals de zaken er nu voorstaan, moet ik zien of hij echt een manier kan zijn om huisuitzetting te voorkomen. "Oké. Als we gaan samenwerken, hoe moet ik je dan noemen? Anatolio? Uwe Majesteit? Eike—"

"Je kunt me noemen wat je wilt... behalve Nate."

Ik grijns ondanks mezelf. "Wat dacht je van Tony? Je weet wel, zoals de tijger?"

"Als dat betekent dat je met me wilt samenwerken, ga je gang - al heb ik liever gewoon Tigger." Hij leunt naar voren. "Zo noemen de mensen me die dicht bij me staan."

Oh ja. Ik wil dicht bij hem zijn. Sterker nog, ik wil mezelf op hem werpen, met mijn hoofd eerst.

Nee, vagina eerst.

Ik slik mijn kwijl door. "Tigger is goed. Nou, wat is het dat je wilt?"

Hij kijkt verlangend naar mijn kopje.

Ik slaak een zucht. "Wil je eerst een kopje koffie?"

Hij knikt.

"Ga dan," zeg ik op heerszuchtige toon voordat ik me realiseer dat ik misschien als zijn moeder klink.

"Wil jij er nog een?" vraagt hij.

Als ik mijn hoofd schud, loopt hij weg.

Ik pak mijn telefoon en typ in Google 'Anatolio Cezaroff' in.

Wauw. Mijn zus maakte geen grapje.

Behalve dat hij een prins is, staat hij ook om zijn stunts bekend. Er zijn vermeldingen van racen (motor, auto en speedboot), koorddansen, rotsklimmen (met en zonder uitrusting), extreem surfen en snowboarden.

Misschien *is* hij de man van die reclames. Misschien heeft hij "ooit de Tour-de-France gewonnen, maar werd hij gediskwalificeerd, omdat hij op een eenwieler reed".

Hij komt terug met een kopje koffie, dus ik verstop snel mijn telefoon.

Hij vouwt zijn gespierde lichaam gracieus in zijn stoel en neemt een slok terwijl ik hongerig naar zijn lippen kijk. "Geloof het of niet, ik ben je online tegengekomen voordat we elkaar hadden ontmoet," zegt hij. "Ik was op zoek naar 'hoe ik mijn adem lang in kan houden' en zag je video op YouTube. Ik was je niet specifiek op het internet aan het stalken."

Ik geloof hem *niet*, maar ik laat hem doorpraten.

"Ik weet niet zeker of je zus het heeft genoemd, maar ik vind het leuk om af en toe leuke excursies te doen en mijn volgende is een vrije duik in Dyrka," zegt hij. "Heb je er weleens van gehoord?"

Ik schud mijn hoofd.

Leuke excursie? Het *is* net als in die advertenties: *"Hij heeft een spelletje Russisch Roulette met een volledig geladen magnum gespeeld en gewonnen."*

"Dyrka is een beroemd ondergronds meer in mijn thuisland," legt hij uit. "Een duikuitrusting is daar verboden. Gaat er bij dit alles een belletje rinkelen?"

Ik schud weer met mijn hoofd. "Ik weet maar twee dingen over Ruskovia: mijn favoriete goochelaar woont daar en een van hun prinsen is nogal vol van zichzelf."

Zijn grijns is terug. "Heb je mijn broer Kaz ontmoet?"

"Nee. Hoezo? Is hij nog voller van zichzelf dan jij?"

Hij nipt van zijn koffie terwijl ik subtiel probeer te zijn over mijn fixatie op zijn lippen. "Kaz is de afkorting van Kazimir," zegt hij, "wat 'een grote en machtige vernietiger van de vrede' betekent. Voeg daar nu aan toe dat hij de grootste hotelketen ter wereld bezit en dat hij een prins is."

"Wat betekent de naam Anatolio?" vraag ik op de

meest snauwende toon die ik voor elkaar kan krijgen. "Ik wed dat het 'Rozen staan stil om aan *hem* te ruiken' is."

"Nee," zegt hij en als hij beseft dat ik zojuist een advertentie van Dos Equis heb geciteerd, dan laat hij dat niet merken. "Mijn naam betekent 'iemand die uit het Oosten komt'."

"Is dat hoe je aan je bijnaam bent gekomen - Tigger? Er zitten veel tijgers in het Oosten."

"Zullen we maar weer teruggaan naar zaken," zegt hij. "Voor het geval het niet duidelijk was, wil ik vrij duiken in de Dyrka."

"Vrij duiken. Zoals in 'duiken zonder ademhalingsapparatuur'."

"Precies," zegt hij. "Dus je snapt waarom ik naar jou toe ben gekomen."

Nee. "Ja," lieg ik. Ik heb geen idee hoe ik hem met zoiets moet helpen.

Dan weet ik het.

Mijn video. Hij heeft me twintig minuten lang mijn adem in zien houden en denkt dat ik hem dat voor het vrijduiken kan leren.

"Ik wil tien minuten lang mijn adem inhouden," zegt hij, waarmee hij mijn vermoeden bevestigt. "Ik wil dat je mijn ademhalingscoach wordt."

Ik neem een grote slok van mijn latte om mezelf de kans te geven om mijn gedachten te ordenen.

Er is een probleem.

Een grote.

Ik heb geen idee hoe ik echt mijn adem in moet

houden, in ieder geval niet langer dan negentig seconden. Dat filmpje was niet echt. Ik bedoel, ik zat in het water en zo, maar ik heb alleen maar de illusie van twintig minuten lang niet ademen gecreëerd. Ik was niet hardcore genoeg om het echt te doen, zoals David Blaine beweert te hebben gedaan.

Mijn methode was vergelijkbaar met de manier waarop de Masked Magician het in zijn tv-show heeft gedaan: hij had een beademingsbuis in het water verborgen, een verborgen zuurstoftank en veel acteerwerk. Wat mijn versie beter maakte, was dat ik geen griezelig masker op hoefde te doen en dat ik mijn eigen in een badpak geklede lichaam als misleiding gebruikte in plaats van een assistent te objectiveren.

Het was een stunt om indruk op Waldo's krant te maken, meer niet. Ik kreeg het idee tijdens het kijken naar *Now You See Me* - in het bijzonder de scène waarin Isla Fisher 'door de piranha's werd opgegeten'.

Ik wilde er niet eens aan denken om die stunt echt te doen, omdat het zo gevaarlijk is. Een echte stunt doen is hoe de vrouw van het personage van Hugh Jackman in *The Prestige* stierf. Oké, dat is fictie, maar veel echte goochelaars zijn bij het ontsnappen uit water omgekomen. En ik wil nog niet dood.

Het is te triest om als maagd te verdrinken.

"Dus," zegt hij. "Wil je het doen?"

Ik slik hoorbaar mijn drankje door terwijl mijn innerlijke magiër wakker wordt.

*Wat maakt het uit of je het vervalst? Laat hem denken dat je het echt hebt gedaan. Dat houdt hem twee keer voor de gek. Je hebt geld nodig voor de huur en je kunt opscheppen dat een prins je klant is.*

Hij schenkt me een slipjes-verbrandende glimlach. "Zeg gewoon ja."

"Ja," zeg ik hem na, hoewel ik niet zeker weet waar ik mee instem - hem lesgeven of mevrouw Tigger worden. Nee, *prinses Tijgerin.*

"Geweldig," zegt hij. "Zullen we onze eerste les bij Chelsea Piers Fitness doen? Ik zorg dat je toegang krijgt."

"Waarom?" vraag ik.

Hij fronst. "Ze hebben een zwembad."

Ik huiver. "Een openbaar zwembad? Waarom besparen we onszelf geen tijd en dompelen we ons hoofd gewoon in het dichtstbijzijnde toilet?"

Zijn frons wordt dieper. "Heb je een probleem met zwembaden?"

"Niet met zwembaden. Ik heb een probleem met cryptosporidium, giardiasis, norovirus, shigellose, legionella, E—"

"Ik snap wat je bedoelt," zegt hij en ik moet hem de eer geven. Hij kijkt uiterst serieus, terwijl mensen meestal spottend lijken nadat ik ze (heel redelijk) dergelijke gevaren heb uitgelegd. "Wat als het zwembad privé was?"

Ik haal mijn schouders op. "Op voorwaarde dat het vers water en de juiste chlorering had, denk ik dat ik me er comfortabel bij zou voelen om *jou* erin te laten gaan."

Zijn grijns verschijnt weer. "Dus je maakt je zorgen

om *mijn* welzijn?"

"Laat het niet naar je hoofd stijgen. Ik moet je in leven houden totdat ik betaald word."

"Ja. Tuurlijk. En het klinkt alsof je niet met mij het water in gaat?"

Is het mogelijk om hetzelfde scenario zowel te willen als te vrezen? Een deel van mij stelt zich voor dat ik naakt met hem aan het zwemmen ben en dat deel is maar een paar seconden verwijderd van zichzelf onder de tafel aan te raken. Een ander, veel gezonder deel is dat ik elke in het zwembad levende bacterie en elk virus dat de wetenschap kent, oppik en ik huiver.

"Absoluut niet," zeg ik. "Je zou een zwembad met steriel water moeten vullen om me te laten overwegen om erin te gaan. Zodra iemand – hoe koninklijk hun bloed ook is – in hetzelfde water gaat, is het niet langer steriel."

Hij knikt. "Ik zal er met mijn broer over praten."

Mijn wenkbrauwen fronsen. "Wat heeft je broer ermee te maken?"

"Ik logeer in het hotel van Kaz. Er is naast die van mij een penthouse met een klein zwembad. Ik weet zeker dat hij me daar in zal laten trekken en hij zal het water voor ons verversen als dat nodig is."

Een penthouse in een hotel? Maar hij is natuurlijk een verdomde prins.

Mijn financiële vooruitzichten zien er steeds beter uit.

"Wat zeg je ervan?" vraagt hij, met stralende lichtbruine ogen. "Zullen we dit doen?"

# Hoofdstuk Zeven

*G*oeie vraag.

Zullen we het doen?

Zal ik het doen?

Om te beginnen heb ik het geld hard nodig. Hem trainen klinkt ook best hot. Het zou als het temmen van een tijger zijn, dus ik zou eigenlijk als Siegfried & Roy zijn. Nou, hopelijk niet *precies* zoals zij. Het ging uiteindelijk met Roy niet zo goed.

Helaas is er ook dat stukje dat ik niet weet wat ik in godsnaam aan het doen ben. Wat als ik hem op de verkeerde manier lesgeef en hij verdrinkt?

"Ik snap het," zegt hij. "Je kunt je niet binden zonder over de compensatie te praten."

Om mezelf wat meer tijd te geven om na te denken, neem ik een grote slok van mijn latte.

"Wat denk je hiervan?" Hij pakt een visitekaartje en schrijft er iets op.

Als ik het bedrag zie, spuug ik bijna mijn drinken uit - niet een van de beste onderhandelingstechnieken.

Met een grijns veegt hij de druppels latte weg die ik op zijn wang heb weten te krijgen. "Ik snap het. Het was een beledigend bedrag. Wat als ik het verdubbel?"

Godzijdank heb ik geen latte meer over om in te stikken. Afgezien van het geld, kan ik niet geloven hoe cool hij is met die druppels op zijn gezicht. Als onze rollen omgedraaid waren, dan zou ik nu waarschijnlijk schuldig zijn aan moord. Of is het vrijwillige doodslag als het een crime passionnel is?

"Was dat in Amerikaanse dollars?" slaag ik erin om te vragen.

Hij knikt.

Ik weersta de drang om mezelf koelte toe te wapperen.

"Oké," zegt hij. "Ik zal het verdrievoudigen."

Mijn ogen worden groot.

"Prima, verviervoudigd, maar dat is mijn laatste bod," zegt hij met een volkomen strak gezicht.

Oké dan. Mijn eerdere morele dilemma lijkt zo ver van me af te staan als een gescheiden stel na een bittere voogdijstrijd. De meeste mensen zouden voor dit soort bedragen hun grootmoeder slaan, anale seks met hun vijand hebben en misschien zelfs de leuningen in de metro van New York likken.

Hij fronst. "Ik meen het. Het verviervoudigen is zo hoog als ik ga, maar aangezien je het hard speelt, wat dacht je van een bonus na voltooiing van de training? Geheel naar mijn eigen goeddunken natuurlijk."

"Prima," zeg ik met een vertrouwen dat ik niet voel. "Ik doe het."

"Geweldig." Daar gaat nog een katachtige-eet-een-kanarie-uitdrukking / grijns. "Is er een training die je hier en nu kunt geven?"

Shit. Ik moet eigenlijk een soort leerplan voor hem bedenken.

Maar wat?

Ik handel dat later wel af. Voor nu besluit ik te bluffen door hem de kalmerende ademhaling te leren die ik tijdens de desensibilisatie-oefeningen doe - een behoorlijk nuttige vaardigheid.

Ik ga ervoor en leg uit hoe hij moet inademen met zijn neus en de lucht naar zijn buik moet laten gaan in plaats van naar zijn borst. Halverwege steekt hij als een plichtsgetrouwe student zijn hand op.

Vreemd genoeg wordt mijn eigen ademhaling oppervlakkiger. "Ja?"

"Sorry dat ik je onderbreek," zegt hij en het klinkt alsof hij het meent. "Ik weet alles al wat er over een middenrifademhaling te weten valt."

"Echt?"

Het is vreemd om me hem voor te stellen dat hij een oefening gebruikt om stress en angst te bestrijden. Hij lijkt niet het type dat snel onder de indruk is.

"Yep," zegt hij. "Als onderdeel van een duikopleiding geleerd."

Oh. Ik wist niet dat het met duiken kon helpen. Maar goed, ik klink tenminste per ongeluk alsof ik weet waar ik het over heb. Jippie.

Dit is misschien wel mijn grootste illusie tot nu toe.

"Kun je me op dit moment nog iets leren?" vraagt hij.

Shit. Ik heb geen trucjes meer. Ik denk dat ik het moet faken.

"Laat me je eerst en vooral via je buik zien ademen," zeg ik met de air van iemand die weet waar ze het over heeft.

"Tuurlijk." Hij leunt achterover in zijn stoel, sluit zijn ogen en begint langzaam en weloverwogen te ademen.

Ik waaier mezelf koelte toe en weersta verschillende griezelige neigingen, zoals dicht bij zijn nek komen en eens goed ruiken.

Een heerlijk serene uitdrukking vestigt zich op Tiggers gelaatstrekken, een waar Boeddha trots op zou zijn... tenzij Boeddha er in plaats daarvan opgewonden door zou raken, zoals ik.

Hmm.

Toen ik deze techniek zelf leerde, was een belangrijke tip om een hand op mijn borst en buik te leggen en ervoor te zorgen dat alleen die op de buik beweegt.

Ik denk dat als ik het van een trainer had geleerd, ze dat met *haar* handen zou hebben gedaan.

Yep. Dit is geen enge drang om hem aan te raken. Helemaal niet.

"Ik ga mijn handen op je leggen," fluister ik. "Goed?"

Zijn kaak spant zich aan en zijn ademhaling stokt als hij knikt.

"Betrapt," zeg ik streng. "Je ademde net gewoon via de borst. Blijf bij de buikademhaling, wat er ook gebeurt."

Ik zie hem vechten om de serene uitdrukking terug te krijgen, dat is het moment dat ik mijn linkerhand op zijn borst leg en de rechter op zijn buik.

Heilige verdomde spieren.

Zijn borstspieren zijn onder mijn linkerhandpalm keihard en onder mijn rechter heb ik een sixpack.

Ik schaam me niet om toe te geven dat dit moment een prominente plaats inneemt als ik vanavond met prins Regent ga spelen.

Shit.

Moet focussen.

Hij ademt weer via zijn borst - als in, oppervlakkig - en ik geniet van de wetenschap dat mijn aanraking hem heeft beïnvloed.

"Ik zou *hier* een opwaartse beweging moeten voelen," zeg ik terwijl ik in feite zijn buikspieren streel.

Hij haalt een paar keer geforceerd adem en zijn eerdere rust keert terug.

"Probeer tot twee te tellen bij het inademen en dan tot vier bij het uitademen."

Dit doet hij vakkundig.

Ik laat hem een andere verhouding doen, vooral omdat ik mijn handen niet weg wil trekken.

Hij doet elke versie van verschillende tellingen als een kampioen, en veel beter dan ik.

Ik laat hem nog een paar minuten ademen. Dan

verwijder ik met tegenzin mijn handen. "Daar ben je best goed in."

Hij opent zijn ogen en gaat meer rechtop zitten. "Dank je."

"Toch," zeg ik. "Wil ik dat je dit elke dag veertig minuten oefent."

Het kan geen kwaad, toch?

"Zal ik doen," zegt hij. "Is er nog iets anders?"

"Nee," zeg ik. "Ik wil je op je eerste dag niet overweldigen."

En ik heb geen idee wat ik hem nog meer moet leren, dus dat is er ook nog.

"Ik wil niet dat je zacht gaat worden," zegt hij.

Ik kijk naar zijn kruis en mijn ogen puilen uit bij de bobbel die ik daar zie. "Als ik dat tegen jou zou zeggen, dan zou je beledigd zijn."

Zijn ogen glanzen. "Oh, maak je geen zorgen, *myodik*, we zouden nooit zacht bij je worden."

Was dat het koninklijke 'wij', of 'Tigger en Zijne Koninklijke Hardheid'-soort 'wij?' In plaats van dat te vragen, ga ik voor, "Is honing in het Ruskoviaans een mannelijk zelfstandig naamwoord?"

"Nee. Je denkt aan Russisch." Hij trekt een grimas. "Het is een barbaarse taal."

"Goed," zeg ik. "Ik dacht even dat je impliceerde dat ik er mannelijk uitzie."

Hij sleept zijn blik langs elke ronding en zijn stem wordt hees. "Mannelijk is één ding dat je niet bent."

Ik word suïcidaal geil - op het punt om hem hier en nu te bespringen, ziektekiemen wees vervloekt.

Kan lust alles overwinnen?

Nee. Zelfs als het kan - en dat is een 'als' ter grootte van Zijne Koninklijke Hardheid - dan zou ik er niet naar moeten handelen en niet alleen omdat we ons op een openbare plaats bevinden. Ik sta op het punt om wat broodnodig geld te verdienen en het introduceren van seks in die combinatie kan alles verpesten.

"Hé." Hij maakt magnetisch oogcontact met me, mijn vastberadenheid verder afbrekend. "Ik wilde je geen ongemakkelijk gevoel geven."

Ik schud mijn hoofd in de hoop het van stomme hormonen te zuiveren. "Maak je geen zorgen. Dat heb je niet gedaan."

Zijn lippen vormen zich in die boosaardige grijns. "Goed. Ik heb er veel over nagedacht over hoe je mijn riem hebt gestolen en ik denk dat ik het doorheb."

Ik trek een wenkbrauw op. "Vertel maar."

"Misleiding," zegt hij op zelfvoldane toon.

Ik gnuif. "Is dat je geniale antwoord? Dat is hetzelfde als zeggen 'je deed het door stiekem te zijn'."

"Ja. Dat ook. Stiekem. Precies."

"Dat is geen verklaring."

"Wat is het dan?" vraagt hij heel snel.

Ik grijns ondeugend. "Leuk geprobeerd."

Hij past zijn riem weer aan. "Ik wed dat je het niet nog een keer kunt doen."

"Weer leuk geprobeerd. Eén keer een trucje doen is amusement, het twee keer doen is educatie."

Dat gezegd hebbende, besluit ik hier en nu dat ik

zijn riem toch weer zal stelen - alleen op een voor mij meer geschikt moment.

"Komt dat even goed uit," zegt hij.

Ik haal mijn schouders op.

"Ik wed dat je me niet nog een keer voor de gek kunt houden - met een andere truc, bedoel ik."

Ik weersta de drang om hem ten huwelijk te vragen. Ik leef voor zulke uitdagingen. "Wat gebeurt er als ik je voor de gek kan houden?"

Hij leunt naar voren. "Ik zal alles doen wat je wilt."

Als het idee was om het moeilijker voor me te maken om me op magie te concentreren - of om te ademen - missie volbracht. Ik stel me voor dat hij allerlei plezierige ondeugende dingen met me doet, waarvan de meest tamme een voetmassage is (hij kan handschoenen dragen), een video waarin hij zich voor mijn kijkplezier aftrekt, ik hem als mijn sexy assistent gebruik—

Nee. Hij is een klant.

Het moet iets professioneels zijn.

"Zou je een shirt met de tekst 'Ik wil een zeemeermin zijn' dragen?" Ik wrijf als een superschurk in mijn handen. "En jeans en ondergoed met geborduurde afbeeldingen van zeemeerminnen."

"Deal," zegt hij en gaat weer met zijn ogen over me heen. "Wat ga jij voor mij doen als ik raad hoe deze truc werkt?"

Fuck mij. Nu bloos ik als een maagd.

Nou, strikt genomen *ben* ik een maagd.

Lacht hij weer?

Grr.

Als ik echt magisch was, dan zou ik mijn kracht gebruiken om mijn wangen weer normaal te maken.

Nee. Vergeet dat. Als ik echt magisch was, dan zou ik alle ziektekiemen uit het bestaan verwijderen en Tigger hier en nu nemen.

Zou het met wederzijdse instemming zijn als ik magie zou gebruiken om hem er zin in te laten hebben?

"Is een kat er met je tong vandoor?" vraagt hij.

"Nee," zeg ik. "Een andere kat. Groot. Gestreept. Rijmt op Geiger."

"Wil je zeggen dat een tijger er met je tong vandoor is? Of Tigger? Als in ik? En wat is een Geiger?"

Ik kijk hem verwaand aan. "Een geiger meet straling. Lees af en toe eens een boek."

Hij maakt tsk-tsk geluiden. "Je hebt nooit antwoord gegeven. Wat krijg ik als ik je truc doorzie?"

"Hetzelfde als wanneer je dat niet doet - gratis entertainment. Graag of niet."

"Prima," zegt hij. "Hou me voor de gek."

Wat moet ik doen?

Ik heb een paar dingen bij me. Alle goochelaars doen dat. Maar ik wil iets groters doen, iets om hem weg te blazen.

Hmm, klonk dat vaag seksueel?

Ik ben in ieder geval jaloers op sommige van mijn huisgenoten. Clarice zou nu een pak kaarten tevoorschijn halen en Harry heeft altijd genoeg touw voor een trucje of een spontane BDSM-scène, terwijl ik moet improviseren.

Kan ik een van de kopjes laten verdwijnen? Koffie in een ander drankje veranderen? Een munt laten verdwijnen en dan weer in een suikerzakje laten verschijnen?

Nee. Niet goed genoeg.

Een suikerzakje in zijn broek?

Nee, dat lijkt te veel op het stelen van de riem.

Dan weet ik het.

Een klassieker.

Ik laat mijn toneelpersonage op mijn gezicht verschijnen en spreek met zoveel ernst als ik op kan brengen. "Ga naar de coffeeshop en pak een lepel. Een van metaal, geen plastic."

Hij lijkt geïntrigeerd te zijn, doet wat ik zeg en komt met een lepel in de hand terug.

"Hier." Hij geeft het aan me.

Ik verban de beelden van ons twee die aan het lepelen zijn en pak het bestek aan.

Ik leg de lepel op ooghoogte en vraag hem om te kijken.

Hij staart zonder te knipperen, alsof hij mijn ziel door mijn ogen probeert te zien. Dat, of hij channelt misschien een andere Dos Equis-commercial, die waarin hij *"ooit een staarwedstrijd van zijn eigen spiegelbeeld had gewonnen"*.

Als ik het gevoel heb dat ik genoeg mysterieuze spanning heb opgebouwd, laat ik de illusie ontvouwen - en hij ziet de lepel buigen.

"Wauw," mompelt hij terwijl een blik van absoluut

en vol ontzag op zijn gezicht verschijnt, waardoor hij een bijna jongensachtig uiterlijk krijgt.

Trots zwelt in me op. Het heeft me een tijdje gekost om deze illusie er precies zo uit te laten zien als die scène in *The Matrix*.

"Hoe heb je dat voor elkaar gekregen?" vraagt hij, terwijl zijn ogen de nu kromme lepel hypnotiseren.

Ik geef hem de lepel om te onderzoeken. "Betekent dat dat ik win?"

"Ja," zegt hij. "Jij wint. Vertel het me."

"Het is heel simpel." Ik leun dichterbij. "Er is geen lepel."

Hij blaast zijn adem uit. "Goed dan. Je hebt me voor de tweede keer. Ik heb het gevoel dat de zeemeerminkleren niet meer genoeg zijn. Je moet me vandaag lunch voor je laten kopen."

"Ik heb voor de lunch een afspraak met mijn zus," zeg ik, bijna op de automatische piloot.

"Oh," zegt hij "Natuurlijk."

Is dat teleurstelling op zijn gezicht?

Ik schraap mijn keel. "Over die lunch gesproken, ik moet zo gaan."

"Ik begrijp het," zegt hij en deze keer is zijn gezicht uitdrukkingsloos. "Kunnen we voordat je gaat nummers uitwisselen?"

Ik pak het visitekaartje waarop hij zijn eerste aanbod heeft geschreven. "Is dit je mobiele nummer?"

Hij knikt.

Ik voer zijn cijfers in en sla hem in mijn contacten

op als 'Zijne Koninklijke Achterste' en app hem dan zodat hij mijn nummer heeft.

Zijn telefoon piept.

Zoals gebruikelijk in deze situatie, let ik goed op zijn handen. Als goochelaar maak ik er een punt van om de pincodes van iedereen die ik ken op te merken en te onthouden. Op deze manier kan ik, als ik op een gegeven moment de kans krijg om hun telefoon te stelen, met mijn 'kracht' pronken om hem op 'magische' wijze te ontgrendelen. Het laat me ook mentalistische trucs doen, zoals 'denk aan een persoon die je onlangs hebt gesproken' en dan noem ik de naam van de persoon die ik in hun recente belgeschiedenis heb zien staan. Die laatste bezorgde Waldo bijna een aneurysma toen ik het een paar weken geleden bij hem deed.

Tigger typt de cijfers vrij snel in, maar ik denk dat ik ze toch heb.

Hij veegt dan over het scherm, waardoor mijn clit jaloers wordt. "Hebbes. Bedankt. Ik zal je laten weten wanneer ik beschikbaar ben voor de volgende les."

"Neem je tijd," zeg ik en meen het. Als hij het uitstelt, heb ik tijd om een soort lesplan uit te werken.

Hij staat op.

Ik doe dat ook.

Hij lijkt op het punt te staan om iets te zeggen.

Ik twijfel of ik dichterbij moet komen alsof ik hem wil knuffelen en dan weer zijn riem moet stelen, maar hij geeft me de kans niet. Met een hoofse buiging draait hij zich om en vertrekt.

———

Als ik in een taxi spring, vraag ik me af of hij niet te abrupt is vertrokken.

Als dat zo was, waarom dan? Was hij van streek dat ik niet kon lunchen?

Wacht eens even. Vroeg hij me op een date?

Nee. Dat kan niet. Hij is een hete prins en ik ben een puinhoop. Waarom zou hij met mij willen daten?

Niet dat het uitmaakt. Als hij me door een wonder mee uit heeft gevraagd, dan is het maar goed dat ik - hoe per ongeluk ook - heb geweigerd.

Hij is een klant en ik heb het geld nodig.

Zelfs als hij dat niet was, heb ik relaties vermeden om me op mijn carrière te concentreren. Wat, als alles goed gaat, gepaard gaat met reizen voor mijn shows en reizen is voor een relatie niet bevorderlijk. Ik hou ook niet van ziektekiemen en hij is een mannelijke hoer die er waarschijnlijk vol mee zit.

Hij is bovendien ook een prins. Dat betekent dat hij - zoals de favoriete *Downton Abbey*-personages van mijn tweelingzus het zouden zeggen - boven mijn station staat. Hij zou vanwege zijn koninklijke plichten misschien niet eens in staat zijn om met een gewone burger te daten, afgezien van een korte affaire. En hij staat waarschijnlijk in de publieke belangstelling, opgejaagd door de paparazzi en zo.

Wacht, eigenlijk zou dat laatste wel goed voor me zijn. De publiciteit kan nuttig zijn voor mijn magische carrière.

Maar nee. Daten is over het algemeen een slecht idee voor me en met Tigger zou het vrijwel zeker een ramp zijn. Alle redenen die ik zojuist heb genoemd terzijde, ik heb een stiekem vermoeden dat als ik dit pad zou volgen, ik misschien een van de engste ziekten zou krijgen die ik kan bedenken.

Gevoelens.

De taxi stopt en ik sprint naar het restaurant dat Blue heeft uitgezocht.

Oh hel nee.

Het bordje naast de deur laat mijn bloed stollen.

Ik trek mijn telefoon uit mijn tas en typ een bericht aan mijn zus:

*Waar ben je? Het is absoluut uitgesloten dat ik in dit restaurant ga eten of er zelfs maar naar binnenga.*

## Hoofdstuk Acht

*Ben er bijna,* antwoordt Blue. *Wat is het probleem?*

Ik staar opnieuw naar het bord, tegen misselijkheid vechtend voordat ik woedend app: *Neem je me in de maling? Als ik zelfmoord wilde plegen, dan zou ik een overdosis slaappillen nemen.*

Een gele taxi stopt aan de stoeprand en mijn zus springt eruit, een geërgerde uitdrukking op haar gezicht.

Aangezien mijn zeslingzusjes eeneiig zijn, zien ze er net zo identiek uit als Holly en ik, dat wil zeggen dezelfde gezichten, maar verschillende kapsels, lichaamsvetverdelingen en dergelijke. Er is ook nogal wat gelijkenis tussen mijn tweelingzus en ik en de zesling. Door het geluk van genetische dobbelstenen lijken we meer op elkaar dan de meeste zussen. Dat zou kunnen verklaren waarom Blue me ook aan Cate

Blanchett doet denken, alleen in haar rol in *Heaven*, waar ze een kortgeschoren kapsel heeft.

"Wat is er mis met deze plek?" vraagt Blauw.

Ik wijs naar het bord. "Dat."

Ze zucht. "Ja. Dat is een 'B'."

De gezondheidsafdeling van New York inspecteert restaurants en geeft ze een beoordeling tussen 'A' en 'C'. 'A' betekent dat de zaak voor sanitaire overtredingen tussen de nul en dertien punten heeft behaald, terwijl 'B' veertien tot zevenentwintig overtredingen betekent. In reële termen vertaalt een 'B' zich in ratten die in kakkerlakken stikken en apen die uit de dierentuin komen om uitwerpselen naar de klanten te gooien. Een 'C'-beoordeling betekent achtentwintig overtredingen of meer, dus ik stel me de binnenkant van die restaurants als een post-apocalyptisch landschap voor met door pest geteisterde, gemuteerde ratten die het personeel opeten, klanten die elkaar kannibaliseren en voedsel dat als zombie-achtige wezens terugkeert.

Ik vernauw mijn ogen tot spleetjes naar haar. "Hoe zou *jij* het vinden als ik je naar Chick-fil-a zou slepen?"

Ze huivert.

"Wat dacht je van de KFC?"

Ze verbleekt.

"Popeyes. Church's Chicken. Zax—"

"Genoeg," zegt ze. "Laten we een restaurant met een 'A' voor je zoeken."

Yep. Blue's angst voor vogels strekt zich tot de gefrituurde variëteit uit.

Ik pak mijn telefoon. "Geef me een momentje."

Ik vertrouw zelfs geen zaken met een 'A', daarom heb ik Blue gesmeekt om een app voor me te schrijven die de ruwe inspectiegegevens analyseert die de stad New York gratis aan iedereen verstrekt. Ik geef de app mijn locatie en het geeft me een restaurant in de buurt met een nulscore.

Aha. Een zaak met de naam Planet of the Crepes. Veelbelovend.

Ik controleer of ze geen dingen met vogels serveren en zie dat dat niet zo is. Ze maken zelfs de pannenkoeken zonder eieren.

"Wat denk je ervan?" Ik laat mijn zus het menu zien.

Ze zucht theatraal. "Laten we gaan."

Een korte taxirit later lopen we Planet of the Crepes binnen en ik kijk goedkeurend om me heen. De pannenkoeken worden voor het oog van iedereen gemaakt en de man die ze maakt, maakt de crêpemaker tussen elke ronde schoon en doet steeds nieuwe handschoenen aan.

Dit is misschien wel de veiligste lunch die ik in tijden heb gehad.

Blue bestelt eerst, ze kiest een hartige crêpe met alles.

Ik huiver vanbinnen. Wanneer ik naar het nieuws kijk, let ik op voedingsmiddelen die mensen door voedsel overgedragen ziekten bezorgen, zodat ik ze uit mijn dieet kan schrappen. En tenminste een paar van de vullingen in Blue's crêpe staan op deze 'nooit eten'-

lijst. Dat vertel ik haar echter niet, omdat ze me dat uitdrukkelijk heeft verboden.

Wat ik begrijp. Het was al erg genoeg dat ik mijn zussen heb verteld dat de Kerstman niet bestaat - goochelaars zijn van nature sceptici, dus ik heb die vrolijke samenzweringstheorie al heel vroeg in mijn leven ontdekt. Ik heb ook de tandenfee voor ze verpest. Nu we het er toch over hebben, wat voor verwrongen geest heeft dat verhaal bedacht? Een bovennatuurlijk vliegend wezen dat in tanden geïnteresseerd is? Sorry, de tanden van *kinderen*, want dat maakt het zoveel beter. Bewaart ze ze ergens in een nachtmerrieachtige stapel of eet ze ze op? En als het het laatste is, hoe hard zijn de tanden van de tandenfee dan?

Hoe dan ook, ik maak me zorgen dat als ik ham en andere troostvoeding voor mijn zussen verpest, ze me eindelijk zullen lynchen - zoals ze na de Kerstman-gate bijna hebben gedaan.

Als het mijn beurt is om te bestellen, neem ik de zoete crêpe met vullingen die rechtstreeks uit een pot komen, zoals Nutella en honing.

"Wil je vanillesuiker?" vraagt de man.

Ik schreeuw bijna, "Fuck nee!" voordat ik een meer gematigde, "Nee, bedankt" uit kan brengen.

Er is een soort vanillearoma dat van de anale uitscheidingen van bevers afkomstig is. Het is de reden dat ik erg ijverig ben als het om het onderzoeken van producten met vanillesmaak gaat voordat ik ze ergens in de buurt van mijn mond laat komen. En waarom ik nooit Zweedse schnaps drink.

Als ons eten klaar is, staat Blue erop om voor ons allebei te betalen. Met onze pannenkoeken in de hand pakken we een tafel in de hoek.

Ik snij in mijn crêpe en kijk haar verwachtingsvol aan.

"Wat?" zegt ze, verdedigend klinkend.

"Je weet wel." Ik doe de vork met de crêpe in mijn mond en weersta het om te kreunen als de rijke, zoete smaak op mijn smaakpapillen explodeert.

"Weet wat?"

Ik leg mijn vork neer. "Je hebt betaald." Ik vouw een vinger. "Je wilde samen eten in plaats van het gebruikelijke videogesprek te voeren." Ik vouw een tweede vinger. "Of je staat op het punt om een groot geheim te delen of je hebt een gunst nodig."

"Goed dan." Ze prikt met een vork in haar crêpe. "Ik heb je hulp nodig."

Ik kan het niet laten om gemeen te grijzen. "Waarmee?"

Ze snijdt de crêpe doormidden. "Ik wil leren pokeren en vals spelen."

Wauw. Dat is niet zoiets al me vragen om sloten open te breken of lepels te buigen, maar het komt in de buurt.

"Dat is een grote vraag," zeg ik. "Je weet hoe ik me voel over het breken van de code van de magiërs."

Ze zucht. "Ik dacht al dat je dat zou zeggen."

"Ik eis te weten waarom."

Ze zucht nog theatraler. "Ik dacht ook al dat je dat zou zeggen." Ze haalt haar luxe telefoon tevoorschijn, haalt een afbeelding tevoorschijn en laat die aan me zien.

Ik fluit terwijl ik naar het scherm staar.

De foto ziet eruit als een opzet voor een soort porno. Een zeldzame, exclusief voor vrouwen gemaakte soort porno.

Een groep zeer aantrekkelijke mannen zit rond een tafel in een soort sauna, alleen handdoeken en - in het geval van één - een vliegenierszonnebril. Het zweet parelt op hun gebeeldhouwde gezichten en hun stevige spieren spannen aan, duidelijk van concentratie gespannen.

De testosteronniveaus in die kamer zouden een paard doden.

Het vreemdste aan het tableau is misschien wel dat ze speelkaarten vasthouden. Dat, in combinatie met de fiches op tafel en de wens van mijn zus om over poker te leren, suggereert voor mij dat dit het spel is dat ze spelen.

Ik vraag me af wat Clarice van deze afbeelding zou vinden? Zou de aanblik van zoveel prachtige mannen met speelkaarten een toegangspoort tot haar kaart-seksualiteit kunnen zijn?

Misschien. Of het kan de andere kant op gaan. Als een vrouw lang genoeg naar dit beeld staart, wil ze misschien een pak kaarten kopen. Het kan mij zelfs al overkomen. Waarom wil ik anders zo wanhopig Tigger naakt in die kamer zien terwijl hij kaarten vasthoudt?

Mijn zus trekt de telefoon terug.

Ik kijk op. "Ik heb van hot yoga gehoord, maar nog

nooit van Bikram-poker."

Ze lacht. "Het is grappig dat je dat zegt. Dat staat als de Hot Poker Club bekend."

Ik grinnik. "De mannen *zijn* hot. Ik zou me door een van hen laten prikken." Dit is duidelijk een leugen, maar ik heb het voorwendsel volgehouden sinds ik mezelf voor mijn zussen op de middelbare school als een seksgodin heb laten klinken. "De enige manier waarop dit beeld nog heter zou kunnen zijn, is als hun *pokers* niet door die gelukkige handdoeken verborgen waren."

Ze fronst. "Een van die pokers is verboden terrein."

"Begrepen," zeg ik. "De eerste regel van de Hot Poker Club is 'blijf met je vuile handen van de boytoy van je zus af'."

Dat is toevallig ook een soort familiemotto onder ons achten.

Haar frons verdwijnt. 'En de tweede regel is-' In koor zeggen we: 'Blijf met je groezelige handen van de boytoy van je zus af.'"

Ik grijns naar haar. "Welke?"

Ze wijst naar de man met zonnebril.

"Helemaal niet slecht," zeg ik terwijl ik naar het premium mannelijke snoepje tuur. Hij doet me vaag aan Ryan Reynolds denken, maar dan met wat Slavische trekjes. "Dus wat is het plan? Je gaat vals leren spelen om hem dan in een stomend potje strippoker te verslaan?"

Ze rolt met haar ogen. "Wil je me helpen?"

Ik bijt op mijn lip. "Dat kan ik wel, maar niet op de

manier waarop jij denkt."

De frons is terug. "Leg uit."

Ik maak jazzhanden om mijn handschoenen te laten zien. "Kaartmanipulatie is moeilijk als je deze de hele tijd draagt. Om het nog erger te maken, mensen willen altijd de kaarten van de goochelaar aanraken, dus - en ik schaam me om dit toe te geven - ben ik niet zo goed in die tak van magie."

"Wat?" Ze kijkt me aan alsof de schoppenaas zojuist op mijn voorhoofd is verschenen. "Hoe zit het met die miljoenen kaarttrucs waar je me naar hebt laten kijken?"

Ik haal mijn schouders op. "Een beroemde goochelaar heeft ooit gezegd: 'kaarttrucs zijn de poëzie van magie.' Ik ken er natuurlijk wel een paar. Dat kennen we allemaal, maar ik ben geen expert – en zeker niet als het om vals spelen met kaarten gaat."

Ze knijpt haar ogen tot spleetjes. "Je liet het klinken alsof je zou helpen."

"Dat zal ik ook doen." Het is mijn beurt om mijn telefoon te pakken. "Ik ken iemand die in wat je nodig hebt misschien wel een van de beste ter wereld is." Ik haal een video tevoorschijn van Clarice die een van haar demonstraties in vals spelen bij poker doet. "Zie je?"

Terwijl mijn zus toekijkt, wordt haar blik berekenend.

"Breng me met haar in contact," zegt ze als de video afgelopen is.

"Ik heb in ruil daarvoor een gunst nodig," zeg ik.

Ze gnuift. "Een gunst om me gewoon met iemand in contact te brengen?"

"Verdient een makelaar niet haar vergoeding voor het verbinden van een koper en een verkoper? Verdient een reisagent niet-'

"Je weet dat ik haar zelf zou kunnen vinden als ik dat zou willen, toch? Ik heb haar gezicht gezien en ik weet dat ze in je binnenste cirkel zit."

Dat is waar. Mijn zus werkt voor de overheidsinstantie die graag naar ieders mobiele telefoongesprekken luistert - of zoals ze zegt, No Such Agency - zodat ze iemand met nog minder gegevens kan vinden en daarna waarschijnlijk al hun telefoontjes kan beluisteren.

"Vertrouw me," zeg ik met zoveel vertrouwen als ik kan opbrengen. "Je wilt dat ik een goed woordje voor je doe."

Maar in werkelijkheid zou ze Clarice al hebben zodra ze het woord 'poker' zou zeggen.

"Goed dan." Blue stopt een stuk van haar crêpe in haar mond. "Wat wil je?"

Ik geef haar mijn meest sluwe grijns. "Ik wil dat je nog een app voor me schrijft."

Nog een oogrol. "Ik kan niet geloven dat je mijn hulp daarbij nodig hebt. Je hebt het hoogste IQ van de familie. Waarom leer je niet gewoon om te coderen?"

Ja, dat is nog een truc die ik met ze uit heb gehaald. Wetenschappers hebben mijn zeslingzusjes sinds hun geboorte bestudeerd, in allerlei statistieken op zoek naar overeenkomsten en verschillen en mijn tweelingzus en ik zijn af en toe bij dat onderzoek betrokken geweest, waarbij IQ-tests en dergelijke betrokken waren. Dus ik heb bij een van die tests vals gespeeld. Nou ja, niet echt vals gespeeld - ik heb net voor het examen gestudeerd, terwijl mijn zussen dat niet hebben gedaan. Dus ik scoorde veel hoger dan ik anders zou hebben gescoord. Hoewel iedereen denkt dat deze tests alleen aanleg meten, is dat niet waar.

"Misschien heb je hier niet eens codering voor nodig," zeg ik sussend. "Ik wil met de autocorrectie van mensen knoeien."

Door haar grijns lijken we nog meer op elkaar. "Met 'mensen' bedoel je wezens met de achternaam Hyman."

"Yep. En mijn huisgenoten."

Ze krabt aan haar kin.

"Kun je niet in hun telefoons hacken en een paar snelkoppelingen maken?" vraag ik. "Kul in *lul* veranderen, *conferentie* in *cunnilingus*, enzovoort?"

"Prima," zegt ze. "Het is een deal. Maar alleen omdat ik van dit specifieke project zou kunnen genieten."

"Geweldig. Ik hoop dat dat betekent dat je me nog met één ding wilt helpen."

Ze trekt een wenkbrauw op. "Nu al twee gunsten?"

'Deze is voor iemand met jouw middelen triviaal," zeg ik. "Ik wil alles leren wat er over een man te weten valt."

Haar wenkbrauwen gaan omhoog. "Een man?"

"Ja, en ook geen vragen over hem." Tigger is mijn eigendom en ik ben nog niet klaar om hem met iemand te delen, mondeling of anderszins.

"Goed dan. App me zijn naam en ik zal zien wat ik op de terugweg kan vinden." Ze neemt een gigantische hap van haar crêpe en ik volg haar voorbeeld.

"Dus," zeg ik als ik slik. "Zijn er vrouwen in de Hot Poker Club?"

Ze haalt haar schouders op. "Niet dat ik weet."

"Niet toegestaan? Of zijn ze zeldzaam?"

Dit is een beetje een gevoelig onderwerp voor me. Magie is een door mannen gedomineerd vakgebied en ik heb me zowel eenzaam als onwelkom gevoeld totdat ik mijn geweldige huisgenoten ontmoette.

Blue is ofwel erg bedachtzaam of ze kauwt zorgvuldig op haar eten. "Ik denk dat jongens gewoon meer van poker houden."

"Dat is balen. Een vrouw in dat stoombad is precies waar de kiesrechtbeweging voor heeft gevochten. Tijd om het stoomplafond te doorbreken."

Ze heft haar vork als een borrelglas op. "Bravo, bravo. Ik bied mezelf graag als eerbetoon aan."

Het zou gebruikelijker zijn om een maagd - zeg maar mij - als eerbetoon te gebruiken, maar dat zeg ik niet. In plaats daarvan stuur ik het gesprek naar roddelen over de rest van onze familie.

Uiteindelijk komen we bij het onderwerp van Octo-ouders die in de stad zijn en een samenzijn eisen.

"Ik zou een man meenemen als ik jou was," zegt Blue wijs. "Zelfs als hij je homovriend is. Het zal de zaken zoveel gemakkelijker maken. Dat is wat ik hoop te doen."

Ze heeft gelijk. Mijn tweelingzus had haar nieuwe

vriend mee naar haar (eigenlijk mijn) lunch genomen en ze beweert dat het enorm heeft geholpen, ook al heeft ze *mij* uiteindelijk in de rug gestoken.

Wie kan ik meenemen?

Waldo?

Zouden ze überhaupt geloven dat we een stel zijn?

Ik weet wie ik mee *wil* nemen... naar het samenzijn met mijn ouders en overal, zelfs naar een afspraak met een gynaecoloog.

Tigger.

Hmm. Is het te laat om een gunst als extra vergoeding voor mijn bijlesdiensten te vragen?

Nee. Hem meenemen is een slecht idee. Octomam is geen jonge vrouw meer en door blootstelling aan zo'n onverdunde mannelijke heerlijkheid kan haar arme hart het begeven.

Blue knikt begrijpend. "Denk je aan de man die je me vroeg op te zoeken?"

"Yep."

Ze eet haar eten op, veegt haar handen af en haalt haar laptop uit haar schoudertas. "Wat is zijn naam? Ik zal nu wel even snel voor je zoeken."

"Anatolio Cezaroff," zeg ik.

Ze typt dat in en haar wenkbrauwen fronsen.

Oh shit. Ik hoop echt dat ze me niet gaat vertellen dat ze hem heeft gehackt en heeft vernomen dat hij een geslachtsziekte heeft.

Of erger nog... een vrouw heeft.

## Hoofdstuk Negen

Ze kijkt met grote ogen van haar scherm op. "Hij is een prins."

Oef. Is dat wat haar van slag heeft gemaakt?

"Nou, ja."

"Een echte prins?" Ze gaat met haar hand over haar korte haar.

"Nee. Niet echt. Hij is eigenlijk een geweldloze versie van de Terminator, die terug in de tijd is gestuurd om stiekem verpulverde anticonceptiepillen in Sarah Connors eten te doen."

Met een zucht kijkt ze terug naar haar scherm en begint te typen. Na een paar minuten kijkt ze weer op. "Heb je hem gegoogled?"

"Een beetje."

Ze gebaart naar het scherm. "Ik weet niet zeker of ik je iets anders moet geven, vooral omdat er zoveel openbare informatie beschikbaar is. Zijn meer persoonlijke gegevens lijken door zijn regering te worden beschermd en ik wil geen internationaal incident creëren door rond te snuffelen. Als Ruskovia ooit een terroristische groepering herbergt, *dan* kunnen we erover praten."

"Tuurlijk. Geweldig plan. Laten we hopen dat de terroristen zijn land infiltreren, zodat je hem kunt stalken."

Ze klapt haar laptop dicht en stopt hem weer in haar tas. "Jij bent degene die hem wil stalken."

Ik snijd een beetje te krachtig in mijn crêpe. "Ik heb in ieder geval geen naaktfoto van hem in mijn telefoon."

Ze prikt nog krachtiger in wat er van haar eten over is, maar ze zegt niets.

"Kunnen we van onderwerp veranderen?" vraag ik.

Ze stemt er graag mee in en we gaan weer over de familie roddelen. Met acht zussen hebben we dit bijna tot een kunstvorm gemaakt.

Als de lunch voorbij is, neem ik een taxi naar huis en google Tigger op de terugweg.

De meeste artikelen voegen gewoon iets aan de steeds groter wordende lijst van zijn avonturen toe, waarvan ik zijn beklimming van de Mount Everest het meest indrukwekkend vind. Ik heb nog nooit in mijn leven een berg beklommen, maar het staat op mijn bucketlist - samen met het beklimmen van Tiggers Koninklijke Hardheid.

Sommige links zijn naar video's van hem terwijl hij zijn stunts doet, dus ik bekijk die gretig.

Interessant. Vaak is er een uitdrukking van ontzag

op zijn gezicht te zien, dezelfde die ik tijdens de truc met het buigen van de lepel zag.

Ik lees meer artikelen totdat ik er een tegenkom die mijn hart pijnlijk in mijn borstkas doet samenknijpen.

Tigger is niet zo lang geleden tijdens een basejump gewond geraakt. Hij lag in coma en het duurde weken voordat hij eruit kwam.

Zorgen en schuldgevoelens draaien mijn maag om.

De arme man is bijna gestorven en nu ga ik een onderdeel van nog een van zijn stunts zijn - en daarbij ga ik neptraining geven.

Als hij verdrinkt, dan zal ik het mezelf nooit vergeven.

Maar aan de andere kant, wie zegt dat mijn training nep moet zijn? Ik zou alles kunnen leren wat er over je adem inhouden te weten valt en hem zo goed mogelijk kunnen trainen. Ik zou ook altijd kunnen zeggen dat het mijn professionele mening is dat hij niet zou moeten gaan vrijduiken.

Ja, dat is het.

Het schuldgevoel is nu minder en gemakkelijk te onderdrukken. Over het algemeen komt schuldgevoel bij mij veel voor, althans een specifiek type dat we in mijn branche 'goochelaarsschuld' noemen. Dat is wat we voelen als we dingen zeggen als "Ik laat je uit dit heel *gewoon* kaartspel een kaart kiezen," maar het kaartspel in kwestie bestaat stiekem alleen uit azen.

Met mijn schuldgevoel onderdrukt, hervat ik mijn stalken en kom ik een aantal ongewenste afbeeldingen tegen, waaronder een foto waarop Tigger met een of ander type model op een rode loper staat en een foto waarop hij de hand van een beroemde vrouwelijke atleet kust.

Maar aan de andere kant, wat had ik dan verwacht?

Hij is tenslotte een mannelijke hoer.

Heel masochistisch zoek ik meer van dat soort afbeeldingen op tot ik iets interessants opmerk.

Waldo's tijdschrift heeft veel verhalen over de Ruskoviaanse koninklijke familie gepubliceerd.

Voordat ik de kans krijg om Waldo te bellen en ernaar te vragen, stopt de taxi. Ik betaal, storm het appartement binnen en waarschuw Clarice dat ze misschien iets van mijn zus gaat horen.

"Bedankt dat je aan me hebt gedacht," zegt ze. "Ik zou graag een optreden krijgen."

Ik knipoog naar haar. "Ik hoop dat je nog steeds dankbaar bent nadat je klaar bent met Blue. Ze kan nogal lastig zijn."

Clarice tikt tegen haar piratenhoed. "Net als jij?"

Ik verwaardig dat niet met een antwoord, ga naar mijn kamer, onthoofd Manny en steek mijn telefoon in zijn nek.

Tijd voor een videoconferentie met Waldo.

Terwijl de oproep afgaat, bereid ik me voor om een video-voicemail achter te laten in de trant van: "Hmm. Waar is Waldo?" maar ik krijg de kans niet, omdat hij opneemt.

"Hé, hoe gaat het?"

"Hé." Ik knijp mijn ogen samen terwijl ik zijn

veranderende achtergrond probeer te begrijpen. "Waar is Waldo vandaag?"

Hij rolt met zijn ogen. "Ha ha. Dat achter mij is Central Park." Hij draait de telefoon om zodat ik de waarheid van zijn verklaring kan zien. "Ik was net met een maat van mijn werk aan het lunchen en sta op het punt om een beroemde hoteleigenaar te interviewen."

"Begrepen. Ik heb een werkgerelateerde vraag voor je, heb je even?"

"Ik heb een paar minuten. Roep maar."

"Hoeveel weet je over het Ruskoviaanse koningshuis?"

"Ah," zegt hij. "Het klinkt alsof jij er ook achter bent gekomen wie die onbeschofte klootzak van laatst was."

"Anatolio Cezaroff."

"Dat klopt," zegt hij. "Ik heb een paar collega's van het tijdschrift naar hem gevraagd. Echt een onaangename kerel."

Ik frons. "Onaangenaam?"

Hij knikt. "Een totale playboy. Ze zeggen dat hij elke avond een andere date heeft - en hij ze daarna nooit meer belt. Hij doet ook gekke stunts en het maakt hem niet uit of hij zichzelf of iemand anders daarbij verwondt." Hij kijkt scherp in de camera van zijn telefoon. "Als *ik* een vrouw was, dan zou ik uit zijn buurt blijven."

Fuck. Ik wil niet dat hij de impact van zijn woorden ziet, dus voeg ik luchtigheid aan mijn stem toe. "Als je een vrouw was, dan zou je naam Wenda zijn. Of Wilma."

Waldo maakt zich groot en gaat in zijn mansplain-modus. "Wenda en Wilma zijn de tweelingvriendinnen van het fictieve personage in kwestie."

"Meen je dat nou?" Ik besluit te doen alsof hij deze tirade nog niet eerder heeft gedaan.

"Zijn echte naam is Wally," vervolgt hij met een behoorlijke dosis bitterheid in zijn stem. "Om de een of andere ondoorgrondelijke reden gaat hij in Noord-Amerika als Waldo door het leven. Niet Charlie zoals in Frankrijk, of Willy zoals in Noorwegen, of Walter zoals in Duitsland-"

"Of Wang zoals in China," zeg ik, bij zijn toon passend. "Of Weiner, zoals in Israël. Of Wacko, zoals in-"

"Weet je wat, ik heb het behoorlijk druk, dus ik moet er weer vandoor."

Daarmee hangt hij op en ik voel me ineens een waardeloze vriendin.

Het is mogelijk dat ik hem meer dan normaal heb geplaagd om de boodschapper neer te schieten. Ik vond het niet leuk om hem die dingen over Tigger te horen zeggen, ook al ondersteunen zijn woorden mijn eigen vermoedens.

Mijn telefoon piept met een berichtje.

Als je het over de duivel hebt. Het is Tigger.

*Heb je nog een training waarvoor je geen zwembad nodig hebt?* vraagt hij. *Mijn broer zegt dat hij een kamer met het zwembad voor me beschikbaar kan stellen, maar het zal twee dagen duren om het schoon te maken en het zwembad met nieuw water te vullen.*

*Ja*, antwoord ik.

De waarheid is dat ik *hoop* dat ik dat zal hebben, nadat ik wat onderzoek heb gedaan.

*Geweldig,* zegt hij. *Wat dacht je van morgen?*

Morgen? Dat geeft me niet veel tijd om me voor te bereiden. Ook komt mijn eerdere schuldgevoel weer naar boven.

Dan komt er een idee bij me op, een idee dat me meer tijd zou moeten geven en het schuldgevoel weg zou moeten nemen.

*Ik wil dat een dokter toestemming geeft dat je kan gaan vrijduiken.*

Zo. Als een medische professional hem vertelt dat hij veilig voor langere tijd zijn adem in kan houden, dan riskeer ik het in ieder geval niet dat hij tijdens onze training verdrinkt.

Nu we het er toch over hebben, hier is een leuk idee: ik kan hem waterboarden. Op die manier krijgt hij alle leuke kanten van verdrinken, maar met een vrij minimaal risico.

Maar nee. Het is mogelijk dat ik er in het licht van het gesprek met Waldo gewoon zin in heb om hem dat aan te doen.

*Natuurlijk,* antwoordt hij. *Ik zou dat om 15.00 uur klaar moeten hebben. Zou dat voor je werken?*

Tot zover de extra tijd.

*Ja,* antwoord ik. Ik herinner me de huur en voeg eraan toe: *Kan ik een deel van de betaling vooraf krijgen? Ik moet een paar kosten dekken.*

*Geen probleem,* antwoordt hij en we bedenken hoe we het geld bij mij kunnen krijgen.

Ik wacht een paar minuten voordat ik mijn account controleer.

Yep.

De huur van deze maand is niet langer een punt van zorg.

Ik stuur het geld naar Clarice en denk na over een kwestie die die van de huur klein laat lijken: in het licht van alles wat ik nu over mijn cliënt weet, zal ik extra waakzaam moeten blijven om geen gevoelens voor hem te krijgen.

Kan ik dat?

Dat kan ik maar beter doen. Het soort geld dat ik kan verdienen, zal me dichter bij mijn grootste wens brengen: mijn eigen goochelshow.

Dus goed gemotiveerd duik ik in het onderzoek naar vrijduiken.

Ik begin met de TED Talk van David Blaine die over het inhouden van zijn adem op tv praat, zogenaamd echt.

Het is interessant. Hij zegt dat hij had overwogen om een ademhalingsapparaat in zijn lichaam te verbergen, een modus operandi die ik aantrekkelijk vind. Het komt zelden voor dat ik als vrouw een voordeel zou hebben - een extra plek om dingen te verbergen.

Ik grijns als ik me voorstel een gespecialiseerde magische dildo bij de nieuwe vriendin van mijn tweelingzus te bestellen. Gezien mijn korte interactie met haar, zou ze zo'n project geweldig vinden.

Blaine noemt ook perflubron, een vloeistof die je echt in kunt ademen.

Nee. Niet handig voor vrijduiken, tenzij je het water waarin je wilt duiken leeg kunt laten leeglopen en het met deze koele substantie kunt vullen. Zelfs een prins is niet *zo* rijk.

Ten slotte gaat Blaine op vrijduiken in en legt uit dat bewegen de zuurstof uitput. Maar het grootste probleem met het inhouden van de adem is de $CO_2$-ophoping in het bloed.

Ik maak een aantekening om dat meer te onderzoeken.

Hij gaat verder met het benoemen van een belangrijke vaardigheid, een ademhalingstype genaamd zuiveren - wat niet zo smerig is als het klinkt en misschien van pas komt als ik ooit dapper genoeg ben om te proberen om een onderwaterstunt of een pijpbeurt in het echt te doen.

Vervolgens zegt hij dat afvallen bij het inhouden van de adem kan helpen.

Jippie. Ik heb een excuus om Tiggers lichaam te onderzoeken. Een deel van mij baalt er een beetje van dat het zwembad - en dus het zwemgerelateerde gebrek aan kleding - morgen niet op de agenda staat.

Wacht, waar heb ik het over? Ik probeer geen gevoelens te krijgen.

Ik kijk naar de rest van de TED Talk. Dan app ik

Tigger om hem te vragen of hij toevallig iets bezit wat Blaine heeft genoemd - een hypoxische tent.

*Nee, maar ik heb er bij de voorbereiding op de Everest een gebruikt,* antwoordt hij.

*Geweldig,* schrijf ik terug. *Als je er klaar voor bent, dan wil ik misschien dat je er in gaat slapen om je rode bloedcellen op te bouwen.*

Boem. Ik klink helemaal alsof ik weet waar ik het over heb.

*Zal ik doen,* zegt hij. *Ik kan niet wachten om je te zien.*

Ik antwoord niet.

Hij staat niet te popelen om me te zien. Hij staat te popelen om aan zijn training te beginnen. Er is een verschil, al zou het me sowieso niet moeten kunnen schelen.

Ik ga de rest van de dag en de volgende ochtend door met mijn onderzoek.

Tegen de tijd dat de lunch komt, heb ik een lesplan klaar. Ik zal Tigger manieren leren om zijn hartslag te vertragen terwijl hij zijn adem inhoudt en dan iets dat 'longpacking' wordt genoemd - een manier om het maximaal mogelijke volume lucht in de longen te duwen.

In het uur voordat ik moet vertrekken, doe ik mijn make-up, breng ik zwaarder dan normaal smokey eyes aan en steil ik mijn haar tot het als zwarte zijde over mijn rug valt. Dan wurm ik me in een strakke zwarte jurk, steek mijn voeten in mijn favoriete killer hakken en trek mijn chicste zwarte handschoenen aan voordat ik mezelf in de spiegel bekijk.

Niet slecht. Mijn tweelingzus zou waarschijnlijk nog steeds zeggen dat ik er als een vampier uitzie, maar niemand kan ontkennen dat goed geklede vampiers sexy zijn.

Niet dat ik sexy probeer te zijn. Althans niet met het doel om hem te verleiden. Ik ga gewoon naar een chic hotel en wil er niet als een plebs uitzien.

Dat is mijn verhaal en ik blijf erbij.

Mijn telefoon meldt dat mijn taxi beneden staat. Voor vertrek bekijk ik mezelf voor de laatste keer in de spiegel.

*Onthoud, Gia:*

*Ga.*

*Geen.*

*Gevoelens.*

*Krijgen.*

## Hoofdstuk Tien

$\mathcal{A}$ ls de taxi me afzet, staar ik ongelovig naar mijn bestemming.

Het Palace Hotel ziet er precies uit zoals je zou verwachten - als een paleis. Een mix van verschillende Europese architectuurstijlen heeft het ontwerp duidelijk beïnvloed, met een beetje van alles, van het Kremlin tot Buckingham Palace. Binnen is de gigantische lobby consistent met het motief van de 'hybride van alle paleizen': Russische iconen delen de ruimte met Italiaanse fresco's en de mensen - waarschijnlijk portiers - zijn in capes, bicorns en opzichtige pantalons gekleed.

Clarice zou dit geweldig vinden, vooral alle kleurrijke papegaaien die overal in decoratieve kooien hangen. Zonder Hannibal, haar kat, zou Clarice waarschijnlijk een papegaai hebben en dan zou ze hem leren om op haar schouder te zitten.

Mijn zus Blue zou daarentegen een paniekaanval

krijgen als ze hier terecht zou komen. Papegaaien zijn voor haar wat de clowns van Stephen King voor de rest van ons zijn. Oh en als Blue het op de een of andere manier zou overleven om de papegaaien te zien, dan zouden de pauwen die door de lobby zwerven haar dood worden.

Zijn pauwen geen cliché van rijke mensen?

Toen ik klein was, dacht ik ten onrechte dat ze pipi's werden genoemd, wat niet zo dom is als je erover nadenkt; een pauw wordt in het Engels peacock genoemd: plas komt uit piemels (pee in plaats van pea), terwijl erwten en piemels niets met elkaar gemeen hebben. Toen ik ouder werd, vond ik het ironisch dat deze vogels (zoals alle vogels) niet plassen. In plaats daarvan verdrijven ze een hybride van urine en poep uit een orgaan dat een cloaca wordt genoemd. Ze hebben ook geen piemels - nogmaals, alleen de eerdergenoemde cloaca.

Mijn etymologische/ornithologische mijmeringen worden door Tigger onderbroken, die uit de lift stapt en mijn kant op komt.

Huh.

Hij doet het echt.

Hij draagt een shirt waarop trots staat: "Ik wil een zeemeermin worden," en op zijn spijkerbroek is een afbeelding van Ariël geborduurd voordat ze benen had laten groeien. Hoe heeft hij dat zo snel voor elkaar gekregen? Ik kan me niet voorstellen dat jeans voor volwassen mannen op deze manier worden verkocht.

Tenzij ze wel zo worden verkocht en ik gewoon niet op de hoogte ben?

Draagt hij ook ondergoed met zeemeerminnen?

Nee, ik betwijfel het. En hoe zou ik weten of dat zo was? Hij was de vorige keer ook in commando.

Wat verbijsterend is, is dat hij er ondanks deze outfit zo sexy als wat uitziet. Het doet me aan een andere advertentie denken: *"Als hij een damestas vast heeft, dan ziet hij er mannelijk uit."*

Het helpt dat het shirt strak zit en dat de broek zijn gespierde benen laat zien.

"Hoi," zegt hij, terwijl hij een verhitte blik over me heen laat gaan.

Ik denk dat hij de goed geklede vampierlook waardeert. Zoals iedereen dat zou doen.

Ik maak een buiging. "Uwe Koninklijke Achterste. Ik koester me in uw majestueuze licht."

Hij reageert met een hoofse buiging die in een van de favoriete Masterpiece Theatre-shows van mijn tweelingzus niet zou misstaan. "U eert mij, Uwe Schattigheid."

"Nee, de eer is aan mij... Uwe Gruwelijkheid." Ik grijns. "Trouwens, mooie zeemeerminnen."

Hij grijnst. "Ik ben niet net als de Welsen en kom mijn beloftes altijd na."

Ik grijp mijn niet-bestaande parels vast. "Is die uitdrukking niet beledigend voor de Welsen?"

"Nu klink je als mijn ouders." Hij gebaart naar de lift. "Mijn penthouse is hier slechts een ritje vandaan."

Hij gaat voorop en laat me van zijn in jeans geklede achterste genieten.

Als we eenmaal in de lift staan, krijg ik ondanks dat hij ruim is, het gevoel dat hij alle ruimte in beslag neemt.

Het helpt niet dat hij net zo heerlijk ruikt als de vorige keer: vleugjes van de branding van de oceaan vermengd met iets heel likbaars.

*Stop ermee, Gia. Op dat pad ligt het krijgen van gevoelens... en syfilis.*

Gelukkig is de rit naar boven heerlijk kort.

We stappen in een ruime hal uit en gaan met een scherpe bocht naar rechts.

Een portier in pantalon komt naar ons toe, met een riem die aan twee bekende honden vastzit: codenamen Panda en Koala.

Als ze ons zien, raken de beesten opgewonden.

Ik doe een stap achteruit. "Laat ze alsjeblieft niet over mijn hele gezicht kwijlen."

De portier trekt aan de leiband en de honden kwispelen met veel enthousiasme.

"Bang voor honden?" vraagt Tigger.

"Ik laat niemand mijn gezicht likken, maar vooral geen wezens die graag poep eten."

Tiggers ogen dwalen met grote belangstelling over mijn gezicht. Is hij verdrietig dat het likken ervan nu van tafel is?

De honden komen met veel rumoer voorbij en als ze eenmaal weg zijn, schuift Tigger op een nabijgelegen deur een kamersleutel door de lezer. "Hier naar binnen."

Ik stap zijn niet-zo-nederige onderkomen binnen en doe mijn best om niet te staan gapen.

Het is een hele suite, compleet met een eigen grote keuken. Het uitzicht op Central Park vanuit het nabijgelegen kamerhoge raam is spectaculair en het meubilair is gezien het thema van het hotel verrassend modern. Het vreemdste is echter het assortiment bloemstukken dat door de woonkamer is verspreid.

Hebben een dozijn van zijn vrouwelijke veroveringen hun Valentijnsboeketten achtergelaten?

"Vind je ze mooi?" vraagt Tigger, mijn blik volgend.

"Ze zijn prachtig." Ik loop naar het dichtstbijzijnde arrangement en ruik aan een van de madeliefjes. "Is dit hoe je broer elke kamer inricht?"

"Natuurlijk niet." Hij schudt vakkundig het boeket waar ik zojuist aan heb gesnoven, zijn handen in een geoefend patroon bewegend dat me aan een dans doet denken. "Deze maak ik zelf."

Ik staar naar het aangepaste boeket. Het ziet er nog mooier uit dan eerst en het was al van professioneel niveau.

Ik scan opnieuw alle boeketten. "Heb jij deze bloemstukken gemaakt?"

Hij knikt. "Ik beoefen een Ruskoviaanse kunstvorm met de naam *kandelabr*. Het is op *ikebana* geïnspireerd."

Ik haat zijn verdomde pokerface. Ik heb geen idee of hij me in de maling neemt. Ikebana is een Japanse bloemschikkunst - iets wat ik in mijn hoofd met gemak een geisha zie doen, niet deze mannelijke, waaghals van een prins.

Maar aan de andere kant, waarom niet? Wat is het verschil met zoiets als tuinieren? En dat is unisex.

"Het moet een rustgevende kunst zijn om te beoefenen," zeg ik, terwijl ik de symmetrische patronen en kleurenmengingen met hernieuwde belangstelling bekijk.

Hij grijnst. "Dat is het precies. Mijn oppas heeft me dit geleerd. Vooral door het spreekwoord 'luie handen zijn de slechtste handen', dus *kandelabr* was voor iedereen om me heen een uitkomst."

Ik stel me het schattige beeld voor van kleine Tigger die met bloemen speelt en een gekke grijns vormt zich om mijn lippen.

Hij schraapt zijn keel. "Dus... welke lessen heb je vandaag voor me?"

Juist. Dit is geen sociaal bezoek.

Ik leg de ademhalingstechnieken uit waaraan ik wil dat hij werkt en hij lijkt niet in het minst verrast door hen te zijn. Over het algemeen neemt hij dit serieus, zozeer zelfs dat hij een aantal medische snufjes heeft voorbereid om de reacties van zijn lichaam op de training te meten. Ik herken er maar twee - een zuurstofmeter die om zijn vinger gaat en een polsbandje om zijn hartslag te meten.

Op mijn voorstel gaat hij op een nabijgelegen bank liggen en oefent elke techniek terwijl ik het hem uitleg.

Ik ben geen expert, maar ik denk dat hij een geweldige student is. Ik hoef niet meer dan één keer iets uit te leggen en hij blinkt in elke techniek meteen uit.

Jammer dat het me allemaal opwindt. Als hij door getuite lippen uitademt, stel ik me voor hoe ze op mijn clitoris zouden voelen. Als hij zijn vinger in de zuurstofmonitor schuift, zou ik willen dat hij hem in mij schuift, en zo verder voor de rest van de oefeningen.

"Goed gedaan," zeg ik als ik geen lesmateriaal meer heb en het gevoel heb dat ik op het randje van een libido-explosie sta. "Nu is er nog één ding. Ga alsjeblieft staan."

Hij springt overeind en rekt zich als een kat uit. Of als een tijger.

Als ik hem nader, worden zijn ogen groter, maar hij zegt of doet niets, hij kijkt alleen naar me... waarschijnlijk voor een kans om toe te slaan.

Zo blasé als ik kan, knoop ik de bovenkant van zijn overhemd los.

Voor het eerst vandaag begint zijn hartslagmeter te piepen.

Terwijl ik aan de volgende knoop werk, kan mijn innerlijke goochelaar het niet helpen. Ik reik heimelijk met mijn andere hand naar de gesp met zijn familiewapen.

Zijn ogen worden zo smal als spleetjes en duidelijk katachtig.

Ik knoop de laatste knoop van het overhemd los. "Doe het uit."

Terwijl hij het shirt uittrekt, besluit ik dat hij

genoeg afgeleid is om te missen dat ik de riem steel, dus dat doe ik terwijl ik probeer niet naar het gladde, hardgespierde mannelijke vlees te kijken dat aan mijn blik wordt onthuld.

Tegen de tijd dat de riem achter mijn rug is verborgen, valt zijn shirt op de grond.

Ik slik hard en stap achteruit.

Als ik een hartslagmeter bij me had, dan zou er kortsluiting optreden.

Ik kan niet langer niet kijken en wat ik zie stuurt de hitte rechtstreeks naar mijn clitoris.

Tigger heeft de slanke, krachtige, scherp gedefinieerde spieren van een Griekse god. Ik wed dat hij me kan bankdrukken - en als hij dat zou doen, dan zou ik het zeker niet tegen hem gebruiken... hoewel ik andere dingen kan bedenken, zoals lichaamsdelen, die ik wel tegen hem zou willen gebruiken.

Is het wel gezond om zo weinig lichaamsvet te hebben? Voor vrouwen is minder dan tien procent in ieder geval gevaarlijk en hij zit waarschijnlijk in de lage eencijferige cijfers.

Goed voor zijn gezondheid of niet, het ziet er geweldig uit, zo erg dat mijn eierstokken in overdrive gaan. Of beter gezegd, ovariumdrive.

Een arrogante grijns trekt zijn mondhoeken omhoog. "Vind je het leuk wat je ziet?"

Mijn wangen branden als ik terugflits naar de andere keer toen hij precies diezelfde zin zei: op de eerste dag dat we elkaar ontmoetten, nadat Zijne Koninklijke Hardheid zijn intrede had gedaan.

Voordat ik mijn mond kan laten bewegen, slaat Tigger toe.

Hij komt dichterbij en buigt zijn hoofd.

Geschokt wankel ik achteruit. "Wat - wat doe je?"

De arrogante glimlach verdwijnt en maakt plaats voor verwarring. "Het spijt me. Ik dacht dat er een vibe was."

"Wilde je me gaan kussen?" De vraag komt er als een gil uit.

"Sorry." Hij pakt zijn shirt en trekt het aan. "Ik had het moeten vragen voordat ik ervoor ging. Het leek gewoon - laat maar. Mijn fout."

Stond hij op het punt om me te kussen?

*Mij* te kussen.

Hij.

Ik schud mijn hoofd om de mist in mijn hoofd op te laten klaren. "Nee, het spijt me. Het was niet mijn bedoeling om je gemengde signalen te sturen."

Hij knoopt zijn overhemd dicht, waardoor mijn eierstokken in rouw gaan. "Ik neem de volledige verantwoordelijkheid."

"Nee, het is mijn schuld." Ik bijt op mijn lip. "Ik had je moeten waarschuwen waarom ik je vroeg om je shirt uit te doen."

Hij trekt een wenkbrauw op. "En waarom was dat?"

Ik slik het kwijl door dat van net over is gebleven. "Volgens mijn onderzoek kan afvallen ervoor zorgen dat je langer je adem in kunt houden. Meer ruimte voor je longcapaciteit."

"En?" De grijns is terug.

"Je hebt niet veel om af te vallen. Hier." Ik trek zonder enige vorm van zwaaien zijn riem van achter mijn rug vandaan. Ik wou dat ik het überhaupt niet had gestolen. "Weet je nog dat je deze truc nog een keer wilde zien? Nu heb je het nog een keer gezien."

Hij lijkt onder de indruk te zijn als hij de riem pakt. Dan komt er een sluwe uitdrukking op zijn gezicht. "Aangezien de riem toch al af is, wil je zien of mijn benen wat vet hebben dat ik kan verliezen? Ik weet zeker dat je daarom de riem hebt gestolen - en niet omdat je hoopte dat het net zo zou gaan als de vorige keer."

De hitte kruipt langs mijn wangen omhoog. "Ben je weer in commando?"

Zijn grijns wordt breder. "Ik kom niet terug op weddenschappen. Ik was je zeemerminondergoed verschuldigd, weet je nog?"

Oh ja. Door de hormoonoverbelasting was ik het bijna vergeten.

"Ik denk dat ik het nu moet controleren." Ik zou willen dat ik zo zelfverzekerd was als dat ik klink. "Maar niet kussen."

Hij kijkt geamuseerd als hij zijn broek laat zakken.

Bij Houdini's pik!

Een ver deel van mij erkent dat zijn slip inderdaad met zeemerminnen versierd is, maar de rest van mij is gefocust op hoezeer Zijn Koninklijke Hardheid een tent van zijn onderbroek aan het maken is. Een van de zeemerminnen ziet eruit alsof ze op een gevechtskanon ligt te luieren.

Ik sleep mijn ogen weg en scan zijn benen.

Slecht idee, tenminste ervan uitgaande dat het doel was om mijn geilheid af te zwakken.

Zijn benen zijn net zo sexy en gespierd als zijn bovenlichaam en ik krijg bijna zin om kussen weer beschikbaar te maken.

"Waar denk je aan?" zegt hij lijzig.

"Mooie zeemeerminnen," weet ik te zeggen, terwijl ik mijn blik weer op zijn gezicht richt. "Maar geen vet. Het lijkt erop dat afvallen geen deel uitmaakt van je curriculum. Doe alsjeblieft je broek weer aan."

Terwijl hij zich aankleedt, is zijn uitdrukking duister geamuseerd.

"Dus," zeg ik, terwijl ik mijn best doe om elke teleurstelling uit mijn stem te verbergen. "Tot de volgende keer?"

"Nee," zegt hij met de heerszucht die bij zijn stand past. "Je moet me je mee uit eten laten nemen."

## Hoofdstuk Elf

*I*k knipper naar hem. "Uit eten? Als in een date?"

Zijn ogen glanzen. "Gewoon een kleine blijk van mijn waardering voor het geleverde werk."

Ik doe een stap achteruit. "Ik weet het niet zeker..."

Hij houdt zijn hoofd schuin. "Ik dacht dat je geloofde dat een man en een vrouw gewoon vrienden konden zijn. Of heeft Waldo die bubbel al voor je laten barsten?"

Ik zet mijn handen op mijn heupen. "We *kunnen* vrienden zijn."

"Dan zou er geen probleem moeten zijn als we uit eten gaan," zegt hij gladjes. "Vertel me eens, wil je dat ik de zeemeermin-outfit in het restaurant draag?"

Ik geef toe. "Niet als ik met je gezien ga worden."

Hij knikt en loopt naar een aangrenzende kamer, waarschijnlijk de slaapkamer.

De verleiding om achter hem aan te sluipen en hem

zich om te zien kleden is groot, maar dat zou alles bij elkaar genomen ronduit griezelig zijn.

Grrr. Waarom heb ik hem niet gewoon de kleren laten dragen die hij aan had? Als hij helemaal opgedoft is, dan zal het meer op een date lijken.

En waarom ben ik zo opgelucht dat ik tot in de puntjes gekleed ben?

Voordat ik met die logica verder kan gaan, komt hij in een op maat gemaakt pak terug.

Ik zucht vanbinnen. Als ik mijn lust had willen sussen, dan was hem vragen om zich om te kleden absoluut een misrekening. "Hoe heb je je zo snel om kunnen kleden?"

Hij haalt zijn schouders op. "Ik heb een paar jaar op de militaire school in Ruskovia gezeten. Destijds had ik me in de tijd die ik nodig had om dit pak aan te trekken aan kunnen kleden en mijn bed op kunnen maken."

"Een militaire school?"

Hij knikt kortaf. "Mijn ouders hebben me erheen gestuurd. Het equivalent van vandaag zou waarschijnlijk zijn om me Ritalin te geven."

Ik spring van voet naar voet. Hem van streek zien is vreemd ongemakkelijk. "Ik wou dat ik me zo snel om kon kleden," zeg ik om hem af te leiden. "Een van de podiumillusies die ik voor mijn toekomstige show wil doen, is een jurk die in een oogwenk van stijl en kleur verandert."

Zijn frons verzacht. Score voor mijn vrouwelijke listen. "Je show? Vertel me er eens over."

"Er valt niet veel te vertellen." Ik glimlach spijtig. "Het is gewoon iets dat ik ooit zou willen doen."

"Dat zou ik graag willen zien."

Ik wou dat ik hem kon kussen omdat hij dat zei, maar ik neem er genoegen mee om met mijn wimpers te knipperen. "Als mijn droom ooit werkelijkheid wordt, dan nodig ik je uit."

Hij ziet er bedachtzaam uit. "Je zou mijn broer moeten ontmoeten."

Ik trek een wenkbrauw op. "De grote en machtige vernietiger van vrede?"

Hij gnuift. "Yep. Het is het hotel van Zijne Majesteit, dus het zou alleen maar beleefd zijn."

Terwijl hij zijn telefoon ontgrendelt, controleer ik of ik zijn pincode eerder correct heb gezien. Ja, dat heb ik. Hij stuurt een app, loopt dan naar een minikoelkast en rommelt erin.

"Wat is dat?" Ik wijs naar het doorzichtige plastic bakje in zijn hand.

Hij komt naar me toe en laat het me zien.

"Wat is het?" Ik bekijk het vreemde witte ding in het bakje met afkeer.

"Kaas." Tigger houdt het bakje dichter bij mijn gezicht en ik doe een stap achteruit.

Hij trekt de bak weg. "Mijn broer is een kaasfanaat."

"Ah," zeg ik vrijblijvend.

Sommige mensen houden van gouden douches en sommigen eten kaas. Wie ben ik om te oordelen?

"Mijn broer is erg meegaand geweest als het om de

kamer met een zwembad gaat," zegt hij. "Ik dacht dat ik hem een klein cadeautje zou kunnen geven."

Ik kan het niet helpen. "Laten we hopen dat de kaas gepasteuriseerd is om salmonella te doden, anders kan dit geschenk een reis naar het ziekenhuis worden."

Hij haalt zijn schouders op. "Als je bedenkt hoeveel het kost, denk ik dat het veilig moet zijn."

"Laten we ook hopen dat de kaas geen schimmels met mycotoxinen heeft ontwikkeld. Dat kan dodelijk zijn."

Zijn telefoon trilt met een app en hij kijkt ernaar. "Als iemand weet hoe je veilig kaas kunt consumeren, dan is het Kaz."

Omdat ik gewend ben aan de lakse opvattingen van mensen over voedselveiligheid, ben ik het er mentaal mee eens dat ik het er niet mee eens ben.

Hij loopt naar de deur en houdt hem voor me open. "Hij is in de suite waar ik naartoe verhuis."

We steken de gang over en gaan de betreffende suite binnen.

Wauw.

Dit penthouse is nog luxer dan degene die we net verlaten hebben, maar dat is niet wat ik het meest interessant vind.

Binnen zit er een man op ons te wachten en hij lijkt, misschien vanwege zijn sombere uitdrukking, nog meer op het product van een *Brokeback Mountain*-roman dan Tigger.

Ik vraag me af of dat komt omdat het veel te lang geleden is dat hij voor het laatst kaas heeft gegeten.

Kaas bevat casomorfinen, morfine-achtige verbindingen die zich aan de opiaatreceptoren van de hersenen hechten. Nadat ik het nieuwsartikel had gelezen waardoor ik cold turkey met het spul moest stoppen, had ik een jaar lang hunkeringen. Overigens, toen ik met kalkoen zelf ben gestopt - koud of anderszins - had ik dat jaar maar één dag een hunkering, op Thanksgiving.

Oh en had ik al gezegd dat er naast Mr. Duister en Somber een grizzlybeer staat?

Yep. Een verrassend goed opgevoede beer die misschien gewoon een hond is.

Dus nu heb ik een pandahond, een koalahond en misschien een grizzlyhond gezien. Waar is de ijsbeerhond om de set compleet te maken?

"Broer," zegt Kaz, zijn stem emotieloos.

"Broer," antwoordt Tigger, bij de toon van Kaz passend. "Is de kamer schoon en ordelijk genoeg voor je?"

De uitdrukking op het gezicht van Kaz lijkt te zeggen, "We zijn niet geamuseerd," met een koninklijke "we". "Nee," zegt hij hardop. "Maar misschien is dat het morgen wel."

Ik kijk rond. Zelfs mijn tweelingzus, die van Marie Kondo zou kunnen winnen, zou *deze* kamer netjes vinden.

"Dit is voor jou." Tigger geeft het bakje aan zijn broer.

Kaz opent de bak en een vreemd bekende - en nogal onaangename - geur doordringt de kamer.

Terwijl Kaz de lucht opsnuift, flitst er een warme emotie over zijn zwijgzame gezicht, hoewel ik het me misschien verbeeld.

"Pule?" vraagt hij, de bak sluitend.

Spelen we het woord van de dag? Ik *denk* dat ik op die manier voor het eerst heb geleerd dat 'pule' krampachtig of zwak huilen betekent.

"Inderdaad," zegt Tigger trots. "Ik heb het voor je uit Servië over laten vliegen."

"Heel erg bedankt," zegt Kaz, terwijl hij de bak sluit.

Ik schraap mijn keel. "Een kaas uit Servië?"

"Waar zijn mijn manieren?" zegt Tigger. "Kazimir, maak kennis met Gia. Gia, dit is mijn broer Kaz."

"Een genoegen," zegt Kaz met zoveel hooghartigheid dat ik in de verleiding kom om een sarcastische buiging te maken. "Heb je nog nooit van Pule-kaas gehoord?"

Geweldig. Een kaas waar je krampachtig of zwak van gaat huilen.

Wat is de volgende stap - hysterische kaas?

"Het is zestig procent ezelinnenmelk uit de Balkan en veertig procent geitenmelk," vervolgt Kaz.

Oké, dat verklaart de geur. Mijn ouders hebben op hun boerderij ezels en geiten en nu ik de context weet, ruikt de kaas naar wat het is.

Jammie. Meld mij maar aan. Misschien moeten we er ook wat stinkdiermelk in gooien? En een paar mestkevers.

Wiens idee was het om een ezel te melken, een

wezen dat ook wel dom wordt genoemd? Of een geit? Trouwens, wie kwam op het idee om een koe te melken, een rund met horens? Wat denken de koeien als dat gebeurt? Ongetwijfeld hetzelfde wat ik zou denken als ik borstvoeding zou geven en een olifant naar me toe zou walsen en zijn slurf zou gebruiken om *mij* te melken. Dacht de persoon die met het melkidee kwam ook: "Ja, nu ik met die rare handeling klaar ben, wat zou je ervan vinden om deze witte lichaamsvloeistof te drinken." Wat was daar de inspiratie van? Bukkake? Nu we het er toch over hebben, consumeren culturen sperma van een stier of een ander dier? Ik weet dat sommigen de testikels opeten - wat hetzelfde idee is.

Notitie voor mezelf: doe wat antropologisch onderzoek.

"Gia is niet alleen een ademtrainer," zegt Tigger. "Ze is een illusionist."

"Oh?" Kaz kijkt me met nieuwe interesse aan. "Waar treedt je op?"

"Ze is op zoek naar een locatie," zegt Tigger. "Ze is geweldig. Je zou eens moeten zien wat ze met een lepel doet."

Kaz trekt een wenkbrauw op. "Er ligt bestek in de keuken."

"Pak er een," zegt Tigger tegen hem. "Je zult er geen spijt van krijgen."

Kaz gaat de keuken van de suite in en zijn hond blijft daar als een standbeeld zitten.

Ik staar Tigger met samengeknepen ogen aan.

"Denk je dat je slim bent? Ik weet dat je gewoon wilt dat ik het trucje nog een keer laat zien."

Hij knipoogt. "Kun je de verleiding weerstaan om voor een nieuwe toeschouwer te pronken?"

Verdorie. Hoe kan het dat hij me al zo goed kent?

Kaz komt terug met een vork en ziet er zwaarmoediger uit dan voorheen. "Ze hebben in de keuken geen lepels klaargelegd." Dit wordt op dezelfde toon gezegd waarvan ik zou verwachten dat iemand zoiets zou zeggen als: "De chirurg heeft zijn scalpel in je laten zitten voordat hij je weer dicht had gehecht."

"Een vork werkt nog beter," zeg ik.

Met een twijfelachtige blik geeft Kaz me de vork aan en ik houd hem dramatisch vast voordat ik begin. Dan kijk ik naar hun uitdrukkingen terwijl ze de middelste tand voor hun ogen zien buigen.

Net als voorheen staat er een uitdrukking van ontzag op het gezicht van Tigger. Kaz is daarentegen volledig onleesbaar.

"Wauw," mompelt Tigger terwijl de volgende tand buigt.

Kaz houdt nog steeds een pokerface.

Wanneer de steel van de vork echter doormidden buigt, worden de ogen van Kaz groot en hapt Tigger naar adem.

Ik geef ze de gedraaide vork. "Ze hebben CGI gebruikt om zoiets als dit in *The Matrix* te doen."

Tigger bekijkt het zorgvuldig en dan doet Kaz hetzelfde.

"Dank je," zegt Kaz terwijl hij de vork in zijn zak

steekt. "Tussen de kaas en het entertainment, kan ik mijn broer bijna vergeven dat hij weer van kamer is veranderd."

"Dit is pas mijn derde keer," zegt Tigger.

"Precies," antwoordt Kaz.

"Mag ik het zwembad zien?" vraag ik om eventuele vijandelijkheden af te wenden. Als deze twee op mijn zussen lijken, dan kan dit in een oogwenk tot haren trekken escaleren.

"Deze kant op," zegt Kaz en leidt ons naar een balkon met nog een adembenemend uitzicht. Het zwembad is aanwezig, het water druppelt er langzaam in.

"Ik laat het via omgekeerde osmose filteren," zegt Kaz tegen mijn vragende blik. "Tigger zei dat het schoon genoeg moet zijn om te kunnen drinken."

Ik kijk jaloers naar het water. Ik ben te laf om in de meeste zwembaden te gaan, maar dit is een zeldzaam geval waarin ik zou zwemmen - en dat heb ik sinds ik een kind was niet meer gedaan.

"Wil je voor mijn training morgen een duik nemen?" vraagt Tigger.

Zijn Ruskoviaanse royals telepathisch? Ik wil heel graag ja zeggen, maar ik kan het niet. Na mijn duik zal het water voor hem verontreinigd zijn.

"Ik sta er zelfs op dat je dat doet," zegt hij. "Welke technieken je ook wilt dat ik uitvoer, ik wil eerst zien dat jij ze doet."

Ik bijt op mijn lip. "Nou, als je erop staat..."

"Ja, dat doe ik." Tigger kruist zijn armen voor zijn

borst, door zijn strenge uitdrukking lijkt hij wel de tweelingbroer van Kaz te zijn.

Ik haal diep adem. "Ik ga morgen heel grondig douchen. En ik heb een gezondheidsverklaring gekregen."

Kaz werpt zijn broer een vragende blik toe en Tigger maakt een 'niet vragen'-gebaar.

Ik denk dat hij al veel van mijn houding ten opzichte van ziektekiemen begrijpt.

Tiggers telefoon trilt weer en hij kijkt ernaar. "Ah. Onze reserveringen voor het diner zijn doorgekomen. We kunnen maar beter gaan."

Mijn maag rommelt verraderlijk.

Ik denk dat ik zou kunnen eten.

"Het was leuk om kennis te maken, Kazimir." Ik zwaai naar hem. "Je hotel is onberispelijk."

Is dat een zweem van een glimlach in de ogen van Kaz?

"Het was ook aangenaam om kennis met jou te maken. Je hebt echt talent." Hij klopt op de zak met de gebogen vork.

Gloeiend van de lof laat ik Tigger me naar buiten leiden.

De beer zit nog steeds waar Kaz hem heeft achtergelaten. Hij moet een eredoctoraat van Harvard in "wie is een brave hond?" hebben.

Wanneer we echter in de lift stappen, vervaagt de gloed en sluipen de zorgen naar binnen. Ondanks wat Tigger over dineren in vriendschap heeft gezegd, zal dit uitje als een date aanvoelen. Dat geldt voor elke maaltijd met een prins die zo mooi is als deze, zelfs een fastfood drive-in.

Ben ik sterk genoeg om vanavond geen infectie van gevoelens op te lopen?

Misschien.

Hopelijk.

Als het op Tigger aankomt, is mijn vlees niet het enige deel van mij dat verraderlijk zwak is.

# Hoofdstuk Twaalf

*B*ij de ingang van het hotel staat een zwarte Lamborghini op ons te wachten.

Huh. Ik vraag me af of voor hem hetzelfde als in de advertentie geldt: *"Als hij een auto van de parkeerplaats afrijdt, stijgt de prijs ervan in waarde."*

Tigger is de hotelbediende voor om mijn deur te openen.

Shit. Is hij ook nog eens een heer? Mijn arme eierstokken.

Terwijl ik mijn veiligheidsgordel om doe, voel ik een zweem van een ander soort bezorgdheid. De veiligheidsgordel heeft de stijl van een raceauto en herinnert me eraan dat Tigger beroemd is om het breken van snelheidsrecords.

Hij schuift achter het stuur en doet zijn eigen gordel ook om.

"Je gaat toch niet snel, hè?" vraag ik voorzichtig.

Hij werpt me een grijns toe. "Dit is Manhattan. Er zijn snelheidsbeperkingen."

Ik slaak een zucht van verlichting, maar de lucht blijft in mijn luchtpijp steken als Tigger het gaspedaal indrukt.

De banden piepen en de geur van rubber komt mijn neusgaten binnen terwijl de Lamborghini met tien keer de maximumsnelheid de weg op raast.

Denkt hij dat die bierreclames echt zijn?

*"Auto's kijken op zoek naar hem allebei de kanten op voordat ze door een straat rijden."*

*"Hij werd een keer aangehouden voor te hard rijden en de agent kreeg de bekeuring."*

"Is dit goed of moet ik het rustiger aan doen?" vraagt Tigger. In de tijd die het geluid nodig heeft om mijn trommelvliezen te bereiken, zijn we minstens vijf stadsblokken verder.

Fuck. Wat is er mis met hem? Ik heb ooit over de ziekte van Urbach-Wiethe gelezen, een ongewone genetische aandoening die ervoor zorgt dat iemand alle gevoel van angst verliest. Zou Tigger het hebben? Misschien komt het in de Ruskoviaanse koninklijke familie voor, een beetje zoals hemofilie bij de nakomelingen van koningin Victoria?

"Gia?" zegt hij. "Gaat het met je?"

Ik grom iets negatiefs.

Hij werpt me een bezorgde blik toe - en als ik dacht dat zijn rijgedrag eng was toen hij naar de weg keek, bereiken we nu een angstniveau dat gelijk staat aan het bezoeken van een openbaar toilet. In Staten Island. In dat park uit vuilstort.

Mijn gezicht moet bleker zijn dan de gebruikelijke kleur, want Tigger kijkt naar de weg en remt de auto af tot ongeveer het dubbele van de maximumsnelheid. "Sorry. Hoe is dit?"

Mijn woorden komen er met een zucht uit. "Nog steeds te snel."

Hij remt de auto af tot we de andere voertuigen niet meer in het stof achter ons laten.

Eindelijk kom ik op adem. "Bedankt. Is het restaurant nog ver?"

"We zijn er eigenlijk." Hij stopt soepel naast een etalage waar iets in het cyrillisch geschreven staat.

Oef. In één stuk aangekomen. Tot mijn grote opluchting, is de gezondheidsinspectie naast het raam een trotse "A". Anders zouden we een ongemakkelijk gesprek moeten hebben.

"Is dat Russisch?" vraag ik, naar het bord knikkend.

"Nee. Ruskoviaans. Maar de naam zou hetzelfde betekenen als je hem in het Russisch zou lezen."

"Het zijn vergelijkbare talen, toch?" vraag ik nadat hij de deur voor me heeft geopend.

Hij wrijft over zijn kin. "Ik zou zeggen ongeveer net zo vergelijkbaar als Frans en Spaans."

"Ik heb geen idee hoe vergelijkbaar dat is." Ik kijk weer naar het bord alsof het me kan helpen.

"Spreek je geen Spaans? Ik dacht dat de meeste Amerikanen er wel wat van wisten."

Ik schud mijn hoofd. "Ik heb het op school gehad,

maar ik herinner me er heel weinig van. En ik heb nooit Frans gestudeerd. En jij? Welke andere talen spreek je?"

"Natuurlijk Russisch, Frans en Spaans," zegt hij en hij gaat verder met het opsommen van de helft van de talen die in Europa worden gesproken. "Sommigen spreek ik minder vloeiend dan anderen. Alles hangt af van hoelang ik in dat land heb doorgebracht."

Hij doet me weer aan die Dos Equis-man denken die *"Russisch kan spreken... in het Frans."* Misschien ook: *"Hij wordt in landen die hij nooit heeft bezocht als een nationale schat beschouwd."*

Twee stevige kerels staan voor het restaurant en houden de deuren voor ons vast. Ze zijn in dezelfde pantalons als de portiers in het hotel van Kas gekleed.

Het moet iets Ruskoviaans zijn.

Als we halverwege de ingang zijn, verblindt een vreemde man in een tweedjasje me met een flits van zijn professioneel ogende camera.

Wat voor de duivel?

Met een boze blik schreeuwt Tigger iets naar de uitsmijterkerels.

Ze haasten zich als een paar linebackers naar de fotograferende vreemdeling.

"Hé," roept de man als de grootste van de kerels zijn camera pakt. "Dat kun je niet afpakken."

De krachtpatser in pantalon reageert niet eens. Hij loopt gewoon met de camera in de hand het restaurant binnen. De ander keert terug naar zijn positie bij de deur alsof er niets is gebeurd.

"Wat was dat?" vraag ik aan Tigger als we naar binnen stappen.

"Paparazzi." Tigger zegt het woord met evenveel afkeer als ik dat ik "E. coli" zou zeggen.

"Ah." Ik kijk om. "Dat klinkt logisch. Ik was even vergeten hoe belangrijk je Koninklijke Achterste is."

Hij leidt me naar een knusse, met kaarsverlichte tafel en trekt een stoel voor me naar achteren. "Sorry daarvoor. Normaal ben ik goed in het ontwijken van die gieren, maar die was slim genoeg om deze plek te stalken. Hij moet gedacht hebben dat het een kwestie van tijd zou zijn voordat ik of een van mijn broers naar de Ruskoviaanse keuken zou smachten."

"Niets om sorry voor te zeggen." Voor het eerst kijk ik om me heen. Er hangen overal foto's van paddenstoelen. Het thema hier moet iets met *Alice in Wonderland* of indirect met psychedelica te maken hebben.

Tigger fronst met zijn wenkbrauwen. "Nee. Het spijt me echt. Iedereen die met mij wordt gezien, komt onvermijdelijk met een foto in de roddelbladen, meestal in een artikel vol leugens."

"Zoals die vrouwen met wie je bevriend was?" is waar ik niet de ballen - of eierstokken - voor heb om te vragen. In plaats daarvan ga ik voor, "Ik maak me helemaal geen zorgen."

"Nee?" Hij bijt op de binnenkant van zijn lip, een afleidende beweging.

Ik doe mijn best om me te concentreren. "Elke

publiciteit zou voor mijn carrière als illusionist geweldig zijn, hoe schandalig ook."

Hij schenkt me een warme glimlach en pakt zijn menu. "Dat is een opluchting."

Ik pak het menu ook op, maar het is in het Ruskoviaans.

"Wat voor restaurant is dit?" vraag ik.

"Het heet Crispy Mushroom. Ze zijn in allerlei soorten paddenstoelengerechten gespecialiseerd, die in Ruskovia erg populair zijn. Houd je van paddenstoelen?"

Ik haal mijn schouders op. "Ze staan op mijn lijst met veilig voedsel, maar ik heb ze altijd als een bijgerecht beschouwd."

"Dan staat je iets lekkers te wachten," zegt hij en zwaait naar een kelner in pantalon.

Terwijl ze in het Ruskoviaans beginnen te praten, haal ik stiekem mijn telefoon tevoorschijn en controleer ik de exacte score voor de hygiënische overtreding van deze plek.

Ze hebben een nul gekregen, wat geweldig is.

De ober stopt met praten en Tigger draait zich mijn kant op. "Van de twee specials vind je de Lion's Mane-steak misschien lekker."

"Leeuw, geen tijger?" vraag ik met een grijns.

Hij grijnst terug. "Lion's Mane-paddenstoelen staan om hun gezondheidsvoordelen bekend. Ze helpen het geheugen en cognitie en worden al duizenden jaren door boeddhistische monniken gebruikt om hen te helpen om zich tijdens meditatie te focussen."

Ik kijk naar de ober. "Werkt deze man op commissiebasis met jullie samen?"

De ober doet een stap achteruit. "Dit restaurant is van Zijne Koninklijke Hoogheid, Andrej Cezaroff."

Ik ga op het puntje van mijn stoel zitten en richt mijn aandacht weer op Tigger. "Je vader?"

Hij schudt zijn hoofd. "Broer."

Ik kijk hem nieuwsgierig aan. "Hoe groot is jouw familie?"

"Ik heb negen broers," zegt Tigger zonder met zijn ogen te knipperen. "Dus, wat zeg je van de Lion's Mane-steak?"

Negen? Het klinkt alsof onze families vrij gelijkaardig zijn, hoewel ik wed dat het hebben van alleen maar broers heel anders is dan met een stel meisjes opgroeien, om nog maar te zwijgen van het leven in een kasteel in plaats van op een gekke dierenboerderij.

Ik draai me om naar de ober. "Is de paddenstoel goed gaar?"

"Ja, meesteres," zegt hij.

Meesteres? En ik heb vandaag niet eens mijn leren broek aan. "Oké. Ik zal het proberen."

De ober buigt en haast zich weg.

"Wat neem jij?" vraag ik aan Tigger.

Hij zegt een woord dat als Paganini klinkt, maar ik weet zeker dat hij geen beroemde dode violist op zal eten - al weet je het met royalty's maar nooit. Ze hadden er altijd wat van kunnen maken.

"Geweldig. Dat is duidelijk," zeg ik.

Hij lacht. "Het is een paddenstoel. Ik geloof dat het in het Engels vliegenzwam of misschien amanita wordt genoemd."

Ik frons. "Rode hoed, witte vlekken?"

Hij knikt.

"Degene waar de rups in *Alice in Wonderland* op zat?"

Hij legt een servet op zijn schoot. "Niet exact die, maar ja."

"Zijn ze niet giftig?"

"Niet als je ze twee keer kookt en elke keer het water ververst."

Ik staar hem aan. "Dat klinkt gevaarlijk."

Hij spreidt zijn handen. "Ik heb erger gegeten. Fugu, Ackee-fruit, Sannakji, Hákarl - noem maar op, ik heb het geprobeerd."

Ik breng mijn telefoon nadrukkelijk naar mijn gezicht en zoek de zojuist genoemde gerechten op.

Yep. Zoals ik al dacht, moet hij de ziekte van Urbach-Wiethe hebben.

Fugu is dubbel waanzin: het is sashimi, dus rauw vlees, en het is van een dodelijk giftige kogelvis gemaakt. Ackee, de vrucht, is niet zo dodelijk, maar kan als je hem niet goed gerijpt eet nog steeds tot coma en de dood leiden. Sannakji bestaat uit levende octopustentakels, die verstikkingsgevaar opleveren, en Hákarl is een gerijpte Groenlandse haai, een vis die een giftige stof in zijn lichaam als een natuurlijk antivriesmiddel gebruikt en, indien niet-gerijpt, tot allerlei soorten dodelijk plezier kan leiden.

Bezorgd kijk ik nu naar de Lion's Mane-paddenstoel.

Nee. Niet giftig en de voordelen voor de hersenen lijken waar te zijn.

Ik leg mijn telefoon weg en werp Tigger een afkeurende blik toe.

"Maak je geen zorgen, amanita is heel veilig gekookt," zegt hij, blijkbaar mijn gedachten begrijpend.

"Wat als de chef een fout maakt?"

Hij zwaait afwijzend. "Ik heb onder toezicht van een sjamaan amanita een keer rauw gegeten. Je moet gewoon op het juiste moment overgeven en dan ga je op een lekkere hallucinogene trip."

Ik vernauw mijn ogen tot spleetjes naar hem. "Als je zegt, 'op het juiste moment', dan bedoel je 'voordat het je doodt,' toch?"

Hij grijnst. "Als je zo bezorgd bent, dan zal ik het nooit meer rauw eten. Paddenstoelen die psilocybine bevatten, zijn veel beter."

Voordat ik kan antwoorden, arriveert het eten.

De zijne heeft niet de herkenbare rode hoed en de mijne ziet eruit als een soort vlees van een klein dier. Hoe groot is de kans dat Lion's Mane-steak echt van kittens of leeuwenwelpen gemaakt is?

Ik snij een klein stukje af en stop het in mijn mond.

Bij de smaakpapillen van Houdini, dit is het lekkerste dat ik ooit heb gegeten. Het is zoet, rijk, aards en vlezig, met een textuur die op een kreeftenstaart lijkt.

Tigger kijkt me hongerig aan. Ik moet van het culinaire genot gekreund hebben.

Ik doe mijn best om bij de volgende hap discreter te zijn en hij begint ook aan zijn eten.

"Dus," zeg ik, terwijl ik probeer om niet te kijken hoe hij zijn giftige keuze opeet. "Waarom zijn er zoveel Ruskoviaanse royals in New York City?"

Hij slikt de hap die hij aan het kauwen was door. "Het antwoord ligt in je vraag. We zijn met zoveel dat we niet allemaal de koninklijke verantwoordelijkheden hebben waar je aan denkt. Wat mij betreft, ik ben hier voor fysiotherapie."

Mijn volgende stuk paddenstoel is smakeloos. "Ik heb over je coma gelezen. Iets met een basejump-ongeluk?"

Hij knikt. "Het was de hoogste wolkenkrabber in Moskou. Alles was eerst geweldig, toen... Werd ik wakker in een ziekenhuis in Ruskovia."

De donkere uitdrukking op zijn gezicht trekt aan iets in mijn borst. Ik ben geen knuffelaar, maar ik wil hem zo graag vasthouden tot die somberheid die voor hem niet zo kenmerkend is, verdwenen is.

"Je familie moet er kapot van zijn geweest," zeg ik zacht.

Hij pakt zijn vork. "Mijn broers waren erg behulpzaam. Mijn ouders hadden meer een 'we hebben je gewaarschuwd'-houding."

Ik frons. "Serieus?"

Hij lacht, maar er zit zeker een scherp randje aan. "Mijn ouders hebben me lang voor die gebeurtenis onterfd. 'Ongepast gedrag' is wat ze vinden van wat ik heb gekozen om met mijn leven te doen."

Ik leg mijn gehandschoende hand over de zijne. "Ik weet dat het niet hetzelfde is, maar er zijn er in mijn familie maar weinig die mijn magische carrière serieus nemen. Ze denken dat als je geen universitair diploma hebt, je nooit geld zult verdienen."

Zijn blik gaat naar mij en de intensiteit in zijn lichtbruine ogen geeft me het gevoel dat ik een hinde in het vizier van een tijger ben. "Je bent een meer getalenteerde goochelaar dan wie dan ook die ons in het kasteel heeft vermaakt. Ik ben ervan overtuigd dat je een geweldige carrière voor de boeg hebt."

Ik grijns als een malloot. Als zijn snode plan is om vleierij te gebruiken om in mijn broek te komen, dan werkt het.

*Hallo? Geen gevoelens krijgen, weet je nog?*

Mijn euforie vervaagt, ik trek mijn hand terug. Om het minder ongemakkelijk te maken, pak ik het zoutvaatje en strooi wat op mijn bord. "Over carrières gesproken, verdien je op de een of andere manier geld met je avonturen of verdien je de kost door iets anders te doen?"

Shit. Waarom heb ik hem er net aan herinnerd dat hij van de rijkdom van zijn familie is afgesneden?

"Beide," zegt hij en tot mijn opluchting lijkt hij niet van streek te zijn. "Ik heb van talloze merken sponsoring, maar mijn meest substantiële inkomen komt uit mijn pretpark."

Mijn wenkbrauwen schieten omhoog. "Een

pretpark?"

Zijn ogen zijn helder als hij knikt. "Voordat mijn ouders de geldkraan dicht hadden gedaan, gebruikte ik de connecties van mijn familie om een coalitie van investeerders samen te stellen om een avonturenpark met een Ruskoviaans thema in mijn thuisland te bouwen. Het heeft alles, van achtbanen en 3D-sensatie-attracties tot het soort 'voel je een dag als een koning'-ervaringen."

"Oh, wauw. Wat heeft je doen besluiten om dat te doen?"

"Ik wilde dat het grote publiek de adrenalinestoot en het gevoel van ontzag zou ervaren dat ik van mijn verschillende activiteiten krijg." Hij lacht. "Ik zou al blij zijn geweest als ik quitte had gespeeld, maar de onderneming is boven alle verwachtingen geslaagd. Mensen komen naar Ruskovia om het te bezoeken, een beetje zoals toeristen die naar Orlando gaan voor Disney World."

Huh. Hij is dus een succesvolle ondernemer, niet alleen een sensatiezoekende playboy. Ik denk dat het logisch is. Hoe zou hij me anders zo goed kunnen betalen als hij onterfd is?

Ik had ook gelijk toen ik dacht dat ik tijdens zijn stunts ontzag op zijn gezicht zag.

Het interessante is dat ik diezelfde uitdrukking opmerkte toen hij naar mijn magie keek. Hij deed niet alsof toen hij mijn misleidingsvaardigheden complimenteerde.

Ik kan mezelf niet bedwingen en vis naar nog een

compliment. "Ik probeer mensen met mijn magie ook een gevoel van ontzag te geven. Niet zozeer een adrenalinestoot."

"En dat doe je ook," zegt hij ernstig. "Ik denk dat jouw magie de wereld veel goeds zal brengen. Mensen hebben de neiging als ze opgroeien om het gevoel van ontzag te verliezen en dat is jammer."

Wauw. Ik heb nooit gedacht dat magische kunsten meer zouden doen dan amusement bieden. Hij heeft wel gelijk. Als het goed wordt gedaan, dan *kan* magie een volwassene de verwondering van een kind geven, al is het maar voor even.

Hij prikt met zijn vork in een stuk ik-wil-niet-weten-wat. "Heb je daarom besloten om een goochelaar te worden?"

Ik snij nog een stuk van mijn paddenstoelensteak af terwijl ik hierover nadenk. "Ik ben er na het zien van een magische voorstelling geïnteresseerd in geraakt. Toen ik zelf een truc probeerde uit te voeren, merkte ik dat ik van de aandacht genoot. Later ging het erom mensen ontzag, verwondering, verbazing en verbijstering te laten voelen. Het is ook belangrijk voor me om een beroemde *vrouwelijke* goochelaar te worden."

Hij trekt een wenkbrauw op. "Waarom?"

"Om het zo goed mogelijk te begrijpen, vraag ik mensen meestal om een klein gedachte-experiment te doen. Wil je het proberen?"

Hij knikt.

"Stap één, stel jezelf voor als een klein meisje," zeg

ik met een grijns.

Hij sluit zijn ogen en een blik van diepe concentratie komt over zijn gezicht. Met een hoge stem zegt hij, "Klaar."

Ik onderdruk een lach. Stelt hij zich voor dat hij staartjes heeft? Touwtje aan het springen is? Zakkenrollen van de pestkop van de buren?

"Beantwoord nu zonder al te hard na te denken, snel mijn vragen," zeg ik. "Begin met het noemen van een mannelijke wetenschapper."

"Einstein," zegt hij, nog steeds met de stem van een klein meisje.

"Noem nu een vrouwelijke wetenschapper."

"Madam Curie," antwoordt hij, in karakter blijvend.

"Een mannelijke goochelaar."

"David Blaine," antwoordt hij zonder aarzelen.

"Een vrouwelijke goochelaar."

Hij opent zijn mond en sluit hem dan. Zijn wenkbrauwen fronsen. Eindelijk opent hij zijn ogen en kijkt me gefrustreerd aan.

"Rasputina," zeg ik, in de veronderstelling dat hij haar zou kennen als iemand die in zijn thuisland woont.

Hij slaat zichzelf op het voorhoofd. "Je hebt gelijk," zegt hij met zijn normale stem.

"De moeite die je had, is precies mijn punt," zeg ik. "Er zijn nog geen bekende namen."

"Ik snap het. En jij wilt die bekende naam zijn om meisjes te inspireren om goochelaars te worden?"

"Precies. Net als Rasputina en de andere pioniers

die *mij* hebben geïnspireerd. Het is tijd om door het plafond van de konijnenhoed te breken."

Hij knikt goedkeurend. "Ik durf er alles om te verwedden dat je in je nobele doel zult slagen."

"Ik hoop van wel." Een zwerm vlinders is in mijn buik aan het rommelen, hoewel ik waarschijnlijk "een zwerm duiven" zou moeten zeggen, aangezien goochelaars erom bekend staan om uit het niets duiven te laten verschijnen.

Persoonlijk zou ik om hygiënische redenen geen trucs met duiven of konijnen doen. Als lepels konden poepen, dan zou ik ze ook niet buigen. Aan de andere kant, zelfs als iemand genetisch gemanipuleerde duiven zonder poep zou hebben, dan zou ik ze niet kunnen gebruiken. Blue zou me nooit bezoeken en het zou slechts een kwestie van tijd zijn voordat Hannibal, de kat van Clarice, mijn arme helpers voor het avondeten zou eten... en dat met een lekkere Chianti.

Tiggers uitdrukking wordt sluw. "Over je vaardigheden gesproken, kun je vanavond nog een truc uitvoeren?" Hij kijkt naar een nabijgelegen vork.

"Geen herhalingen en geen rekwisieten tijdens een maaltijd," zeg ik.

Hij ziet eruit als een kind dat geen toetje krijgt.

"Ik *kan* wel wat mentalisme voor je doen. Dat is een soort magie die zich met de geest bezighoudt."

Zijn ogen glinsteren van opwinding. "Graag."

"Oké. Denk aan twee eenvoudige vormen - de een in de ander, zoals een hart in een vierkant." Ik teken het voorbeeld in de lucht.

"Klaar," zegt hij.

"Stel je nu in de binnenvorm een speelkaart voor."

"Hebbes," zegt hij, terwijl hij er ongemakkelijk uitziet - dat is op dit punt een veel voorkomende reactie van een toeschouwer.

Ik steek mijn ene hand dramatisch naar voren en leg de andere tegen mijn slaap, terwijl ik professor X channel. Een goochelaar (of mentalist) zijn, lijkt veel op een acteur die de rol van goochelaar of mentalist op zich neemt, of zo zei de beroemde Robert-Houdin.

Ik doe alsof ik Tiggers gedachte heb gevangen en verkondig plechtig, "Je denkt aan de Hartenkoningin in een driehoek in een cirkel."

Tigger laat zijn vork vallen.

Mijn grijns is kwaadaardig.

"Hoe?" fluistert hij.

"Heel goed," zeg ik.

Hij pakt zijn vork weer op. "Je bent een gevaarlijke vrouw."

"En dat je het niet vergeet."

Voordat hij me kan smeken om hem mijn geheimen te vertellen, verander ik het onderwerp door naar zijn broers te vragen.

Hij deelt gretig anekdotes uit zijn verleden, zoals de tijd dat zijn broers en een neef samen een voetbalteam vormden.

"Hoe zit het met jou?" vraagt hij. "Heb je behalve Holly nog andere broers of zussen?"

Ik vertel hem over de zesling en hoe waanzinnig het

soms wordt met acht meisjes op een boerderij vol met allerlei exotische geredde dieren.

We gaan over en weer en delen verhalen - die verrassend veel op elkaar lijken ondanks het feit dat we in verschillende landen en met verschillende sociaaleconomische achtergronden zijn opgegroeid.

"Ik denk dat een kudde broers of zussen, ongeacht het geslacht, voor dezelfde soort chaos kan zorgen," zegt hij.

"Is een kudde dan het juiste verzamelwoord?" vraag ik hem terwijl ik de laatste hap van mijn bord eet.

"Misschien is het een wanorde?" Hij zwaait naar de ober.

"Dat zijn ratten en broers." Ik grijns. "Bij zussen is het een moord, zoals bij kraaien."

De ober haast zich naar hem toe en praat met Tigger in het Ruskoviaans.

"Toetje?" vraagt Tigger.

Ik knik, vooral omdat ik benieuwd ben of er paddenstoelen in zitten. Het enige vreemdere ingrediënt zou knoflook zijn.

Yep. Het dessert is een caramel brûlée van eekhoorntjesbrood met groene thee-ijs. Tot mijn verbazing is het romig, geroosterd, en voel ik me warm en op mijn gemak.

Het had erger gekund. Mijn anglofiele tweelingzus heeft me ooit een pudding met de naam Spotted Dick, of Gevlekte Pik, geserveerd en het had niet eens de vorm van een dildo.

Het koffieachtige drankje dat hier wordt geserveerd

is, niet verrassend, ook op paddenstoelen gebaseerd - en ik vind het lekker. Als ik Ruskoviaans zou spreken, dan zou ik zelfs naar deze plek terug kunnen komen, ervan uitgaande dat ik het me kon veroorloven.

Terwijl we van het dessert en het paddestoelenbrouwsel genieten, vertelt Tigger me verhalen over Ruskoviaanse tradities. Het blijkt dat ze een feestdag hebben die aan La Tomatina in Spanje doet denken, maar in plaats van tomaten gooien ze rijpe druiven naar elkaar.

"Waarom?" vraag ik.

Hij haalt zijn schouders op. "Waarom hebben we een berenfestival?"

"Laat me raden. Mensen verkleden zich als beren?"

Hij grijnst. "En ze eten berenvoedsel, zoals *myodik.*"

De verslindende blik die hij me toewerpt, doet me bijna in een stuk eekhoorntjesbrood stikken terwijl ik me hem inbeeld terwijl hij aan mijn honingpot likt, maar hij is meer katachtig dan beerachtig.

Ik schraap mijn keel. "Is dat de reden waarom je honden op beren lijken?"

Hij eet de laatste hap van zijn toetje. "Ik heb er nooit over nagedacht, maar misschien. De hond van Kaz heeft het typische uiterlijk van een Ruskoviaans ras genaamd *Misha* - oorspronkelijk voor de koninklijke familie gefokt."

"Hoe ben je dan aan een panda en een koala gekomen?" vraag ik.

Hij grijnst. "Caradog is de naam van degene die een corrigerende bril moet dragen en hij is een gewone

Misha. Toevallig met een ongewone kleuring. Mefistofeles ziet er daarentegen zo uit omdat hij niet raszuiver is."

"Heb je een hond Mefistofeles genoemd? Is dat niet gewoon erom vragen dat hij een onruststoker is?"

Hij grinnikt. "Hij heeft op dat gebied geen aanmoediging nodig. Omdat hij mijn viervoeter is, was hij voorbestemd om problemen te veroorzaken."

Heb ik net mijn eisprong gehad? Het moeten de ongewenste beelden van een half-Gia, half-Tigger-herrieschopper zijn die rondrent en allerlei kattenkwaad uithaalt.

Dit is belachelijk. Er zou een soort vaccin tegen gevoelens moeten zijn.

Vastbesloten om mezelf onder controle te houden, duw ik mijn lege bord weg en slurp ik het laatste beetje van mijn paddenstoelenkoffie op.

"Klaar om naar huis te gaan?" vraagt hij, mijn drift begrijpend.

Ik doe alsof ik moet gapen. "Ja. Ik ben best moe."

*Moe van het zwijmelen over hem.*

Ik geef hem mijn adres als we de rekening krijgen. Hij wijst mijn aanbod om de rekening te splitsen af en heeft me in een oogwenk terug in zijn zelfmoordauto.

Tot mijn schrik houdt hij zich vanaf het begin aan de maximumsnelheid. Desondanks is mijn hartslag even hoog als toen Tigger als een vervanger voor *The Fast and the Furious* reed.

Wat gebeurt er? Ben ik door die ene rit geconditioneerd om bang te zijn voor zijn auto?

Het duurt niet lang voordat ik begrijp wat er werkelijk aan de hand is.

Hoewel ik er absoluut van overtuigd ben dat ons etentje geen afspraakje was, hebben mijn hart - en andere vitale en niet-zo-vitale organen - de memo duidelijk niet gekregen. Ter verdediging van mijn hart: het diner was behoorlijk date-achtig. Meer date-achtig dan de meeste echte dates die ik heb gehad. De kern van mijn adrenaline-overbelasting is nu eenvoudig uit te puzzelen.

We naderen het deel van een date waar het voor mij in het verleden altijd vreselijk mis zou gaan.

De afscheidskus. Of het ontbreken ervan.

Dit is het punt waarop al mijn dates zich realiseerden dat ik de moeite niet waard was en me dumpten/ghosten.

Ik slik en voer een ademhalingstechniek uit die ik onlangs aan mijn oh-zo-hete student heb geleerd.

Nee. Werkt niet. Evenmin herinnert het mijn hart - en andere organen - eraan dat dit geen date was.

"Gaat het?" vraagt Tigger.

Fuck. We rijden niet meer.

Ik kijk uit het raam.

Yep. Oost west, thuis best. Zijn we hierheen geteleporteerd?

"Toppie," zeg ik traag.

Ik maak de high-end veiligheidsgordel los. Ik zie zijn katachtige blik en de zwerm duiven houdt een gevangenisrel in mijn buik.

Hij maakt zijn gordel los zonder weg te kijken. "Ik

heb het heel erg naar mijn zin gehad."

Vervloek hem. Dat is de meest typische zin voor na de date en voor de kus.

"Ik ook," zeg ik - understatement van mijn leven.

Hij drukt op een knop en de autosloten knallen open.

We bewegen geen van beiden.

*Ga.*

*Doe de deur open.*

*Stop met staren.*

Ik blijf aan mijn stoel gelast zitten, alsof ik gehypnotiseerd ben - en ik kan weten hoe dat voelt, aangezien een van mijn huisgenoten een hypnotiseur is.

Langzaam, heel langzaam, trekt een zwaartekrachtachtige kracht me naar hem toe.

Wat de fuck?

Hij leunt ook mijn kant op. Hij is niet immuun voor welke natuurkunde, scheikunde of massale waanzin hier ook een rol speelt.

Gaat dit eindelijk gebeuren? Even geef ik mezelf hoop.

Als er ooit een tijd was dat lust mijn angsten kon overwinnen, dan zou het nu zijn. Sinds ik zijn naakte alles heb gezien, ben ik een wandelende, pratende, hormoonproducerende machine die klaar staat om bij elke provocatie te ontploffen - en dat in meer dan één opzicht.

Onze lippen zijn nu een centimeter uit elkaar.

Bij Houdini's ballen... gaan we echt zoenen?

## Hoofdstuk Dertien

*E*r gebeuren twee dingen tegelijk.

Hij begint iets te mompelen, maar ik hoor niet wat, want mijn instinct om ziektekiemen te vermijden treedt in werking en ik trek me met een ruk weg - en sla met mijn hoofd tegen het zijraam.

De blik op zijn gezicht is er een die ik in deze situatie nog niet eerder heb gezien.

Het is geen ergernis of verraad of afwijzing.

Het is bezorgdheid. Misschien ook medelijden - en daar heb ik een hekel aan.

"Mijn hoofd is in orde." In tegenspraak met mijn woorden wrijf ik over de achterkant van mijn kloppende schedel.

"Ik zweer dat ik op het punt stond om je te vragen of je me wilde kussen," zegt hij ernstig. "Ik zou er deze keer niet zomaar voor gaan. Het spijt me als-"

"Ik was degene die ervoor ging," zeg ik bitter.

Hij houdt zijn hoofd schuin. "Maar waarom-"

"Er is een risico op herpes, hepatitis B, syfilis en HPV," flap ik eruit. "Over het algemeen kan een enkele kus tachtig miljoen bacteriën van de ene tong naar de andere overbrengen en na een kus kunnen onze microbiomen-"

"Ik snap het," zegt hij zacht.

Ik knipper dom. "Echt?"

Hij haalt zijn schouders op. "Dat is niet in strijd met de handschoenen en de zorgen over het zwembadwater."

Juist.

Hoe kon ik dat vergeten?

Ik kauw op mijn lip. "Je moet wel denken dat ik gek ben."

"Nooit." Zijn ogen boren zich in de mijne. "Geloof het of niet, ik voer voordat ik mijn stunts doe altijd een risicoanalyse uit. Soms neem ik het risico niet, omdat het risico te groot aanvoelt, maar meestal ga ik ervoor. De meeste mensen denken dat ik gek ben, omdat mijn risicotolerantie hoger is dan die van hen. Het zou hypocriet van me zijn om *jou* gek te noemen, omdat je een risicotolerantie hebt die de andere kant op gaat."

Ik zucht. "Waarom kun je hier geen klootzak over zijn? Je zorgt ervoor dat ik je nog meer wil kussen."

Zijn blik wordt donker. "Dus je wilt dit wel? Het is gewoon een kwestie van zorgen om je gezondheid?"

Ik kijk naar beneden. "Ik denk van wel. Misschien. Ik heb in mijn jeugd een traumatische gebeurtenis meegemaakt waardoor dit hele gedoe is begonnen."

"Wat is er gebeurd?" De uitdrukking op zijn gezicht

is angstaanjagend als ik opkijk. "Heeft iemand je iets aangedaan?"

De vraag brengt zo'n grote bedreiging met zich mee dat ik er koude rillingen van krijg - en dat ondanks het feit dat de rationele kant van mij weet dat hij woedend is op de hypothetische boosdoener van een gebeurtenis die mij nooit is overkomen.

"Niemand heeft me pijn gedaan," zeg ik snel. "Het was iets anders, iets geks."

Ik vertel hem over de Zombiemees Slachtpartij en terwijl ik dat doe, verandert de angstaanjagende uitdrukking in een medelevende.

"Ben je ooit naar een therapeut geweest?" vraagt hij.

Ik schud mijn hoofd. "Ik heb zelf wat onderzoek gedaan. Ik wil geen medische oplossing - dat zou zoiets als Zoloft zijn - en de therapie zou het cognitieve gedragstype zijn, iets dat ik in mijn eentje heb gedaan."

"Oh?"

Hij lijkt onder de indruk te zijn, dus ik vertel hem over het gebruik van porno als exposure-therapie en terwijl ik verder ga, vormt er zich een bedachtzame en nogal machiavellistische uitdrukking op zijn gezicht.

Ik vernauw mijn ogen tot spleetjes. "Wat?"

"Ik zat net aan de vele dingen te denken die we zonder enige vloeistofuitwisseling kunnen doen."

Mijn adem stokt. "Hoe bedoel je?"

Een sexy grijns trekt om zijn lippen. "Je kunt me als een real-world exposure-therapie gebruiken."

Mijn ovariumdrive komt in een hogere versnelling. "Je gebruiken?"

"Als je het niet fijn vindt hoe dat klinkt, dan kun je het zien alsof ik jou train. Je hebt het voor mij gedaan en ik zou graag iets terugdoen."

Ik weet niet wat heter is - het idee om hem seksueel te gebruiken of het idee van ondeugende training.

"Wanneer?" zeg ik naar adem happend.

Zijn neusvleugels trillen. "Nu?"

Ik bevochtig mijn droge lippen. "Hoe?"

"Hoe jij ook wilt," mompelt hij. "Ik ben vanavond van jou."

Ik sta met mijn mond vol tanden. Een caleidoscoop van vieze plaatjes flitst door mijn brein en het is een wonder dat ik hier en nu geen orgasme heb.

"Laat me mijn kamer klaar maken," zeg ik zwakjes.

Hij knikt. "Ik wacht op je instructies."

Met een hoofd vol watten stap ik uit de auto en ren mijn appartement binnen.

Er kruisen geen huisgenoten mijn pad. Goed. Ik hoop dat het zo blijft als ik Tigger hierheen breng. Ik wil geen tijd verspillen aan introducties.

Ik weet niet eens wat ik van plan ben om met hem te doen, maar wat het ook is, veiligheid moet voorop staan, dus ik rommel in de gangkast en zoek wat spullen die we hebben gebruikt toen we de muren in de woonkamer opnieuw hadden geschilderd.

Ik struikel van opwinding bijna over de meubels, ren naar mijn kamer en zet alles klaar.

Gaat dit echt gebeuren?

Bezorgd dat Tigger van gedachten is veranderd,

sprint ik terug en ik zie hem bij de voordeur wachten. Hij moet me gevolgd zijn.

Ik slik hard en buig verleidelijk mijn vinger. "Kom binnen."

Hij stapt met katachtige gratie naar binnen.

Als we door de gang lopen, merk ik dat hij niet meer loopt.

Oh nee. Krabbelt hij terug?

Ik draai me om en zie dat hij ongemakkelijk naar iets bij de deur van de kamer van Clarice staart.

Een gigantische spin verwachtend, volg ik zijn blik.

Een plat, harig gezicht kijkt me aan.

Dat is Hannibal, de kat - een pluizige witte Pers met blauwe ogen, en daarom niet een wezen waar je naar zou kijken zoals Tigger dat doet.

"Wat is er?" fluister ik naar Tigger.

"Niets," zegt hij, maar hij blijft waar hij is, zijn ogen op de pluizenbol gericht die op zijn pad staat.

"Ben je allergisch voor katten?" vraag ik.

Hij schudt zijn hoofd.

"Wat is het dan wel?"

Hij rolt zijn mouw op en laat me een vervaagd litteken op zijn onderarm zien. "De grootmoeder van mijn neef, de hertogin-weduwe, was wat je een kattenvrouwtje zou noemen. Ik heb dit van een van haar katten. Sindsdien ben ik meer een hondenmens."

Ik kijk van Tigger naar Hannibal en terug. "Ben je bang voor katten?"

Zou deze berg met spieren echt bang voor een bal van witte vacht kunnen zijn?

Wat zou hij doen als hij de sinister klinkende naam van de kat zou weten? Of als hij Machete van mijn zus Blue zou ontmoeten - een echt enge kat waar zelfs normale mensen waarschijnlijk uit de buurt van willen blijven?

Een vleugje kleur kleurt zijn hoge jukbeenderen. "Niet bang. Dit is puur een situatie met risicobeoordeling. De laatste keer dat ik in de buurt van een van deze ben gekomen, heb ik een week met een infectie in het ziekenhuis gelegen." Hij werpt een blik op Hannibal en de kat kijkt met een waarschuwende beweging van zijn staart boos terug.

Ik zou zweren dat Tigger een beetje verbleekt voordat hij de staarwedstrijd verbreekt.

Meestal is het de prinses die van een monster gered moet worden. Vandaag is het de prins. Ik loop naar de deur van Clarice en open hem heel zachtjes. "Wegwezen."

Terwijl hij net doet alsof dit is wat hij al die tijd wilde, sloft Hannibal met geheven staart naar de deuropening.

Ik sluit de deur net zo zacht en kijk Tigger aan. "Klaar om te gaan?"

"Ik ben *niet* bang voor katten," mompelt hij en loopt achter me aan.

Ik klop meelevend op zijn mouw. "Een ding dat je misschien wilt proberen, is met kattenpoep omgaan."

"Waarom?" Terwijl hij zijn ogen naar me vernauwt, doet hij me aan een mooie kat denken - oh, de ironie. Over ironie gesproken, maakte de bijnaam Tigger deel uit van een of andere ironische plagerij van zijn broers?

"Katten dragen een parasiet bij zich waardoor mensen zogenaamd meer van katten gaan houden. Dus in jouw geval zou je je misschien neutraal tegenover hen kunnen voelen."

"Nee, bedankt," zegt hij.

"Ja, misschien is dat maar het beste. Er wordt ook gezegd dat een kattenparasiet tot risicovol gedrag leidt en dat doe je al genoeg."

Hij zucht. "Kunnen we alsjeblieft het onderwerp van katten laten vallen?"

Ik voel me een idioot. "Ik zal het er nooit meer over hebben," zeg ik plechtig en meen het. Gezien zijn begrip voor mijn problemen, is dat het minste wat ik kan doen.

Trouwens, ik ben eerlijk gezegd opgelucht dat hij ergens bang voor is. Het betekent dat hij geen Urbach-Wiethe heeft en het dus niet aan onze hypothetische kinderen kan doorgeven.

*Wacht, kinderen? Misschien eerst beginnen met hem te zoenen?*

Ik open de deur van mijn slaapkamer en gebaar dat hij naar binnen kan gaan. Hij stapt de kamer binnen en zijn ogen worden groot.

"Ga hier zitten." Ik wijs naar de stoel die ik heb voorbereid.

Als hij gaat zitten, maakt het dikke afdekzeil op de stoel een knisperend geluid.

"Geef me een momentje." Ik trek het pak aan dat ik

een tijdje geleden heb gekocht voor het geval ik ooit een ziekenhuis moet bezoeken - wat gelukkig nog niet is gebeurd.

Het is een jumpsuit voor biologisch gevaar voor het hele lichaam met een heavy-duty gezichtsmasker en het kwam tijdens het schilderproject erg goed van pas. Dankzij het masker was ik de enige van mijn huisgenoten die niet high was van de dampen.

Tigger bekijkt mijn ingepakte zelf van top tot teen, amusement glinstert in zijn ogen. "Sta ik op het punt om vermoord te worden?"

Waar heeft hij het over?

Ik bekijk mezelf in de spiegel, scan dan de kamer die met zwaar plastic bedekt is, de ducttape die ik heb gebruikt om alles vast te maken en ten slotte de paspop in de hoek.

Oh shit.

Hij heeft gelijk.

Mijn kamer ziet eruit als het hol van een seriemoordenaar.

## Hoofdstuk Veertien

*I*k huiver. "Het spijt me. Het is waarschijnlijk niet het meest sexy decor. Ik wil gewoon dat het veilig is."

"Dus je wordt ineens *Dexter*?"

Mijn gezicht brandt onder het masker. "Ik dacht dat wat we ook zouden doen, je klaar zou komen..."

Het plezier in zijn ogen wordt groter. "Mijn sperma zou niet radioactief moeten zijn."

Hangt van iemands definitie af. "Ik heb genoeg porno gezien," zeg ik verdedigend. "Dat spul kan overal heen schieten."

Hij grijnst. "Denk je dat als ik kom het als een brandweerslang zal zijn die afgaat? Ik voel me gevleid, maar zou een condoom niet helpen?"

Een condoom. Goed idee. Ik loop naar mijn nachtkastje en gooi hem het zilveren pakje toe.

Hij fronst ernaar. "Waarom heb je dit eigenlijk? Ik dacht dat je geen seks had."

"Dat is waar, maar ik ben geen non." Blozend open ik de la van mijn nachtkastje en haal mijn twee dildo's eruit - Prins Regent en de kleine.

*Denk je dat hij kan zien dat ik zijn stand-in ben?* Prins Regent lijkt lang en trots als ik hem in de lucht zwaai.

Mijn oude dildo ziet er daarentegen uit alsof hij verschrompeld is. *Ik ben gewoon "de kleine?" Waarom smelt je me niet gewoon en maak je een vagina van me?*

Tiggers kaak spant zich aan en ik vraag me af of hij het zich inbeeldt hoe ik met de speeltjes speel.

Mijn blos verspreidt zich naar mijn borst. "Denk je dat we deze nodig zullen hebben? Eentje kan via een app bestuurd worden, zodat—"

"Nee, myodik." Zijn stem is heser dan normaal. "Voor nu wil ik gewoon dat je jezelf voor mij aanraakt."

En zomaar ineens, wordt mijn ademhaling onregelmatig en mijn tepels worden zo hard als kogels. Ik slik, trek mijn arm uit de mouw van het pak en laat hem over mijn lichaam glijden tot ik bij mijn vagina ben.

"Zoals dit?" Ik beweeg mijn hand in een overdreven beweging zodat hij begrijpt wat er gebeurt.

Hij knikt, zijn ogen fonkelen. "Gewoon zo."

Wacht. Wacht even. Dit zou *mijn* pornotherapie moeten zijn.

"Doe je kleren uit," zeg ik.

Een duistere glimlach krult de randen van zijn lippen omhoog en hij begint zich uit te kleden.

Bij de sixpack van Houdini... Hij heeft tot nu toe

alleen het shirt uit, maar de aanblik van die harde buikspieren verdubbelt mijn toch al racende hartslag.

Tegen de tijd dat zijn broek zakt, ben ik aan het hyperventileren.

"Is je poesje nat?" mompelt hij.

"Als water," flap ik eruit.

"Blijf jezelf aanraken." Hij trekt zijn ondergoed uit en ontketent zijn Koninklijke Hardheid.

Fuck. Me. Zijwaarts.

Hoe is hij zo hard geworden terwijl ik eruitzag als een figurant in *Contagion*? En hoe kan Zijne Koninklijke Hardheid nog groter zijn dan ik me herinner? Het laat Prins Regent met gemak klein lijken.

*Hé. Dat voelt niet erg aardig.* Prins Regent lijkt net als zijn kleinere broer te krimpen.

*Niet mijn broer - en het is goed voor hem aangezien hij me het gevoel geeft dat ik een clitoris ben.*

Over een clitoris gesproken, de mijne is gezwollen en klopt, met een opbouwende spanning, maar er is ook een leegte, een die alleen Zijn Koninklijke Hardheid op kan vullen.

"Streel het," weet ik eruit te persen.

Met een goedkeurende grom scheurt Tigger met zijn tanden het condoomzakje open en steekt hij zichzelf in de schede.

Fuck, dat is heet.

Misschien was het condoom toch een beetje overdreven? Ik heb liever een vrij uitzicht. Zou het trouwens raar zijn om op dit moment muziek op te zetten? Ik doe dit soort dingen meestal op 'The Final Countdown'.

"Schuif een vinger naar binnen," beveelt hij en begint zijn vuist over zijn lengte op en neer te bewegen.

Ik doe wat me gezegd wordt en mijn innerlijke spieren knijpen gretig in de vinger. Het gevoel is onbevredigend. Een vinger is een slechte benadering van waar ik naar kijk.

Hij versnelt de beweging van zijn vuist. "Knijp in je tepel."

Ik steek mijn andere hand in het pak, schuif het onder de beha en maak zijn woorden werkelijkheid.

Fuck, dat voelt goed. Een scheut van genot schiet door mijn lichaam en verandert mijn clit in een baken van gelukzaligheid.

"Sneller," kreunt hij, terwijl hij zijn pik bijna venijnig pompt.

Gekreun ontsnapt aan mijn lippen terwijl ik zijn beweging probeer te volgen.

Zijn spieren spannen zich aan.

Mijn tenen beginnen te krommen.

Een geluid van in de verte dreigt de mist van genot binnen te dringen, maar ik negeer het.

"Gia," kreunt hij.

Dat doet het. Met een schreeuw die door het masker gedempt wordt, kom ik klaar.

Hij gromt van genot en spuit zijn lading in het condoom.

Wauw.

Dat ziet eruit als veel vloeistof.

De extra bescherming was misschien niet overdreven.

"Pffff." Ik werk mijn armen terug in de mouwen van mijn pak.

Hij grijnst naar me. "Dat was niet te geloven." Voorzichtig verwijdert hij het condoom van zijn enorme lul.

Het geluid van eerder komt terug en mijn hersenen herkennen het als een klop op de deur.

Shit.

Ik sta op het punt om te vragen "wie is daar?" als de deur openvliegt.

## Hoofdstuk Vijftien

Ik hoor de stem van Clarice voordat ik haar zie. "Hé. Was jij degene die Hannibal in mijn-"

Ze blijft staan, haar ogen worden groot.

Ik volg haar blik en een nieuwe golf van hitte bestormt mijn gezicht.

Zijne Koninklijk Hardheid staat nog steeds in volle glorie. Ik denk dat het een paar seconden nodig heeft voordat de dingen naar beneden komen.

Ik ben me ook terdege bewust van het pak voor gevaarlijke stoffen dat ik draag en de met een plastic schild bedekte kamer.

Ik kan me niet eens voorstellen wat voor soort kinky gebeuren Clarice denkt dat ze zojuist is binnengelopen. Bestaat er zoiets als een seriemoordenaar-rollenspel? Of misschien denkt ze dat we doktertje spelen... tijdens de uitbraak van The Andromeda Strain?

"Het spijt me," mompelt ze en ze deinst achteruit. "Ik dacht dat ik je porno hoorde, niet-"

De rest hoor ik niet, want op dat moment rent Hannibal de kamer in.

Tigger ziet zijn aartsvijand, laat het condoom vallen dat hij vasthoudt en grijpt instinctief naar zijn broek.

Ik verwacht half dat Hannibal bang wordt van Zijne Koninklijke Hardheid of van Prins Regent. Toen een van mijn huisgenoten een keer een komkommer achter hem neer had gezet, schrok hij.

Maar nee, hij gaat regelrecht op Tigger af. Ik denk dat het fallische object groen moet zijn om een probleem te zijn.

"Stop," schreeuw ik tegen de kat.

"Hannibal!" zegt Clarice streng.

De kat versnelt echter. In een oogwenk is hij bij Tiggers voeten.

Oh nee. Zijn Koninklijke Hardheid staat nog steeds trots vooruit. Is dat waar de kat voor gaat? Is hij erover na aan het denken om eindelijk zijn naam eer aan te doen en-

Nee.

De kat verlangt niet naar de smaak van mensenvlees. Zijn echte doel blijkt - om zijn naamgenoot van de film te citeren - "duizend keer woester en angstaanjagender" te zijn.

Ik sta vol afschuw te kijken als Hannibal het condoom met zijn tanden grijpt en op me afstormt.

Mijn masker dempt mijn schreeuw terwijl een verschrikkelijk scenario zich voor mijn ogen afspeelt:

de kat klauwt gaten in mijn pak en laat dan… op de een of andere manier, de mannelijke sappen in het pak lopen.

De schreeuw moet Hannibal van streek hebben gemaakt. Hij wijkt van zijn koers af - door tegen de met plastic beklede muur op te rennen alsof hij door een radioactieve spin is gebeten.

De ducttape die ik heb gebruikt om het plastic op zijn plaats te houden, vindt dit niet leuk en laat los, maar Hannibal springt naar het volgende stuk voordat hij gesmoord kan worden en dan landt hij op de vloer achter mij en Clarice en rent mijn kamer uit.

"Hannibal!" schreeuwt Clarice en zet de achtervolging in.

Ik ren achter ze aan, om er vervolgens achter te komen dat mijn pak niet bedoeld is om te rennen.

Terwijl ik hijgend waggel, zie ik Clarice de keuken in verdwijnen.

Ik volg en als ik aankom, staat ze daar verward.

"Waar is hij?" vraag ik ademloos.

Ze schudt haar hoofd. "Ik dacht dat ik hem hier naar binnen zag rennen."

Een beweging achter me laat me schrikken, maar het is gewoon Harry.

"I Tawt I Taw a Puddy Tat," zegt ze in haar beste Tweety-imitatie. Met een normale stem voegt ze eraan toe, "Hij had een condoom bij zich. Hoe zit het daarmee?"

"Waar is hij?" roepen Clarice en ik in koor.

Harry bekijkt me van top tot teen. "Wat heb je in vredesnaam aan?"

"Waar is de kat?" grom ik.

Harry doet een stap achteruit. "Rustig. Hij is in mijn kamer. Ik heb hem daar opgesloten voordat ik hierheen kwam."

Met een zucht van opluchting gaat Clarice naar een la, haalt er een tang uit en duwt die in mijn handen.

Ik vernauw mijn ogen tot spleetjes bij het ding. "Waar is dat voor?"

"Om het condoom te pakken," zegt Clarice met een rol van haar ogen.

"Waarom ik?"

Ze bekijkt me van top tot teen. "Je draagt een pak voor gevaarlijke stoffen en het is het condoom van jouw vriend."

Harry kijkt geïntrigeerd. "Een vriendje?"

"Hij is niet mijn-"

Voordat ik de zin af kan maken, komt mijn niet-vriendje binnen walsen.

Harry lijkt onder de indruk, net als Clarice - ondanks het feit dat ze hem net zonder broek heeft gezien.

"Laat mij maar," zegt hij, terwijl hij naar de tang reikt. Hij lijkt niet in het minst beschaamd te zijn.

"Nee." Ik grijp de tang moedig vast. "Ik regel dit." Het laatste wat ik wil is dat Tigger een van die mooie ogen aan de kat verliest.

We sluipen naar Harry's kamer en ze doet de deur open.

Hannibal is daar, in het midden van de vloer, opgerold tot een tevreden bal en hij negeert ons zoals alleen een kat dat kan.

Het condoom ligt naast hem.

Ieek.

Ik zet mezelf schrap.

*Je draagt een pak. Je kunt het.*

Dapper waggel ik naar voren en pak het biologisch gevaar met de tang op... en kijk ernaar, draai het heen en weer.

"Wat is er aan de hand?" vraagt Clarice.

"Hij is leeg." Ik blijf de latex onderzoeken alsof ik het sperma terug kan toveren - wat hé, misschien een leuke goocheltruc zou zijn.

"Leeg?" vraagt Tigger ongelovig.

"Wat zat erin?" vraagt Harry en krijgt een vreemde blik van Clarice.

Als één kijken we op Hannibal neer - die duidelijk op dat moment zat te wachten om heel nadrukkelijk zijn karbonades te likken.

Er is misschien zelfs een slurpend geluid.

"Iew!" roept Harry. "Heeft hij het opgegeten?"

# Hoofdstuk Zestien

*T*igger werpt een beledigde blik op Harry.

Clarice ziet eruit alsof ze een verstopping heeft. "Ik geloof dat 'ingeslikt' de juiste benaming is," zegt ze met verstikte stem.

Ik weet niet of ik jaloers op Hannibal moet zijn, geërgerd moet zijn of me zorgen over halftijger, half Perzische kittens moet maken.

Dit schept een slecht precedent. Voor je het weet, zal de kat naar menselijke moedermelk hunkeren. Of naar bloed. Lichaamsvloeistoffen kunnen ook de perfecte toegangspoort tot vlees zijn, vooral voor een wezen dat 95,6 procent van zijn DNA met leeuwen en tijgers deelt. Clarice maakt al grapjes dat ze Hannibal goed moet voeren, omdat hij zich anders aan onze ogen tegoed zal doen.

Tigger recht zijn rug, alsof hij op het punt staat om de troepen in een parade te leiden. "Sta me toe." Hij reikt naar de tang.

Ik overhandig het, voorzichtig dat ik het condoom niet loslaat.

"Ik ga het weggooien," zegt hij en kijkt dan naar mijn huisgenoten. Op keizerlijke toon voegt hij eraan toe, "Ik ben Tigger. En wie zijn jullie?"

Ze zien eruit alsof ze zich inspannen om niet te lachen als ze zichzelf voorstellen.

"Het was leuk om jullie te ontmoeten, Harry en Clarice," zegt Tigger met een hoofse buiging, de tang stevig om het condoom geklemd.

"Van hetzelfde," zegt Harry verlegen.

"Kom nog eens," zegt Clarice giechelend.

Ik zorg ervoor dat Clarice mijn ogen kan zien rollen voordat ik me naar Tigger draai en zeg, "Laat me met je meelopen naar de deur."

Mijn vriendinnen blijven achter, hoewel ik weet dat ze elk woord willen horen.

Als we bij de deur zijn, doe ik die voor hem open.

Tigger schudt de tang, waardoor het lege condoom als een vlaggetje in een briesje flappert. "Dat was onvergetelijk."

Ik probeer er niet naar te kijken terwijl de warmte zich van mijn gezicht naar de recent gestimuleerde regio's verspreidt. In plaats daarvan klamp ik me aan het meest neutrale onderwerp vast dat ik kan bedenken. "Ben je klaar voor je training morgen?"

Een grijns danst op zijn lippen. "Heb jij zin in de jouwe?"

De blos die me bedekt spreidt zich tot aan mijn tenen uit. "Tuurlijk," zeg ik met gespannen stem.

"Mooi." Hij opent de deur. "Ik zal je appen."

Hij zet koers naar zijn Lamborghini, zijn houding vol waardigheid ondanks de last die hij draagt en ik zie hem met de snelheid van het geluid wegscheuren.

"Mooie auto," zegt Harry achter me.

"Leuke alles." Clarice geeft me een neppruillip. "Je hebt iets voor ons achtergehouden."

"Oh ja." Harry zet haar handen op haar heupen. "Vertel op."

Ik slaak een zucht. "Wacht in de woonkamer. Ik moet me eerst omkleden."

Tegen de tijd dat ik mijn pak uit heb, zitten al mijn huisgenoten in de woonkamer te wachten, niet alleen Clarice en Harry.

Met nog een zucht begin ik aan het verhaal, wat gemakkelijker wordt gemaakt omdat, in tegenstelling tot mijn bloedzusters, mijn zussen in de magie alles over mijn problemen met intimiteit weten.

Als ik klaar ben, begint iedereen tegelijk te praten en het enige dat ik versta is, "Kun je hem niet door wat plasticfolie kussen?" en "Kun je het niet met een condoom doen?"

"Bedankt, maar ik zal wel bedenken wat ik moet doen," zeg ik streng.

Clarice maant iedereen tot stilte en schenkt me een medelijdende glimlach. "Jij arm ding. Je moet je als een diabeet in Sjakie's chocoladefabriek voelen."

"Je hebt geen idee," zeg ik en wens ze dan allemaal welterusten en ga naar mijn kamer.

———

Terwijl ik mijn kamer weer op orde breng en mijn avondroutine doorloop, tollen er een dozijn vragen, als een zwerm van duiven bij een voeding, als een gek door mijn hoofd.

Waarom heeft hij aangeboden om mij te trainen? Wat betekende het voor hem? Zal ik hem morgen onder ogen kunnen komen? Hem trainen? Mij hem laten trainen? Bij de gedachte beef ik koortsachtig.

Over zijn training gesproken, heeft het gewerkt? Ben ik dichter in de buurt bij het intiem kunnen zijn met een man?

Het is moeilijk te zeggen, maar het idee om intiem te zijn met een hypothetische vreemde spreekt me niet meer aan. Ik heb iemand specifiek in gedachten, iemand die me aan bierreclames doet denken zoals: *"Hij heeft ooit tijdens een vuurgevecht een mes meegenomen... gewoon om de kansen gelijk te maken."* Of *"Als ze in Rome zijn, dan doen ze wat HIJ doet."*

Nee. Dat is waanzin. Hij is een klant. En een playboyprins.

Dat brengt me terug bij de vraag waarom hij zelf zijn diensten heeft aangeboden. Wat is zijn doel?

Het is duidelijk dat het eindspel van de training is dat we met elkaar naar bed gaan - tenzij dat ijdele hoop van mijn kant is. Maar waarom zou een man die elke vrouw kan krijgen zich met mij bezighouden? Wekt de moeilijkheid zijn interesse... voor nu? Ben ik een seksuele Everest die hij heeft besloten te veroveren?

Gaan waar nog geen man is geweest door de onneukbare te neuken?

Omdat ik er geen bevredigend antwoord op kan bedenken, ga ik naar bed en lig ik uren te woelen en draaien voordat ik in een rusteloze slaap val.

———

Ik word heel laat wakker en kijk op mijn telefoon.

Niets van Tigger.

Ik hoop dat hij over verdere training niet van gedachten is veranderd.

Ik haal mijn laptop tevoorschijn en onderzoek wat ik Tigger kan leren als hij op komt dagen. Als ik honger krijg, neem ik een kokosyoghurt als ontbijt - in zekere zin nog een kleine vorm van blootstellingstherapie. Yoghurt wemelt van de bacteriën, maar omdat het de heilzame soort is, laat ik het in mijn lichaam toe... met slechts een kleine tegenzin. Het helpt echt dat dit merk yoghurt sinds de oprichting in de jaren tachtig nooit de oorzaak van een door voedsel overgedragen ziekte is geweest.

Ik wou dat ik bij elke lepel geen vreemd wazig gevoel op mijn tong had, een gevoel dat griezelig aanvoelt als de kleine staartjes van miljoenen Lactobacillus die trillen terwijl ze op 'The Final Countdown' dansen.

Op het moment dat ik klaar ben, hoor ik eindelijk iets van Tigger:

*Ik ga straks naar de dokter. Kunnen we later vandaag afspreken? Misschien 16.00 uur?*

Ah, dus hij *gaat* inderdaad naar een dokter om er zeker van te zijn dat hij vrij mag duiken. Daar ben ik blij om. Op deze manier maak ik me minder zorgen dat hij zal verdrinken.

*Ik zie je in het hotel,* antwoord ik en de domme duiven fladderen in afwachting in mijn buik.

Ik ga terug naar mijn onderzoek naar vrijduiken, maar slechts een paar minuten later word ik door een app afgeleid.

Het is van Blue.

*Je vriendin de kaartenexpert is niet bij de brunch geweest die we hadden gepland. Ik heb haar gebeld en geappt maar nooit meer iets gehoord. Is alles goed?*

Hmm. Het is niets voor Clarice om een zakelijke kans te verkwanselen.

Ik loop naar haar kamer en klop aan.

Geen antwoord.

Als ik de deur opendoe, zie ik alleen Hannibal met gesloten ogen liggen - ongetwijfeld slapend van de zware maaltijd van gisteravond.

Ik pas op dat ik hem niet wakker maak als ik de deur sluit. Ik heb een onuitgesproken overeenkomst met de kat. Ik val hem niet lastig en hij verstikt me niet in mijn slaap, eet mijn gezicht niet op en wrijft zich niet tegen me aan.

Waar is Clarice?

Ik bel en app haar.

Ze antwoordt niet.

Ik begin op de deuren van mijn andere huisgenoten te kloppen, maar ze zijn allemaal niet thuis. Net als ik me klaarmaak om iedereen te bellen, krijg ik een groepsbericht van Harry.

*Clarice ligt in het ziekenhuis.*

## Hoofdstuk Zeventien

*I*n paniek lees ik de rest van Harry's bericht.

Ze legt uit dat ze een onduidelijk telefoontje van Clarice had gekregen dat maar een paar seconden duurde en dat ze geen idee heeft wat er met onze vriendin aan de hand is, dat ze alleen de naam van het ziekenhuis weet.

Met bonzend hart roep ik een taxi op en haast me naar mijn kamer om me voor te bereiden.

Om een reis naar een ziekenhuis te vermijden, zou ik overwegen om de leuning van een metro te likken, een openbaar toilet te gebruiken en misschien zelfs in een restaurant met een C-classificatie te eten.

Maar Clarice is mijn vriendin en ik moet haar gaan bezoeken.

Op de een of andere manier.

Met pijn in mijn buik vind ik het pak tegen gevaarlijke stoffen van gisteravond. Naar het ziekenhuis gaan is de reden dat ik het überhaupt heb gekocht - niet om een prins op te winden. Ik trek het aan, maar zet het masker nog niet op, omdat de taxichauffeur misschien op de vlucht zou kunnen slaan als hij het zou zien.

Ik pak ook een prachtig kaartspel dat ik voor de verjaardag van Clarice heb gekocht. Niets vrolijkt haar meer op dan kaarten.

Naar buiten waggelend vind ik de auto.

Geen masker was een goed idee. De vrouwelijke chauffeur bekijkt mijn outfit met een ongemakkelijke blik zoals het is.

"Ik wil naar het ziekenhuis," zeg ik.

De dame gedraagt zich zoals alle New Yorkers doen wanneer ze met iemand worden geconfronteerd die duidelijk in een instelling thuishoort - geen oogcontact en zelfs geen hint dat ze me heeft gehoord.

Ik app Blue en informeer haar over de situatie.

*Welk ziekenhuis?* vraagt ze.

Ik vertel het haar en denk terug aan wat er had kunnen gebeuren.

Allerlei scenario's spelen zich in mijn masochistische verbeelding af. Heeft Clarice een auto-ongeluk gehad? Is ze beroofd? Is ze ziek van een door voedsel overgedragen ziekte?

Ze is te jong voor een hartaanval of beroerte, maar je weet maar nooit.

De auto stopt.

Ik stap zo snel als het pak het toelaat uit, zet mijn masker op en waggel naar de ingang van het ziekenhuis.

De automatische deuren schuiven voor me open, maar mijn voeten bewegen niet.

Shit.

Clarice is binnen. Misschien is ze voor haar leven aan het vechten. Het minste wat ik kan doen is naar binnen gaan en bij haar zijn.

Mijn voeten bewegen nog steeds niet.

Zelfs met het pak aan ben ik te bang om naar binnen te gaan.

Fuck.

Ik ben de slechtste vriendin ter wereld.

Ik zet een kleine stap richting de deur.

Nee. Mijn voeten brengen me meteen terug.

Een appje op mijn telefoon laat me uit mijn verdoving opschrikken.

Het is Blue.

*Ik heb net contact met het ziekenhuis gehad. Clarice heeft een allergische reactie gehad.*

Oh nee. Ik heb het overal koud. Allergieën zijn extreem gevaarlijk. Waar is ze allergisch voor? Ze heeft er nooit iets over gezegd.

Ik verzamel al mijn wilskracht om de deuren voor me binnen te stappen, maar voordat ik de moed op kan brengen, komt er nog een app van Blue binnen.

*Het gaat goed met haar. Ze is net ontslagen.*

Een golf van opluchting spoelt mijn angst weg en het komt bij me op dat de informatie die Blue heeft gekregen behoorlijk privé klinkt.

Zouden de mensen in het ziekenhuis haar dit allemaal aan de telefoon vertellen?

Hopelijk heeft ze de database van het ziekenhuis niet gehackt en als ze dat wel heeft gedaan wordt ze hopelijk niet gepakt.

"Gia?" zegt een bekende stem achter me.

Het is Harry, haar ogen staan wild en haar korte blonde haar is nog meer in de war dan normaal. "Heb je haar gezien?"

Hoofdschuddend vertel ik haar wat ik net van Blue heb gehoord.

"Laten we haar gaan halen," zegt Harry.

Ik sta op het punt mijn probleem daarmee uit te leggen, maar de deuren gaan open en Clarice stapt naar buiten, haar gezicht slechts een beetje opgezwollen.

Terwijl ik mijn masker afzet, is de opluchting die ik voel met schuldgevoelens doorspekt. Hoe blij ik ook ben om mijn vriendin levend en wel te zien, een deel van mij is bijna net zo opgelucht dat ik niet het ziekenhuis in hoef.

"Gaat het met je?" vragen Harry en ik in koor.

"Ik regel wel een taxi om je naar huis te brengen," zeg ik en ik pak mijn telefoon.

Clarice knikt. "Verdomde mieren."

Klaar met het oproepen van de taxi, wissel ik een bezorgde blik met Harry.

"Wat bedoel je met mieren?" vraagt Harry voorzichtig.

"Ik ben er vrij zeker van dat ze het over de insecten heeft," zeg ik. "Niet dat dat duidelijkheid schept."

Maar wacht. Ik denk dat ik het nu snap. De-

"Die klootzak is in mijn schoen gekropen," zegt

Clarice verontwaardigd. "Toen ik hem probeerde vrij te laten, beet hij me."

"Het zijn allemaal vrouwtjes," zegt Harry.

Ik kijk Harry afkeurend aan.

"Goed dan." Clarice zet haar piratenhoed goed. "*Zij* heeft me gebeten. Het kreng."

"En je bent allergisch voor mieren?" vraag ik.

"Blijkbaar," zegt Clarice. "Ik zwol meteen op." Ze knikt naar het ziekenhuis. "Ze hebben me verteld dat als ik niet meteen de hulpdiensten had gebeld, ik dood zou zijn."

"Verdomde mieren," zeg ik geschrokken. Moet ik mieren aan mijn lijst met kleine wezens toevoegen die ik moet vermijden?

"We zouden er een zwarte weduwespin voor in huis moeten halen," zegt Harry.

Deze keer zijn het Clarice en ik die haar aankijken alsof ze haar verstand kwijt is.

"Zwarte weduwespinnen eten mieren," zegt Harry, alsof dat duidelijk is.

"Ze zijn ook giftig," zeg ik. "En hoewel het voor ons niet relevant is, eten ze hun partners op."

Clarice huivert. "Ik hou het wel bij een EpiPen."

"Hannibal zou sowieso nuttiger moeten zijn dan een spin," zeg ik. "Katten eten eigenlijk graag mieren."

Onze taxi arriveert en we stappen allemaal in. Ik laat onze andere huisgenoten en Blue weten dat Clarice in orde is en met ons mee naar huis gaat. Dan vis ik het kaartspel dat ik heb meegebracht tevoorschijn en geef het aan Clarice.

Zoals ik had gehoopt, fleurt ze aanzienlijk op als ze het mooie kaartspel bekijkt. Tijdens de hele rit naar huis laat ze mij en Harry kaarttrucs zien en ze blijft dit doen terwijl we allemaal samen bij ons thuis lunchen. Omdat niets een goochelaar sneller opvrolijkt dan optreden, zeg ik lang nadat ik genoeg had van de kaartmagie ooh-en-ahh en ik vermoed dat het bij Harry hetzelfde geval is.

"Shit," zeg ik terwijl we na de lunch aan het opruimen zijn. "Ik was het bijna vergeten. Ik heb een afspraak met Tigger."

Clarice grijnst. "Vergeet niet om een condoom mee te nemen naar de 'afspraak'."

"En je pak voor gevaarlijke stoffen," voegt Harry eraan toe.

Ik gnuif terwijl ik naar mijn kamer loop. "Dat zal ik zeker niet doen."

In werkelijkheid ben ik blij dat ze het pak hebben genoemd. Het herinnert me eraan dat ik mijn zwemkleding mee moet nemen.

Het duurt even voordat ik de zwemkleding heb gevonden die ik lang geleden heb gekocht, tijdens die gelukkige dagen voordat ik had geleerd dat oceaanwater vleesetende bacteriën kan bevatten en dat meren van hersenetende amoeben wemelen.

Hmm. De bikini zit strak. Ik hoop dat mijn meisjes er niet uit vallen.

Ik pak het pak en een extra slipje in, trek een jurk aan die ontworpen is om te doden en kies een goocheltruc voor het geval Tigger erom vraagt - een variant op een klassieker.

Mijn huisgenoten fluiten als ik naar buiten ga en de mannelijke chauffeur lijkt onder de indruk van mijn decolleté, dus ik hoop dat Tigger dat ook zal zijn.

Als ik onderweg ben, krijg ik een telefoontje van Blue en informeer ik haar over het welzijn van Clarice.

"Waar heeft ze in deze betonnen jungle een mier gevonden?" vraagt Blue.

Ik gnuif. "Dit komt van iemand die altijd over de verspreiding van vogels in die betonnen jungle klaagt?"

"Touché. Hoe gaat het trouwens met de Ruskoviaanse prins?"

Ik kijk de chauffeur behoedzaam aan en schakel over op een vorm van Pig Latin Blue die ze zelf heeft ontwikkeld toen we nog kinderen waren. Het idee was toen om in het bijzijn van onze ouders en klasgenoten geheime gesprekken te voeren, maar het moest ook de taxichauffeur in het ongewisse laten. "We hebben dingen gedaan," zeg ik, "maar ik weet niet zeker welke honk het in de metafoor van honkbalseks zou zijn."

"Wat heb je gedaan?" vraagt ze, onnodig ook in Pig Latin.

Ik bloos. "Masturberen in het bijzijn van elkaar."

"Wauw. Waarom?"

Moet ik haar over mijn intimiteitsproblemen vertellen? In tegenstelling tot mijn tweelingzus, *kan* Blue een geheim bewaren. Staatsgeheimen zelfs.

Maar nee. Ik wil geen medelijden hebben.

"Ik doe het rustig aan," zeg ik en het is niet onwaar. "Ik ben bang dat ik zijn seksuele Everest ben."

Ze vraagt me terecht om dat laatste stukje uit te leggen, dus ik zeg haar dat ik denk dat hij mij als een uitdaging ziet.

"Als hij je na de seks verlaat, laat je het me weten," zegt Blue dreigend. "Ik zou zomaar een internationaal incident kunnen riskeren."

Ja, oké. Opmerking voor mezelf: ik vertel Blue niets van dien aard. Het laatste wat ik wil is dat ze uit het No Such Agency wordt geschopt of erger nog, dat ze in een Ruskoviaanse equivalent van Guantánamo Bay terechtkomt.

"Ik weet niet eens zeker wat er tussen ons *kan* gebeuren," zeg ik hardop denkend.

"Daten," zegt Blue. "Je weet wel, datgene wat mensen doen als ze samen in leuke restaurants gaan eten."

Ik rol met mijn ogen. "Ik weet niet zeker of ik wel met een royal mag daten. Misschien moet ik naar de etiquetteschool. Met een boek op mijn hoofd leren lopen. Korsetten lenen van Clarice. Een vork met mijn linkerhand vasthouden. De temperatuur van mijn vagina op een damesachtige 37,5 graden houden."

Ik hoor haar boosaardige glimlach als ze zegt, "Ik zou beginnen met hem mee te nemen naar je samenzijn met onze ouders."

"Geweldig idee! Op die manier rent hij rechtstreeks terug naar Ruskovia en kijkt hij nooit meer achterom."

Voordat ze kan antwoorden, flitst er nog een

oproep op mijn scherm, dus ik verontschuldig me en schakel ernaar over. Het is mijn tweelingzus - en het Tigger-gesprek herhaalt zich met haar, tot "je moet hem naar je samenzijn met onze ouders meenemen".

Voordat ik haar kan vertellen wat ik van dat idee vind, stopt de taxi en haast ik me het hotel in.

Tigger staat al in de lobby op me te wachten - en als zijn hongerige blik iets is om op af te gaan, dan waardeert hij mijn decolleté.

Mooi zo.

Eens kijken wat hij denkt als ik mijn bikini aan heb.

Ik bloos als ik me de andere kant van die medaille realiseer.

Hij zal als onderdeel van zijn training zwemmen. Dat betekent dat ik zijn lichaam weer zal zien. Glad van het water. Rugspieren die zich aanspannen terwijl hij door het water torpedeert...

Houdini, heb medelijden met mijn eierstokken. Ik ben blij dat ik een reserveslipje bij me heb.

## Hoofdstuk Achttien

*T*erwijl we ons een weg door de lobby banen - ik een bundel hormonen, hij met een sierlijke pas - komt er een kerel in pantalon naar ons toe met een glazen fles die met witte vloeistof gevuld is. Eerbiedig geeft hij het aan Tigger en zegt iets in het Ruskoviaans.

Met een kort knikje stuurt Tigger hem weg, ontkurkt dan de fles en neemt een slok van wat het ook is. Er verschijnt een gelukzalige uitdrukking op zijn gezicht en hij steekt de fles naar me toe.

"Wil je wat?"

Ik verberg mijn handen achter mijn rug. "Wat is dat?"

"Matilda's melk." Hij kijkt volkomen nonchalant als hij de lift laat komen, alsof zijn verklaring geen uitleg behoeft.

"Wie is Matilda?" Klinkt mijn stem een beetje

groen? "Zeg alsjeblieft niet dat ze je plichtsgetrouwe vriendin is die zich op je lactatiefetisj richt."

Hij lacht. "Ik heb geen vriendin. Hoe zit het met jou?"

De lift gaat open en ik stap naar binnen. "Ik heb ook geen vriendin, maar als ik die had, dan zou ze niet Matilda heten. Ze klinkt minderjarig."

Hij drukt op de knop voor de bovenste verdieping. "Matilda is een koe."

Mijn ogen worden groot en ik deins zo ver als de lift het toestaat achteruit - en niet omdat hij een koe heeft.

Hij fronst. "Ze is hier in de VS een van de weinige in haar soort, een ras dat oorspronkelijk voor de tafel van de Ruskoviaanse koninklijke familie is gefokt."

Mijn gezicht moet mijn onrust tonen, want hij klinkt defensief als hij eraan toevoegt, "Ze heeft een goed leven. Ze loopt vrij rond op een boerderij in de staat. Krijgt massages waar zelfs Kobe-koeien jaloers op zouden zijn." Hij neemt nog een slok uit de fles. "Deze melk is als iets van thuis."

Mijn ogen puilen uit. "Is het vers?"

Hij fronst. "Ja."

"Als in niet gepasteuriseerd?" De liftdeuren gaan open en ik ontvlucht snel de nabijheid van die fles. Want wat als hij struikelt, de fles in mijn mond vliegt en ik het per ongeluk doorslik?

Terwijl hij me volgt, lijkt een besef tot hem door te dringen. "Ben je bang dat ik ziek word van deze melk?"

Ik beweeg krachtig mijn hoofd op en neer. "Het

drinken van ongepasteuriseerde melk is gevaarlijker dan alles wat je ooit hebt gedaan. Parachutespringen, klifduiken, vrijduiken - alle andere soorten duiken samen. Het zou ziekenhuisduiken moeten heten. Of Ruskoviaanse roulette."

Hij sluit de fles af. "Het zou niet hetzelfde smaken als je het zou koken."

"Maar je zou andere dingen kunnen blijven proeven... zoals giftige paddenstoelen."

Schouderophalend laat hij de fles achter bij de deur die naar zijn nieuwe penthouse leidt en ik zucht opgelucht.

Hopelijk heeft degene die Matilda heeft gemolken het gedaan zoals mijn ouders dat op hun boerderij doen: de uiers en spenen gewassen en vervolgens in een jodiumoplossing gedompeld.

Is het raar dat ik nog steeds een beetje jaloers ben op Matilda? Hij consumeert haar lichaamsvloeistoffen, maar niet de mijne. Dat betekent dat ze in honkbalmetaforen verder met hem is - misschien halverwege het eerste honk?

Gelukkig is Tigger zich niet van mijn mijmeringen bewust terwijl hij zijn kaart scant om me binnen te laten.

Wauw. De suite ziet er nu bewoond uit en de bloemstukken lijken gloednieuw.

Eén in het bijzonder trekt mijn aandacht. Er zitten veel lupines en pioenrozen in, een mooie combinatie die me aan de piemels van weerwolven doet denken.

Het boeket heeft ook gebogen lepels die met zijn riem zijn geïntegreerd.

"Die mag jij mee naar huis nemen," zegt hij, mijn blik volgend.

Geeft hij me bloemen? En niet zomaar bloemen, maar een waanzinnig boeket?

Ik onderdruk het bezwijmde gevoel dat in mijn borst opbloeit. Dit is onze trainingstijd, dus ik moet het professioneel houden. "Dank je," lukt me om op een nonchalante toon te zeggen.

"Het zwembad staat voor je klaar," zegt hij met een licht hese stem. "Je kunt je daar omkleden." Hij wijst naar een nabijgelegen deur.

Ik slik van de hitte in zijn ogen. Tot zover om de zaken professioneel te houden. Ik ben een poel van nood en we hebben onze kleren nog aan.

Ik stap door de deur naar de badkamer, kleed me snel uit, om dan even te pauzeren.

De laatste keer dat ik buiten mijn kamer naakt was, was toen ik voor ondergoed aan het winkelen was. Ik voel me nu meer naakt dan toen. Waarschijnlijk omdat ik deze keer mijn handschoenen heb uitgetrokken.

Ik ben in tegenstelling tot die tijd, ook opgewonden en de verleiding om naakt naar buiten te wandelen is groot. Zo ook de drang om te masturberen. Zelfs met een muur tussen ons in is Tiggers nabijheid als Viagra voor vrouwen.

Maar nee. Ik ben een goochelaar, geen nymfomane.

Ik trek mijn bikini aan, pak mijn jurk en tas en ga terug naar de woonkamer.

Tigger ontbreekt.

Ik leg mijn spullen op de bank en voordat ik zijn naam kan roepen, komt Tigger terug, hij heeft alleen een strakke blauwe Speedo aan.

Bij de bobbel van Houdini. Waarom heb ik niet gemasturbeerd toen ik de kans had?

Mijn tepels groeten de aanblik en het kost me moeite om het kwijl in mijn mond te houden.

Aan zijn kant, als Tigger mijn outfit in zich opneemt, wordt de bobbel in zijn Speedo vertienvoudigd.

Een deel van mijn kwijl ontsnapt.

Zijn Koninklijke Hardheid rekt de mix van polyester en spandex uit, waardoor de wanden van mijn vagina van jaloezie beginnen te zweten.

"Ik ben klaar om te gaan zwemmen," breng ik er met moeite uit.

Als het water koud is, dan geeft het misschien dat koude douche-effect dat ik zo hard nodig heb.

Hij gromt iets onverstaanbaars en wijst in de richting van het zwembad. Vechtend tegen de drang om met mijn heupen te wiegen, paradeer ik daarheen.

Yep. Het ding is gevuld.

"Mijn broer heeft me verteld dat het was gesteriliseerd voordat het water werd bijgevuld," zegt Tigger achter me. Zijn stem is nog steeds hees. "Je zal de eerste zijn die erin duikt."

Ik ben zo geil dat zelfs die heesheid in zijn stem me gek maakt.

Diep inademend zoals ik hem straks ga leren, duik ik erin.

*Whoosh.*

Het water is niet koud. Het is perfect.

Het gevoel van gewichtloosheid doet me aan mijn kindertijd denken.

Ik houd mijn adem in en zwem tot mijn longen beginnen te schreeuwen en dan zwem ik nog een beetje.

"Je was een tijdje onder," zegt Tigger als ik weer boven kom.

Ik wuif het weg, mijn innerlijke goochelaar activerend. "Ik kan tien keer dat, dat weet je."

Leugens, maar ik zit aan ze vast als ik deze baan wil houden.

Ik besluit niet meer te duiken, omdat ik bang ben dat ik zal onthullen dat ik mijn adem niet zo lang in kan houden als ik beweer en ik doe eenvoudige baantjes rond het zwembad - en het is prachtig. Als ik eenmaal een beroemde goochelaar ben en het kan betalen, dan zal ik mijn eigen persoonlijke zwembad hebben dat regelmatig op deze manier met schoon water wordt gevuld.

Uiteindelijk word ik moe en krijg ik het koud, dus ik zwem naar de trap en klim eruit. Ik voel me kwetsbaar als ik zo naakt en nat ben, tenminste totdat Tigger met een gigantische handdoek in zijn handen naar me toe komt lopen.

Als hij me in de handdoek wikkelt, heb ik het gevoel

dat ik voor het eerst in decennia een knuffel krijg en ik krijg het bijna onmiddellijk warm.

Eerste keer zwemmen sinds lange tijd, eerste knuffel, eerste seksuele ervaring - Tigger is een bron van veel primeurs. Zou het zo erg zijn als ik die trend door zou laten gaan en hem als eerste in me zou hebben?

Hij stapt weg en laat me in een handdoek gewikkeld achter. Een mengeling van opluchting en teleurstelling overspoelt me, maar de teleurstelling verdampt als ik geniet om hem naar het springplatform van het zwembad te zien lopen.

"Welke oefening ga ik doen?" vraagt hij.

"Het heet blindzwemmen," zeg ik. "Je sluit je ogen en zwemt onder water, jezelf met slechts aanraking leidend."

Hij knikt goedkeurend, draait zich dan om en duikt erin.

Ik zie hem de oefening met zijn kenmerkende onbevreesdheid doen. Het idee achter het blindzwemmen is dat hij leert om met de stress van het onbekende om te gaan, maar ik denk dat ik banger voor hem ben dan hij zelf is.

Als hij weer boven komt, zeg ik dat hij wat baantjes moet trekken, vooral omdat ik van het uitzicht wil genieten.

Oh en wat een uitzicht is het. De kerels van *Magic Mike* zijn hier niets bij. Als ik naar hem kijk, raak ik zo opgewonden dat ik moet gaan zitten en van oefeningen moet wisselen.

Zo gaan we een tijdje door en de hele tijd ben ik me van één simpel feit bewust: als zijn training voorbij is, dan biedt hij misschien aan om mij opnieuw te trainen.

Hoe zal dat zijn? Hoeveel orgasmes zal het met zich meebrengen?

Als ik er alleen al aan denk, slaat mijn hart op hol. Om die mogelijkheid te voorkomen, dwing ik Tigger om te oefenen totdat mijn bikini droog is, en dan tot een uur daarna - totdat ik zijn lippen blauw zie worden.

"Je kan eruit komen," zeg ik. "Ik wil niet dat je onderkoeld raakt."

"Kun je een handdoek voor me pakken?" Hij wijst naar een tafel met een stapeltje handdoeken.

Ik doe wat hij vraagt terwijl hij eruit komt en me het uitzicht van mijn natte dromen geeft.

Omdat ik hem niet in een handdoek kan wikkelen zoals hij voor mij heeft gedaan, overhandig ik het hem gewoon - en kwijl ik terwijl ik hem zichzelf af zie drogen.

Bij de clitoris van Houdini, ik ben zo opgewonden dat ik waarschijnlijk bij de aanraking van een veer klaar zou komen.

"Ik heb een verrassing voor je," zegt hij. "Laten we naar binnen gaan."

Ik volg op onvaste benen.

Hij gooit de handdoek op de bank, gaat zitten en pakt een dikke stapel papieren.

"Kun je hier zitten?" Hij klopt op een plek binnen kusafstand van hem.

Kan ik dat doen? Tuurlijk. Zou ik het moeten doen? Waarschijnlijk niet.

Ik doe het toch.

"Dit is voor jou." Hij geeft me de stapel.

Met open mond bekijk ik de pagina's.

Het zijn medische resultaten en die hebben niets met vrijduiken te maken.

Ik kijk van de papieren op. "Is dit-?"

"Testresultaten," zegt hij. "Ik ben naar de dokter geweest en heb me op alle besmettelijke ziekten laten controleren die de medische wetenschap kent."

Ik keer gretig terug naar de pagina's.

Hij liegt niet. Het is test na test - en sommige ziekten klinken verzonnen, terwijl andere overkill lijken, zoals malaria, die door de beet van een mug wordt verspreid.

Ik denk dat als we ooit met een mug in een kamer opgesloten zouden zitten, ik me nu veiliger zal voelen. Maar als hij zoals de Dos Equis-man is, dan *"weigeren muggen hem puur uit respect te bijten."*

Iets anders dat ik als rijke goochelaar zal doen, is de dokter van Tigger opzoeken en hem dit panel van tests op mij laten doen.

Alle resultaten die ik bekijk zijn negatief.

Als ik bij de pagina met het label 'SOA's' kom, bestudeer ik deze nauwkeurig.

Gonorroe - negatief. Chlamydia - negatief. HIV – negatief. De lijst gaat maar door.

"Samengevat, ik ben schoon," zegt Tigger als ik weer opkijk. "Ik dacht dat dit je misschien zal behoeden om dat pak in mijn nabijheid te moeten dragen."

Weer komen de advertenties in mijn hoofd naar boven.

*"Hij heeft ooit geprobeerd om verkouden te worden, gewoon om te zien hoe het voelde, maar het lukte niet."*

*"Zijn zweet is de remedie tegen verkoudheid."*

"Sommige soa's hebben een lange incubatietijd," flap ik eruit.

Hij grijnst. "Ik ben de afgelopen vier maanden met niemand samen geweest. Helpt dat?"

Ik knipper naar hem. "Ben je dat niet?"

Wil hij zijn badge van mannelijke hoer verliezen?

Hij zucht. "Ondanks wat de roddelbladen zeggen, ga ik niet met alles wat beweegt naar bed. Eigenlijk heb ik meestal alleen seks als ik een relatie heb en mijn voortdurende gereis is daar niet bepaald bevorderlijk voor."

Wauw. Zijn spanning zoeken klinkt net zo slecht voor relaties als mijn magische carrière zal zijn als die eenmaal van de grond komt.

Wat nog belangrijker is, is hij eigenlijk helemaal geen mannelijke hoer?

En is hij schoon?

Dit is moeilijk voor mijn verwrongen geest om te begrijpen.

Als dit waar is, dan kan ik hem kussen en niet doodgaan. Het zou niet heel anders zijn dan het eten van yoghurt... in die zin dat zijn mond van de bacteriën wemelt, maar geen van hen vormt een bedreiging.

Ik kan hem ook likken.

En hem neuken.

Alleen klinken al deze opties, ondanks de papieren, nog steeds angstaanjagend.

Ik haal diep adem en laat het langzaam naar buiten komen. "Kun je alsjeblieft je hand zo houden?" Ik steek mijn hand op alsof ik op een bijbel ga zweren - of op Houdini's biografie.

Met aangespannen biceps, doet hij wat ik zeg.

"Mag ik je handpalm aanraken?" vraag ik.

Hij knikt, zijn lichtbruine ogen nieuwsgierig.

Ik reik naar hem uit, alsof ik hem in slow-motion een high five ga geven.

Als onze handpalmen maar een haarbreedte van elkaar verwijderd zijn, stop ik.

Onze huid is zo dichtbij dat ik de warmte van zijn handpalm kan voelen stralen.

Nog een paar millimeter en ik zou mijn eerste menselijke aanraking sinds lange tijd kunnen ervaren.

Alleen beweegt mijn handpalm niet verder.

Ik sluit mijn ogen en adem rustig uit om mezelf te kalmeren, maar als ik ze weer open, geeft mijn koppige hand geen krimp.

Gefrustreerd laat ik mijn hand zakken.

Is dat een blik van medelijden op zijn gezicht?

"Waarom kan ik dit nu niet?" vraag ik, meer aan mezelf dan aan hem. "Er zijn geen ziektekiemen in beeld."

Hij laat zijn hand zakken. "Het is goed, myodik. Ik

heb die tests niet gedaan om je op te haasten, ik heb ze alleen gedaan om je gemoedsrust te geven."

"Je begrijpt het niet," mompel ik. "Dit is precies wat er in het ziekenhuis is gebeurd."

Rimpels van bezorgdheid vormen zich op zijn voorhoofd. "Welk ziekenhuis?"

Ik leg uit wat er met Clarice is gebeurd, eindigend met: "En ik droeg een pak, dus ik was veilig, maar ik kon niet naar binnen lopen."

Hij veegt met zijn vingers over het vervaagde litteken dat de klootzak van een kat hem heeft gegeven. "Ik weet dat mijn kattending niet hetzelfde is, maar ik kan met je meevoelen. Als ik er een tegenkom, weet ik rationeel gezien dat het beestje niet gevaarlijker is dan zoiets als surfen, maar het helpt niet."

Ik maak mijn haar plat met mijn handpalmen. "Dat is het dus. Ik heb mezelf voorgehouden dat ik gewoon voorzichtig was. Dat ik ziektekiemen aan het vermijden was." Ik laat mijn handen zakken en kijk hem vermoeid aan. "Je zult wel denken dat ik hopeloos ben."

"Nee," zegt hij vriendelijk. "Ik denk dat je sterker bent dan je denkt."

Ik sta op en draai me om. Hij heeft het mis. Ik sta op het punt om uit elkaar te vallen.

Hij snapt het niet. Dit is voor mij een paradigmaverschuiving. Ik dacht dat ik gewoon slimmer was dan alle anderen, maar het blijkt dat ik niet anders ben dan mijn zus Blue met haar vogelfobie. Misschien zelfs erger.

Ze is niet bang voor vogels die er niet zijn.

Op een bepaald niveau heb ik misschien altijd geweten dat ik een probleem had. In plaats van de hele tijd handschoenen te dragen, zou ik gewoon mijn handen kunnen wassen nadat ik mensen heb aangeraakt, maar dat doe ik niet. Ik voel me gewoon niet op mijn gemak om iemand aan te raken, wat de wetenschap ook zegt.

Zonder mijn handschoenen voel ik me naakt.

Wacht eens even.

Ik heb geen handschoenen aan, maar zo voel ik me niet.

Dat telt toch ook?

"Wil je dat ik je afleid van wat er ook in je hoofd om mag gaan?" mompelt Tigger en ik draai me om en zie hem naast me staan.

Ik slik bij de blik in zijn kattenogen. "Hoe?"

Een zweem van een grijns vormt zich om zijn sexy lippen. "Ik denk dat het tijd is voor je les in exposure-therapie."

## Hoofdstuk Negentien

*Y*ep.

Ik ben al afgeleid. Zelfs zo overprikkeld door hormonen, dat ik in een oogwenk in ovariumdrive ga.

"Wat voor les had je in gedachten?" fluister ik.

Hij kromt zijn vinger. "Volg mij maar."

Met mijn hart in mijn keel, gehoorzaam ik.

Het is niet verrassend dat hij me naar zijn slaapkamer leidt.

"Een momentje." Hij haalt twee dikke bundels uit zijn kast, legt ze op het gigantische bed en rolt ze uit.

Ik frons naar de handschoenen en hoofddeksels die aan de jumpsuit-achtige dingen zijn vastgemaakt. "Wat zijn dat?"

"VR-pakken," zegt hij. "Ik dacht dat je ze wel zou kennen. Ze zijn het resultaat van een project waaraan je tweelingzus heeft gewerkt."

Ik knipper verbaasd met mijn ogen. Ik weet precies

waar hij het over heeft. De pakken zijn door Holly's nieuwe bestie ontworpen - zij van de doos met dildo's.

Toen ik erover hoorde, vond ik het idee geweldig. De pakken laten je realistische seksuele ervaringen hebben zonder iemand aan te raken. Het is alsof ze met mij in gedachten zijn gemaakt. Er een krijgen stond op mijn verlanglijstje voor als ik geld over heb, vooral omdat VR een van de beste manieren is om aan blootstellingstherapie te doen.

Alleen, hoe kan hij ze hebben?

"Deze zijn nog niet voor het grote publiek beschikbaar," zeg ik. "Ik heb mijn zus gevraagd me te vertellen wanneer ze in de verkoop gaan."

Tigger knikt. "Dit zijn prototypes. De durfkapitaalfirma van mijn broer heeft het project gefinancierd, dus hij kon aan een paar touwtjes trekken en deze voor me regelen. Ik dacht dat het een goede back-up kon zijn voor het geval mijn gezondheidsverklaring niet honderd procent was ... of als ik schoon zou zijn, maar jij je je niet klaar zou voelen om met mij in bed te springen."

Met hem in bed springen.

*Dat is* de volgende fase van de training?

Zonder mijn Everest-zorgen - en mijn onvermogen om hem aan te raken - zou ik 'ja, graag' zeggen.

Voor nu haal ik het VR-pak uit de verpakking en kijk hoe hij hetzelfde doet.

"Het is steriel," zegt hij. "Ik heb het gecontroleerd."

Nou, dat is mooi. Volgens de instructies draag je dit ding naakt.

Mijn hart gaat sneller kloppen en ik krijg een opvlieger.

Zal hij me weg laten kijken als hij zijn Speedo uitdoet?

Moet ik ervoor zorgen dat hij zich afwendt als ik mijn bikini uittrek?

"Ik zal je even geven," zegt hij en opent de slaapkamerdeur.

"Je hoeft niet weg," flap ik eruit. "Je hebt me de jouwe laten zien. Het is niet meer dan eerlijk dat ik jou de mijne laat zien."

Zijn ogen krijgen een roofzuchtige glans. "Weet je het zeker?"

In plaats van tijd te verspillen met antwoorden, doe ik mijn bikinitopje uit en negeer het branden van mijn gezicht.

Zijn neusgaten bewegen en het spandex in de Speedo ziet eruit alsof hij op het punt staat om te scheuren. Voordat dat kan gebeuren, duwt hij de Speedo naar beneden, waardoor Zijn Koninklijke Hardheid wordt bevrijd.

Met een luide snak naar adem trek ik mijn bikinibroekje uit.

We staan daar een paar tellen en nemen elkaar op. Zijn lichaam is een en al glanzende spieren en een gladde, gebruinde huid, elke centimeter van hem is glorieus mannelijk.

"Prachtig," gromt hij, terwijl zijn ogen me verslinden.

Ik dwing mijn stembanden om te functioneren.

"Dank je." Ik grijp het VR-pak en pas de riemen onwennig aan.

"Ga liggen," beveelt hij. "Het is veiliger om het op die manier aan te doen."

Ik gehoorzaam en wurm me snel in het pak. Als ik de VR-headset opzet, voel ik het bed naar beneden zakken. Hij moet nu aan de andere kant liggen, slechts een kort stukje kruipen bij me vandaan.

Ik hoor het materiaal ritselen als het over zijn lichaam glijdt en ik ben jaloers op het pak.

Ik wil degene zijn die zijn harde, heerlijke lichaam bedekt.

"Klaar?" vraagt hij.

"Ja."

"Zet hem aan."

Dat doe ik. Nu zijn het pak en ik allebei ingeschakeld.

Voor me verschijnt in de lucht een virtual reality-dashboard. Het heeft maar één app, weergegeven door een gouden bol.

"Er zou daar maar één pictogram moeten zijn," zegt Tigger. "Raak het aan en ik zal aan mijn kant hetzelfde doen."

Ik prik in de bol.

Wauw. Mijn zus heeft me verteld dat deze handschoenen goed zijn in het faken van voelbare sensaties, maar ik had niet verwacht dat de bol zo glad en rond aan zou voelen. Het is tenslotte maar een dom icoontje.

Het pak komt tot leven en knijpt over mijn hele

lichaam, wat een knuffelachtig gevoel geeft. Ook het uitzicht verandert. Ik ben in een witte kamer met nog twee bollen, met tekst erboven: 'Ontwerp partner' en 'Gebruik standaardinstellingen'.

"Is het goed als ik mijn partner ontwerp om op jou te lijken?" mompelt Tigger.

Ik knik en besef dan dat hij me niet kan zien. "Tuurlijk. Hoe zit het met jou?"

"Ik zou vereerd zijn als je je virtuele partner op mij zou laten lijken." Zijn stem is laag en verleidelijk.

Ik prik in 'Ontwerp partner' en kies vervolgens 'Man'.

De witte kamer vult zich met mannelijke hoofden zonder lichaam.

Is het de bedoeling dat het griezelig is?

"Ik denk dat je gewoon met je handen moet zwaaien om de hoofden te bewegen," zegt Tigger.

Yep. De hoofden vliegen op mijn bevel heen en weer totdat ik er een vind met een gezicht dat het meest op Tigger lijkt.

'Huid aanpassen?' vraagt de app.

Dat doe ik en dan blijf ik van gelaatstrekken veranderen totdat een enigszins computergestuurde versie van Tiggers gezicht naar me staart.

"Lichamen zijn de volgende," zegt Tigger. "Ik denk dat het maar goed is dat we elkaar hebben gezien. Daar hoef je geen fantasie voor te gebruiken."

En ja hoor, 'Type bovenlichaam' is de volgende keuze. Ik herschep zijn torso in elk overheerlijk detail en als ik klaar ben, hecht het hoofd zich aan zijn romp.

Zal de volgende stap zijn wat ik denk?

Yep. Elke centimeter van de virtuele ruimte wordt met piemels gevuld.

Groot. Micro. Dik. Dun. Verschillende kleuren. Verschillende rassen. Het is net als die doos met dildo's van laatst, maar dan op enorm veel steroïden.

Ik ga voor de grootste van het stel, hoewel het een slechte benadering van Zijne Koninklijke Hardheid is - een beetje zoals hoe dat CGI-gezicht een ruwe kopie van het echte gezicht van Tigger is.

Ach ja. In VR kun je niet kieskeurig zijn.

De volgende keuze is benen, dan billen.

"Hé," zeg ik. "Ik heb je kont niet goed bekeken."

"Ik heb de jouwe ook niet gedetailleerd genoeg gezien," zegt hij. "Hier zullen we onze fantasie voor moeten gebruiken."

"Oké." Ik scan alle keuzes. "Voor het geval je het je afvraagt, de mijne heeft een kontgat."

Om welke reden dan ook, missen sommige van de getoonde keuzes dat anatomische detail en sommige hebben het, maar met een met juwelen getooide CGI-buttplug erin - ongetwijfeld schaamteloze sluikreclame.

"Heeft je kont kuiltjes?" vraagt hij.

"Nee. En die van jou?"

"Ik denk van wel."

Jammie.

Zo. Eindelijk klaar.

Als om het te vieren doet virtuele Tigger een stripperdansje voor me.

Deze ovariumdrive kan in exploderende eierstokken eindigen.

Tiggers adem stokt. De virtuele versie van mij moet dit soort dans voor hem aan het doen zijn.

Siliconen slet.

Er verschijnen twee nieuwe bollen: 'Multiplayer' en 'Standalone'.

"Ik neem aan dat we Multiplayer doen," zeg ik.

"Yep. Kies dat en vervolgens 'Verbinden met het lokale netwerk.'"

Nadat ik dat heb gedaan, wordt alles even wit. Als mijn zicht terugkeert, is virtuele Tigger een paar centimeter van me verwijderd, en zijn houding herinnert me aan de roofzuchtige gratie van de echte prins.

In termen van hoe hij eruitziet, is hij echter nog steeds dezelfde bleke benadering van het echte werk - van kop tot lul tot tenen.

Eigenlijk zien de CGI tenen er verrassend echt uit.

"Steek je hand uit zoals je eerder deed," zeg ik ademloos.

Zijn avatar knikt instemmend en doet wat ik vraag.

Ik steek mijn hand uit en raak zijn virtuele handpalm aan zoals ik eerder te laf was om te doen.

Nogmaals verbaast de technologie van de handschoenen me. Het voelt alsof ik dit met mijn normale handschoenen aan doe.

Hoe realistisch is dit pak?

Om een idee te krijgen - en omdat ik hier al zo lang

van gedroomd heb - pak ik zijn hand en leg die op mijn virtuele borst.

Het gezicht van virtuele Tigger is onbewogen, maar ik weet dat hij dit leuk vindt, omdat ik hem in de echte wereld diep in kan horen ademen. Hij omhult mijn borst, kneedt het en knijpt zachtjes in mijn tepel.

Bij de binaire code van Houdini, hoe hebben ze dit zo verdomd echt laten voelen?

Een vleugje genot daalt naar mijn lagere regionen af.

Niet in staat om mezelf te stoppen, laat ik mijn hand langs zijn borstspieren en buikspieren gaan totdat ik de virtuele Koninklijke Hardheid bereik.

Het leuke van VR is dat hij me niet kan zien blozen als de maagd die ik ben. De texturen van alles voelen geweldig aan. Ik ben nu meer dan opgewonden. Als dit pak in het kruisgebied niet waterdicht is, dan kan er op elk moment kortsluiting ontstaan.

"Kun je dat voelen?" vraag ik hees terwijl ik hem op en neer beweeg.

"Oh ja."

Die reactie verbreekt de VR-illusie, omdat de woorden niet uit de mond van de avatar komen, maar dat kan me niet schelen. Ik ben weer bij Sjakie's chocoladefabriek, alleen is mijn diabetes genezen.

"Kun je me aanraken?" vraag ik.

"Fuck, ja." Zonder mijn borst los te laten, laat hij zijn andere hand langs mijn buik glijden.

Wauw. Ik voel het. Misschien niet zo intens als op mijn borst, maar ik voel de beweging zeker.

Hoeveel kost dit pak? Het is de beste uitvinding sinds het wiel.

Zijn hand vervolgt zijn prachtige reis verder naar beneden totdat hij mijn virtuele plooien bereikt.

"Verdomme," hijg ik terwijl de aangename voelbare sensaties mijn clit bereiken. "Raak je me aan over het pak?"

"Nee." Zijn stem is nog steeds ruw. "Deze technologie is geniaal."

Oh, dat is het. Zijn slimme virtuele vingers strelen mijn clit en oefenen precies de juiste hoeveelheid druk uit.

Een orgasme bouwt zich in mijn kern op.

Een kreun ontsnapt aan mijn lippen en ik streel Zijne Koninklijke Hardheid sneller.

Tiggers gekreun is mijn beloning.

Ik ben zo dicht bij de ontlading dat ik het kan proeven.

Ik beweeg mijn hand sneller.

Hij versnelt zijn bewegingen op mijn clit.

Ja. Ja!

"Alsjeblieft niet stoppen," hijg ik, terwijl ik hem harder knijp.

En op dat moment begint het verdomde geblaf.

# Hoofdstuk Twintig

*B*estaat er zoiets als hallucinaties vóór een orgasme? Als dat zo is, waarom zou ik dan het geblaf van honden hallucineren? Mijn kronkels gaan niet die kant op.

Het geblaf wordt luider en ik merk dat er minstens twee honden zijn die het geluid maken.

Tigger trekt zijn hand weg. Zijn toon is met frustratie gevuld. "We kunnen maar beter uit de pakken stappen."

Shit. Geen hallucinatie dus.

Ik ga rechtop zitten en ruk de headset van mijn hoofd, ga dan achteroverliggen om het VR-pak uit te trekken.

Hij heeft zijn onderbroek al aan en houdt mijn bikini voor me vast. Zijn militaire training aan het werk.

Ik bloos weer van zijn verhitte blik, trek de bikini aan en volg hem naar de woonkamer.

Het is niet verrassend dat het geblaf van twee loslopende honden afkomstig is: de panda en de koala, ook bekend als Caradog en Mefistofeles. Ze hebben elk een stuk stof in hun muil en trekken het in tegengestelde richtingen.

Indrukwekkend. Ik wed dat ik met stof in mijn mond niet zou kunnen blaffen.

Wat verrassend is, is de kerel in pantalon die languit op de grond ligt, met zijn voeten in de riemen verstrikt.

Hebben de honden hem vastgebonden zodat ze deze hondentrekwedstrijd konden houden?

Wacht eens even.

Ik knijp mijn ogen tot spleetjes bij het stuk stof waar ze aan trekken - net op het moment dat het in twee gekartelde helften scheurt. "Dat is mijn jurk!"

Tigger roept iets in het Ruskoviaans.

Caradog gaat meteen op zijn kont zitten en een gescheurd stuk van mijn jurk, bedekt met kwijl, valt uit zijn muil.

Mefistofeles blijft zijn helft van de jurk aan flarden scheuren.

Tigger herhaalt het commando met meer scherpte in zijn stem.

Mefistofeles kijkt met puppyogen op. Zijn blik lijkt te zeggen, "Ik ben onschuldig. Ik ben erin geluisd."

Caradogs bril wijst regelrecht naar de kleinere hond en hij produceert het angstaanjagende gegrom dat ik heb gehoord toen Waldo het mes vasthield.

Mefistofeles ziet er schaapachtig uit en gaat

jammerend zitten, maar laat het kleine stukje jurk dat nog in zijn mond zit niet los.

Tigger loopt naar hem toe en kijkt de hond in zijn ogen. "Waag het niet om dat door te slikken."

Bazig. Als ik iets in mijn mond had gehad en hij niet zou willen dat ik het doorslikte, dan had ik het meteen uitgespuugd. Of doorgeslikt als hij dat had gewild.

Mefistofeles jankt bedroevend en spuugt uiteindelijk het stuk stof uit.

Ik moet weer aan de bieradvertenties denken:

*"Hij heeft oude honden verschillende nieuwe trucjes geleerd."*

*"Hij heeft ooit een Duitse herder geleerd hoe hij in het Spaans moest blaffen."*

"Brave jongen," zegt Tigger en hij helpt de man in pantalon overeind.

De man werpt een blik op mij. Tigger ziet dat en zegt iets scherps in het Ruskoviaans. Er is niet veel fantasie voor nodig om de vertaling te raden: "Niet naar de bijna naakte goochelaar staren."

De man antwoordt in het Ruskoviaans.

"Spreek Engels," gromt Tigger.

"Het spijt me," zegt de man met een zwaar Oost-Europees accent, zijn blik zo ver mogelijk van mijn naakte vlees verwijderd. "De afspraak met de dierenarts moet ze overenthousiast hebben gemaakt."

Afspraak bij de dierenarts?

"Let op ze," zegt Tigger autoritair tegen de man. Hij draait zich naar mij om en verzacht zijn toon. "Laten we iets voor je halen om aan te trekken."

Serieus, waarom ben ik zo dol op deze bazige kant van Tigger? Mijn hele leven is me verteld dat ik problemen heb met autoriteit.

Ik knipoog naar Mefistofeles om hem te laten zien dat ik geen wrok koester, volg zijn meester naar de slaapkamer en kijk toe hoe hij een tanktop en een gescheurde spijkerbroek tevoorschijn haalt.

"Pas dit eens." Hij duwt de kleren in mijn handen en vertrekt naar de woonkamer.

Ik doe de tanktop aan. Het is te lang en mijn bikinitopje is vanaf de zijkant zichtbaar, maar nadat ik de onderkant van de tanktop in de spijkerbroek heb gestopt en de broekspijpen heb opgerold, zie ik er semi-presentabel uit. De jeans van je vriend zijn helemaal een ding - als je ze zo kunt noemen als de man niet je vriendje is. Het enige wat ik nu nodig heb is-

Tigger loopt terug naar binnen, met een riem in zijn hand. "Ik heb dit uit je bloemstuk moeten halen."

Ik doe de riem in mijn spijkerbroek. "Nou, dat was waanzin."

Hij trekt een gezicht. "Ik neem de volledige verantwoordelijkheid. Het zijn mijn honden."

Ik wiebel wulps met mijn wenkbrauwen. "Het klinkt alsof je me iets verschuldigd bent."

Hij knikt ernstig. "Wat je maar wilt, laat het me weten - afgezien van een nieuwe jurk natuurlijk. Dat is een feit."

Ik weet niet wat me bezielt om de volgende woorden te zeggen. Als ik niet beter zou weten, dan zou ik mijn zussen ervan beschuldigen dat ze me toen we elkaar eerder spraken hadden gehypnotiseerd. "Ik wil dat je met mij en mijn ouders komt eten."

*Nee. Idioot. Ga eerst met hem naar bed. Zodra hij de Octo-ouderlijke eenheden heeft ontmoet, is het game over.*

Hij houdt zijn hoofd schuin. "Je laat het klinken alsof het een grote gunst is. Ik zou je ouders graag willen ontmoeten."

*Waarom saboteer ik deze non-relatie?*

"Als je mijn ouders ontmoet, dan zul je zien hoe groot deze gunst is."

Hij ziet er niet geïntimideerd uit. "Wanneer?"

Ik pak mijn telefoon. Ik heb tien ongelezen berichtjes van Octomam die voorstellen dat we 'morgen' afspreken.

Ik heb nu minstens vijf morgens genegeerd.

Ik begin me schuldig te voelen. Ik ben zo'n slechte dochter. Ik had eerder moeten reageren, maar ik kon mezelf er niet toe brengen om dat te doen.

Mijn tweelingzus beseft dit niet, maar er was een goede reden waarom ik haar heb gevraagd om zich als mij voor te doen, zodat ik deze vervloekte lunch over kon slaan, en het was niet de reden dat ik haar gaf: dat ik niet wilde dat onze ouders me over mijn liefdesleven lastig zouden vallen. Nou, dat is het deels. Maar voor het grootste gedeelte heb ik genoeg van de leugen die ik mijn familie heb voorgehouden, de leugen dat ik een dochter of zus ben die *geen* problemen met intimiteit heeft.

De leugen die elke keer dat ik met mijn ouders

praat steeds groter wordt, omdat ze een obsessie hebben met alles wat met seks te maken heeft.

"Ben je morgen vrij?" vraag ik voorzichtig.

"Zeker," antwoordt Tigger.

Ik app Octomam terug en kijk of een etentje morgen lukt.

Het antwoord is direct:

*Eindelijk. Hoe klinkt 19:00 uur? Waar?*

Na een snelle navraag bij Tigger, geef ik haar de locatie - het schoonste restaurant waar ik ooit ben geweest: Magia Pan Tumaca.

Als we naar de woonkamer terugkeren, staan de honden voedsel uit hun etensbakken te eten en zijn de flarden van mijn jurk opgeruimd.

Ik haast me naar de bank om te controleren of mijn tas en handschoenen het hebben overleefd.

Oef.

Ik trek de handschoenen aan en hang de tas over mijn schouder. "Ik moet gaan."

"Een moment alsjeblieft." Tigger loopt naar zijn hondenoppas en pakt een stapel papieren die de man heeft klaargemaakt. Daarna bekijkt hij de papieren goedkeurend voordat hij ze aan mij overhandigt.

Ik scan ze.

Het lijken testresultaten te zijn.

Is hij vergeten dat ik zijn gezondheidsverklaring al heb gezien?

Wacht. De namen op de papieren zijn Caradog en Mefistofeles Cezaroff - niet Anatolio.

Het zijn de gezondheidsresultaten van de honden.

Ik sla de pagina's om. Verdorie. Zelfs zijn honden zijn vrij van soa's. Waarom heeft hij ze daarop laten testen?

Moet ik hem vertellen dat mijn afwijkingen niet die kant op gaan?

"Ik heb ze door de dierenarts op alles wat de wetenschap kent laten testen," zegt hij, alsof hij mijn gedachten leest. "Ik wil niet dat je je zorgen over mijn viervoeters maakt als je op bezoek komt."

"Wauw. Bedankt." Overweldigd geef ik de papieren terug.

Hij laat de documenten bovenop die van zichzelf vallen. "Ik kan ze ook trainen om je niet te likken of tegen je aan te wrijven, wat je maar wilt."

De hondjes moeten weten dat hij het over hen heeft, want ze kijken naar hem en dan naar mij.

"Ze kunnen langs me heen me wrijven als ik gekleed ben," zeg ik. "Sterker nog, mag ik ze eigenlijk aaien?"

Knikkend herhaalt Tigger het commando van eerder.

Caradog is weer de eerste die gaat zitten, maar uiteindelijk doet Mefistofeles dat ook.

Ik pas mijn handschoenen aan, loop naar de grotere hond en aai zachtjes over zijn vacht.

Caradogs staart begint te kwispelen en de ogen achter de bril sluiten zich van genot.

Zelfs door de handschoenen heen voelt zijn vacht ruwer aan dan ik had verwacht. Het doet me aan een ezel denken in plaats van aan een panda. Niet dat ik ooit een panda heb geaaid.

Een gekke grijns verspreidt zich over mijn gezicht. Dit is de tweede keer vandaag dat ik mijn kindertijd channel. Op de boerderij van mijn ouders hadden we een hele kinderboerderij met exotische en alledaagse dieren om mee te spelen. Tegenwoordig heb ik alleen toegang tot een kat - Hannibal - maar hij laat Clarice hem alleen aaien en zelfs dan alleen als *hij* er zin in heeft.

Mefistofeles jankt.

"Je bent jaloers, hè?" zeg ik, loop dan naar hem toe en aai de kleine boef.

De vacht van deze voldoet aan mijn verwachtingen, in die zin dat dit is hoe ik me altijd heb voorgesteld dat een koala zou voelen.

Ik kijk op en zie Tigger met een vreemde uitdrukking op zijn gezicht naar me staren.

Ik schraap mijn keel. "Heb je toevallig ronde snoepjes?"

Tigger kijkt naar de hondenoppas.

De man blijkt zakken in zijn pantalon te hebben en hij rommelt daarin tot het punt waarop je zou kunnen gaan denken dat hij met zichzelf aan het spelen is. Uiteindelijk haalt hij er twee koekachtige voorwerpen uit.

Ik pak het eerste koekje en kniel voor Caradog.

De panda lijkt opgewonden over het vooruitzicht van de traktatie, maar eten is niet wat ik in gedachten heb.

Ik heb onlangs gehoord dat je honden voor de gek kunt houden met goocheltrucs, maar ik heb niet de kans gehad om het te proberen.

Ik neem het koekje in een vingergreep zodat het hondje er zeker van kan zijn dat ik het heb en dan voer ik een beginnerstrucje uit dat in elk boek over magie met munten voorkomt - laat het voor de grote, natte neus van mijn toeschouwer verdwijnen.

Als ik mijn handen zonder snoep laat zien, worden Caradogs ogen komisch groot achter zijn bril.

Ik denk dat als hij een mens was, hij met zijn harige poten in die ogen zou wrijven.

Hij snuift de lucht op en zijn verwarring wordt groter. Hij kan het koekje dat in de buurt is ongetwijfeld nog ruiken.

Tot mijn vreugde kijken Tigger en de oppas ook verbaasd. Ik ben niet zo slecht in magie met munten als ik dacht.

"Let op," zeg ik tegen de panda-achtige hond en voer de meest klassieke goocheltruc uit de geschiedenis uit: een munt - of in dit geval een koekje - uit het oor van een kind... of in dit geval een hond tevoorschijn laten komen.

Tigger en zijn hulpje klappen. Aan zijn kant verspilt Caradog geen tijd. Hij let op mijn vingers en grist het lekkers uit mijn handen voordat het weer kan verdwijnen.

Mefistofeles jankt weer.

"Ik ben je niet vergeten." Ik pak het tweede koekje en herhaal de show.

Mefistofeles kijkt niet zo verbaasd als Caradog als het koekje verdwijnt, maar hij is extra extatisch als het uit zijn oor komt.

"Dat is niet eerlijk," zegt Tigger als ik weer opsta. "Ik wil ook een truc."

Hier was ik op voorbereid.

Ik maak mijn tas open en haal de rekwisieten eruit die ik speciaal voor dit geval heb meegebracht - drie metalen ringen.

"Bekijk deze eens." Ik geef twee ringen aan Tigger en één aan de hondenoppas.

Tigger onderzoekt de ringen zorgvuldig, ongetwijfeld op zoek naar geheime gaten.

Is het verkeerd dat ik wil dat hij *mijn* gaten onderzoekt, al dan niet geheim?

Als de ringen weer in mijn bezit zijn, voer ik nog een klassieke routine uit: eerst verbinden de twee ringen zich 'magisch' met elkaar, dan alle drie.

Deze keer zijn het alleen mijn menselijke toeschouwers die verbaasd zijn. De honden gedragen zich alsof metaal dat door metaal gaat mogelijk is, en misschien is het in de hondenversie van de natuurwetten ook zo.

Ik denk dat ze op een spelletje frisbee met de ringen hopen.

Tigger wisselt een verwarde blik met de hondenoppas uit. "Dat is gewoon onmogelijk."

"Controleer het nog eens." Ik overhandig Tigger het arrangement van drie ringen zodat hij er zeker van kan zijn dat ze nu allemaal met elkaar verbonden zijn.

"Bewaar dat als souvenir," zeg ik met een arrogante grijns. "Misschien kun je erachter komen als ik weg ben."

Hij schudt zijn hoofd en loopt naar het bloemstuk. "Over souvenirs gesproken, vergeet dit niet."

Nadat ik mijn bloemen heb gepakt, belt Tigger iemand op zijn telefoon.

"Een limousine zal je naar huis brengen," zegt hij even later. "Dit is ook voor jou." Hij geeft me een doos.

Als ik zie wat erin zit, schiet ik in de lach.

Het is een gloednieuwe tang. Ik weersta de drang om te vragen wat hij met het exemplaar heeft gedaan die het moet vervangen.

"Doeg." Ik zwaai naar de honden en hun oppas.

Tigger doet de deur voor me open en loopt met me mee naar de lift. "Morgen trainen?"

De zwerm duiven hervat zijn gefladder in mijn buik. "Tuurlijk. Wanneer ben je vrij?"

"In de middag, voor het diner?"

Ik knik met mijn hoofd, niet wetend wat ik anders moet doen. Ik word steeds ongemakkelijker als het om de stomme vrijduik-training gaat, maar ik weet niet hoe ik er onderuit moet komen.

De lift gaat open.

"Tot later," zegt hij.

Ik stap naar binnen en druk met een onvaste vinger op de knop van de lobby.

## Hoofdstuk Eenentwintig

Z odra de liftdeuren sluiten, vraag ik me af waarom ik überhaupt weg ben gegaan. Had de hondenoppas niet op de twee beren kunnen letten terwijl Tigger en ik terug naar de slaapkamer gingen?

Het is nu te laat.

Het ergste is dat ik hem nu al mis.

Wat is er met me aan de hand? Heb ik waanvoorstellingen genoeg om te geloven dat hij me leuk vindt?

Dat vindt hij niet. Dat kan niet. Ik ben gewoon een uitdaging, meer niet.

Trouwens, hij is een prins en ik ben een niemand. Ik heb nog steeds geen idee of hij met een gewone burger kan daten, afgezien van een korte affaire hebben. Hij is ook een klant - en tegen wie ik over mijn expertise van adem in kunnen houden lieg.

Het enige dat vandaag is veranderd, is dat hij niet van de ziektekiemen wemelt, zoals ik vreesde toen ik dacht dat hij een mannelijke hoer was. Niet dat deze wetenschap met mijn intimiteitsproblemen heeft geholpen.

Tegen de tijd dat de lift opengaat, ben ik bijna blij dat ik weg ben gegaan toen ik dat deed. Ik liep het risico om die stiekeme gevoelens te krijgen die ik probeer te vermijden.

Ik stap zelfverzekerder door de lobby, in ieder geval totdat ik bijna over een pauw struikel.

Blue zou hier echt een paniekaanval krijgen.

De limousine wacht al op me als ik naar buiten kom en als we vertrekken, realiseer ik me iets interessants.

Ik draag Tiggers kleren en voel er totaal geen walging bij. Ik ben normaal niet zo achteloos, zelfs niet met mijn tweelingzus. Als ik haar mijn kleren geef, dan vraag ik ze nooit terug en ik leen zeker nooit iets van haar of van mijn andere zussen.

Over de duivels gesproken, ik heb berichtjes van mijn tweelingzus en van Blue. Ik app ze terug om ze op de hoogte te houden van wat er is gebeurd. Ze antwoorden meteen, allebei opgewonden dat ik Tigger mee uit eten neem met onze ouders.

Midden in mijn gesprekken komt er een app van Waldo binnen. Hij wil overmorgen afspreken. Ik zeg hem om elf uur bij de coffeeshop af te spreken, aangezien Tigger als het om trainen gaat geen ochtendmens lijkt te zijn.

---

Thuis maken mijn huisgenoten grapjes over mijn nieuwe kleding.

"Het is de beroemde truc met de verdwijnende jurk," zegt Harry met een grijns.

"Ik ben eerlijk gezegd jaloers." Clarice tikt tegen haar piratenhoed. "Ik heb altijd gewild dat iemand in de greep van wilde passie mijn korset zou scheuren."

Ik vertel ze allemaal dat ze hun grappen in hun hoeha's moeten steken, pak wat te eten en neem het mee naar mijn kamer.

Terwijl ik eet, onderzoek ik ideeën voor Tiggers training van morgen, en mijn gevoel van onbehagen over mijn leugens en zijn eventuele vrije duik verdiepen zich. Wat ben ik aan het doen? Ik bekijk website na website, op zoek naar een manier om mijn schuldige geweten te sussen en dan kom ik een concept tegen dat mijn interesse echt wekt. Zozeer zelfs dat ik Tigger app en vraag of hij een momentje heeft om via video of aan de telefoon te praten.

*Kunnen we het over een uur doen?* antwoordt hij. *Ben met de honden in het park aan het spelen.*

Ik stem ermee in, glimlachend bij het mentale beeld.

Terwijl ik mijn telefoon opzij leg, wordt mijn glimlach ondersteboven gekeerd. Een ding waar ik tot nu toe niet over na heb gedacht, is de andere kant van deze medaille.

Zijn training van mij.

Daar hebben we geen plannen voor gemaakt, wat goed is. Als ik gevoelsmatig veilig wil blijven, dan moeten we daar waarschijnlijk helemaal mee stoppen.

Maar als we stoppen, wat moet ik dan voor exposure-therapie doen? Ik ben nog niet bereid om lid van het nonnenklooster te worden.

Ik denk dat enige ding dat ik kan doen, is teruggaan naar het gebruikelijke: porno. In feite is dat misschien een goede manier om het uur door te komen terwijl ik op het gesprek met Tigger wacht.

Ik doe mijn deur op slot, start de porno op en zoek naar iets dat ik nog niet eerder heb geprobeerd.

Interessant. Er is een heel genre dat ik nog nooit heb gezien: dubbele penetratie of DP.

Ik laat één video afspelen.

Wauw. Zoals de term al aangeeft, neemt de vrouw twee pikken in zich, één in de kont en één in de vagina.

Hmm. Ik ben niet zo geschrokken als normaal. Word ik beter in dit seksgedoe of is er iets aan deze act dat ik echt leuk vind?

Heb ik zojuist mijn kronkel gevonden - volgepropt worden als een kalkoen?

Geen idee, maar ik heb wel twee dildo's voor het geval ik het wil weten. Als bonus zou ik een hele dag aan seksuele energie kunnen verbranden die wordt gegenereerd door naar de grotendeels naakte Tigger te hebben gekeken, om nog maar van onze ontmoeting in VR te zwijgen.

Als ik de speeltjes tevoorschijn haal, zie ik een paar van mijn condooms met kersensmaak die voor deze gelegenheid geschikt zouden zijn. Ik had de eerste partij hiervan op de noodlottige dag gekocht dat ik mijn maagdelijkheid verloor en ben ze daarna voor de lol blijven kopen. Het zou symbolisch zijn als ik een van deze zou gebruiken om de maagdelijkheid van mijn kont te verliezen - en ook voor de DP-kers zou gebruiken, ervan uitgaande dat ik hiermee doorga.

Ik onderzoek de dildo's.

Nou. Als dit enige kans wil maken, dan zou prins Regent in de voorkant moeten gaan.

De grote vraag is, zou de kleinere achterin passen?

*Is het echt zover gekomen? Een veredelde buttplug? Ik wed dat je niet eens de moeite zal nemen om me uit je kont te halen als ik er eenmaal in zit.*

Hmm. Een buttplug. Dat is misschien een beter idee. Jammer dat ik er geen heb.

Hoe meer ik naar de kleinere dildo kijk, hoe minder ik denk dat hij vanzelf zal passen, laat staan dat ik mezelf kan DP'en.

*Te groot? Op dit moment is het te laat voor vleierij.*

Ik krijg een idee. Iets wat ik waarschijnlijk al veel eerder had moeten proberen.

Ik ga naar mijn bureau, pak een paar latexhandschoenen en een fles glijmiddel, ga dan naar de badkamer en doe de deur op slot.

Mijn vinger is vrij klein. Zelfs kleiner dan een buttplug.

Het is waarschijnlijk ook de ultieme exposure-therapie om met mijn vinger daar te gaan waar ik in ga.

Voordat ik terug kan krabbelen of een huisgenoot op mijn deur begint te kloppen, doe ik de handschoen aan, smeer een vinger in en steek de punt voorzichtig daar waar de zon niet schijnt en waar nog niemand is geweest.

Nee. Het brandende gevoel is helemaal niet prettig.

Ik ben misschien gewoon 'alleen een uitgang' als het op dat gat aankomt - geen DP voor mij, zo lijkt het.

Maar goed, ik ben trots dat ik dit heb kunnen doen.

Ik gooi de handschoen weg en ga douchen.

Terugkerend naar mijn kamer, zet ik DP uit mijn hoofd. Het normale gebeuren met prins Regent is de beloning.

*Ja, schatje. Gebruik me. Je kan misschien wat van die yoghurt uit de koelkast pakken, zodat je het daarna helemaal over jezelf uit kunt druppelen.*

Hmm. Het yoghurtidee is niet zo slecht.

Ik pak de gretige dildo en start de telefoon-app die hem bestuurt.

Terwijl ik op de knop 'trillen' wil drukken, licht mijn scherm op met een video-oproep van Tigger - en ik klik per ongeluk op 'accepteren'.

## Hoofdstuk Tweeëntwintig

*I*k houd een dildo vast.

Tijdens een videogesprek.

Een enorme dildo, hoewel ik niet zeker weet of dat een verschil maakt.

*Ja schat, als het om prins Regent gaat, dan is de maat erg belangrijk.*

Ik kom in de verleiding om de dildo te laten vallen, maar de goochelaar in mij weet dat dat er alleen maar *meer* aandacht op zou vestigen.

Het is toch al te laat.

Tiggers ogen fixeren zich op de dildo en zijn lippen buigen zich in een grijns. "Mooi, myodik. Ben dol op je initiatief."

Ik laat prins Regent dan vallen en hij valt met een pijnlijke klap op mijn voet.

*Wat had je anders verwacht? Prins Regent is enorm.*

Ik doe mijn best om niet te huiveren en zeg, "Dat was niet waar ik met je over wilde praten."

Hij trekt een wenkbrauw op. "Weet je het zeker?"

Ik vecht tegen de drang om mijn brandende gezicht koelte toe te wapperen. Zaken. Dit gaat over zaken. "Hoe puristisch ben jij als het om vrijduiken gaat?" vraag ik op een zakelijke toon. *Goed gedaan, Gia.*

Hij haalt een hand door zijn donkere haar. "Wat bedoel je daarmee?"

"Wat is je motivatie om vrij te duiken? Je hebt gezegd dat je een ondergronds meer wilde verkennen waar een duikuitrusting verboden is. Maar heb je als je dat doet dan wel regelmatig zuurstof in je longen nodig?"

Hij haalt zijn schouders op.

"Wat als je in plaats van lucht nitrox voor de duik inademt - een mengsel van zuurstof en stikstof zoals ze tijdens een duik gebruiken? Dit zou problemen moeten verminderen als je te diep gaat, je zou langer en comfortabeler onder water kunnen blijven en het zou het geheel veiliger maken."

Hij krabt aan zijn kin. "Misschien. Het voelt een beetje als valsspelen."

"Ze noemen het technisch vrijduiken," zeg ik. "Voor mij voelt het meer als een goocheltruc."

Zo. Zo dicht in de buurt als dit ben ik nog niet geweest om hem te vertellen dat mijn onderwaterillusie precies dat was - een illusie.

Hij glimlacht, zijn lichtbruine ogen krijgen in de hoeken lachrimpels. "Nou, jij bent mijn trainer, dus als je denkt dat ik dat moet doen, dan zal ik dat doen."

Ik zet een serieuze uitdrukking op. "Ik beveel je om nitrox te gebruiken."

Hij geeft me een militaire groet. "Ja, mevrouw. Ik zal gas gaan halen."

Ik lach. "In dat geval *is* er een manier om het systeem voor de gek te houden: pomp je kont vol met zuurstof, leer het in kleine doses via scheten los te laten en vang de luchtbellen vervolgens met je neus. *Dat* zou pas echt valsspelen zijn."

Hij grijnst. "Zullen we ons voorlopig op het voorademen van het gasmengsel focussen? Ik zal een paar verschillende verhoudingen halen en dan kunnen we er in het zwembad mee experimenteren. Het zal me echter een paar dagen kosten. Wat gaan we in de tussentijd doen?"

"Waarom ga je tot die tijd niet in een hypoxische tent slapen," zeg ik. "We kunnen de zwembadtraining hervatten zodra je het gas hebt."

Hij geeft me een schijnfrons. "Dus morgen geen training?"

Ik knipoog. "Je ziet me bij het diner."

En hopelijk zal ik een manier bedenken om hem te vertellen dat ik niet wil dat hij me nog langer in de seksuele kunsten traint. Daar zou meer tijd bij moeten helpen.

"Is dat alles?" vraagt hij.

"Wat je training betreft, ja," zeg ik, en ik vind het niet prettig hoe verhit zijn blik wordt.

"Geweldig. Nu is het mijn beurt om jou te trainen," zegt hij. "Pak de dildo op en was hem."

Tot zover het afhouden van Tiggers training. Ik ga me nu echt niet meer terugtrekken. Mijn poesje zou me onterven.

Ik ren naar Manny, draai zijn hoofd eraf en leg mijn telefoon in zijn nek.

"Wacht even," zeg ik tegen Tigger terwijl ik prins Regent van de vloer gris en naar de badkamer sprint om hem schoon te maken.

*De koninklijke behandeling. Zoals het bij een figuur van het kaliber van prins Regent past.*

Als ik in mijn kamer terugkom, controleer ik nogmaals of de deur op slot zit, rol een condoom over prins Regent en smeer er glijmiddel op voordat ik weer voor de camera verschijn.

"Hoe heet de app die het speeltje bestuurt?" vraagt Tigger.

"Zoek naar Belka," zeg ik en begeleid hem bij het installeren en synchroniseren van zijn telefoon met prins Regent.

"Nu," zegt Tigger als alles klaar is, "wil ik dat je je uitkleedt en in mijn zicht op het bed gaat liggen."

Ik weet niet zeker waarom ik me überhaupt met dat glijmiddel heb beziggehouden. Zijn bevelende toon stuurt een golf van natuurlijke smering naar mijn lagergelegen regionen.

Hevig blozend, maar ervoor zorgend dat ik in het zicht van de camera sta, kleed ik me verleidelijk uit, ga dan op bed liggen, met mijn benen gespreid, ook al heeft hij me dat niet bevolen.

"Brave meid," mompelt hij. "Plaats nu de punt op je clit."

Ik doe wat hij zegt en hij laat prins Regent trillen - met één hand.

Fuuuck. Waarom voelt dit zoveel beter dan toen ik met mezelf aan het spelen was? Een zachte kreun ontsnapt uit mijn keel terwijl ik het orgasme omhoog voel kruipen. Alleen zou ik niet de enige moeten zijn die komt. Dat is egoïstisch, toch?

"Kleed je ook uit," mompel ik met een schorre stem.

Zonder het trillen te vertragen, legt hij de telefoon opzij zodat ik alleen zijn plafond zie en rukt hij - of zo klinkt het tenminste - zijn kleren uit.

Voordat ik met mijn ogen kan knipperen, heeft hij de telefoon weer in zijn hand en is hij verrukkelijk naakt, met Zijne Koninklijke Hardheid stevig in zijn vuist.

Dat was snel. Heeft hij *dat* ook op de militaire academie geoefend?

Hij verhoogt mijn vibratiesnelheid, wat me, in combinatie met het uitzicht, over het randje brengt.

Met krommende tenen kom ik met een verstikte kreet klaar.

"Schuif hem nu naar binnen," gromt Tigger. "Langzaam, voor nu alleen het topje."

Terwijl ik gehoorzaam, fantaseer ik dat dit Zijn Koninklijke Hardheid is die me uitrekt, geen bedrieger van siliconen.

Hij versnelt zijn vuist en verhoogt mijn vibraties nog een tandje.

Bij de dildo van Houdini, dit voelt echt, echt beter dan wanneer ik met mezelf speel. Masturbatie moet zoals kietelen zijn: het bij jezelf aandoen is meh, maar als je gemene zussen tegen je samenspannen, dan zou je van het giechelen misschien weleens in je broek kunnen plassen.

Tigger knijpt in Zijn Koninklijke Hardheid en gromt van genot. "Schuif hem nu dieper."

Ik doe het en een enorm orgasme kronkelt van alle trillingen in me naar boven.

Terwijl ik nog kan praten, slaag ik erin om te zeggen, "Als je klaarkomt, doe het dan in de camera. Doe alsof je op mijn gezicht komt."

Zijn pupillen verwijden zich tot de grootte van stuivers.

Zo. Twee kunnen het spelletje van vieze praatjes spelen.

Hij verhoogt de vibratie verder en versnelt zijn handbeweging.

Een kreun van genot wordt van mijn lippen gedwongen.

Dan nog een.

En nog een.

Met een schreeuw kom ik over prins Regent heen klaar.

Tigger ademt hoorbaar en verplaatst de camera zodat deze op enkele centimeters afstand van Zijn Koninklijke Hardheid is.

*Splets.* Zijn sperma gutst er als een fontein uit.

Maak je borst maar nat, bukkake-video's. Dit is veel heter.

Plotseling wordt mijn zicht op zijn kop gezet en Tigger schreeuwt een obsceniteit.

Het duurt even voordat mijn door het orgasme gestoorde brein begrijpt wat er is gebeurd: hij heeft in de hitte van de passie zijn telefoon laten vallen of het is door het sperma uit zijn handen geglipt.

Een geluid van iets wat de grond raakt bevestigt mijn vermoedens en dan zie ik alleen het plafond.

De kracht van de impact moet iets met de app hebben gedaan, want het verhoogt mijn vibraties boven alles wat ik ooit heb gevoeld. Voordat ik prins Regent uit me kan verwijderen, kom ik nog een keer klaar.

Geweldig. Als we zo doorgaan, zou ik een nieuwe kronkel kunnen ontwikkelen, een soort BDSM, maar dan met telefoons. Ik zal me helemaal in leer kleden en een iPhone kapotslaan, een Nokia in het scherm schoppen, een Motorola in een blender mixen en een Blackberry met toiletwater waterboarden.

Tigger heeft geluk dat hij niet met Hannibal samenwoont, anders zou de telefoon beestjes van katten oplopen aangezien hij dan ongeveer nu gelikt zou worden. Hij heeft wel de honden, maar ik denk dat ze hun kans op een maaltijd hebben gemist.

Ik adem onregelmatig, trek prins Regent naar buiten en zet hem handmatig af.

Tegen de tijd dat ik weer naar het scherm kijk, is de telefoon opgepakt en staart Tigger me hongerig aan -

hoewel hij er met de camera die met mannelijke sappen bespat is er als de ster van een bukkake-video uitziet.

"Dat was leuk," mompelt hij.

"Ja." zucht ik. Ik kan mezelf er niet toe brengen om hem te vertellen dat dit het tegenovergestelde was van wat ik in gedachten had toen ik besloot met zijn versie van training te stoppen. Mijn hersenen worden met oxytocine overspoeld en zijn gezicht is met het sperma dat mijn zicht belemmert niet minder prachtig.

Ik bijt op mijn lip. "Ik kan maar beter gaan."

Hij schenkt me een tedere glimlach. "Droom maar zacht."

Zacht? Nee.

Nat? Absoluut.

Mijn dromen vol porno bevatten de hele nacht Tigger, en soms een gangbang van Tiggers.

"Welk gat krijg ik?" vraagt een van de naakte Tiggers.

Ik lik hongerig mijn lippen en ga voor de methode die mijn zussen en ik gebruikten om te selecteren wie van ons het slachtoffer van een kietelaanval zou worden. "Iene miene mutte. Vang een Tigger bij zijn pik."

Als mijn gaatjes zijn toegewezen, doen we alles van DP tot bukkake, en mijn sletterige droomzelf houdt van elke seconde en elke druppel.

## Hoofdstuk Drieëntwintig

*I*k schrik wakker en gooi mijn deken van me af.

Oh.

Ik ben gewoon bezweet. Even dacht ik dat ik onder het sperma zat. De natte dromen waren *zo* echt.

Ik kijk naar de la met prins Regent. De 'training' met Tigger heeft gisteravond wat van mijn seksuele energie verbrandt, maar door de dromen is die erger dan daarvoor teruggekomen.

Mijn maag knort.

Prima. Misschien eerst eten.

Ik loop naar de badkamer en dan naar de keuken.

"Hé," zegt Clarice als ik binnenkom.

Ik grijns. "Ben je Captain Crunch aan het eten?"

Ze grijnst terug. "Sta je op het punt om Frosted Flakes op te schrokken?"

Ik knik, pak de doos met zijn Tiggerachtige tijger

en giet de cornflakes in een kom voordat ik ze in havermelk verdrink.

"Volgens mij heb ik gisteravond je porno gehoord," zegt Clarice samenzweerderig. "Ik hoop dat je niets ontwricht hebt."

Ik rol met mijn ogen. "Een dame vertelt het niet als ze kust of masturbeert."

Ze grinnikt. "Dat betekent dat *jij* kunt kussen en masturberen en het dan van de daken kunt schreeuwen."

Ik steek mijn tong uit. "Ik ben helemaal een dame."

Ze knikt op die 'tuurlijk, tuurlijk' manier en zegt dan, "Dus, dit heeft helemaal niets met wat dan ook te maken, maar weet jij hoe je gebruikte seksspeeltjes weg moet gooien?"

Ik verslik me bijna in mijn cornflakes. "Hoezo?"

"Ik spreek alleen hypothetisch."

Tuurlijk. Hypothetisch. Iemand is duidelijk niet dol op het geschenk uit de doos die de bestie van mijn tweelingzus heeft meegenomen.

"Hypothetisch gesproken, kun je ze niet gewoon in de vuilnisbak gooien?"

Ze schudt haar hoofd. "Dingen met batterijen horen niet op een vuilstort te belanden. Dat is slecht voor het milieu."

Ik tuit mijn lippen. "Recyclen?"

"Nee. In ieder geval niet in de prullenbakversie. Ik denk dat ik het naar het Leger des Heils zou kunnen brengen... hypothetisch gezien."

Ik eet een paar lepels in nadenkende overpeinzing.

"Wat als je gewoon de batterijen eruit haalt en ze vervolgens weggooit?"

"Wat als dat niet kan?" zegt ze. "Hypothetisch gezien."

Ze heeft een punt. Ik weet niet waar de batterijen van prins Regent zich bevinden. "Verbranden?"

Ze kijkt me geïrriteerd aan. "Siliconen verbranden? Weet je nog waar onze muffinvorm van gemaakt is?"

"Hopelijk niet van gerecyclede dildo's."

"Siliconen," zegt ze. "En het brandt alleen in sterren, dus als je het wilt smelten, heb je iets meer vermogen nodig dan onze oven te bieden heeft."

"Wat als je het begraaft?"

Haar ogen worden groot. "En een buurthond het op laten graven om dan met een kind te gaan apporteren?"

"Wat als je er kunst en kunstnijverheid van maakt?" Ik schenk voor mezelf meer melk in. "Of gebruik het om een *ander* deel van je lichaam te masseren?"

Ze gnuift. "Ik meen het."

"Kun je het niet gewoon achter in je nachtkastje laten liggen, zoals een normaal persoon dat zou doen?"

"Wat als ik een hartaanval krijg?" zegt ze. "Mijn familie zal mijn spullen komen opeisen en dan zal het daar liggen. Hypothetisch gezien."

Ik haal mijn schouders op. "Mijn moeder zou blij zijn met dat scenario en ze zou het waarschijnlijk als een familiestuk houden."

Terwijl ik praat, verliest mijn eten alle smaak. Ik zie Octomam al voor me in dezelfde kamer als Tigger. Die vreselijke gebeurtenis laat nog slechts enkele uren op zich wachten.

"Aan jou heb ik ook niks." Clarice zet haar piratenhoed af en krabt aan haar kruin. "Even over een ander onderwerp: ik heb gisteren met je zus gesproken."

Ik dip mijn lepel in de cornflakes. "Oh?"

"Ja, maar ik kan er niet veel over vertellen. Het is een privé-aangelegenheid tussen mij en Blue. Dat begrijp je vast wel."

Kwaadaardig. Ze maakt me expres nieuwsgierig. Waarschijnlijk wil ze toch iets over de pornogeluiden weten. Of, wat waarschijnlijker is, ze zou kunnen gaan vissen om de informatie voor een geheim achter een van mijn illusies te ruilen.

Ik vermoed dat ze een van de jongens op die Hot Poker Club-foto leuk vindt. Dat of ze is verliefd geworden op het kaartspel dat ze gebruiken. Voor die omgeving moet het immers water- en zweetbestendig zijn.

Ja. Ze moet aan het overwegen zijn om haar dildo door waterdichte kaarten te vervangen. Daarom is ze van plan om het weg te gooien.

"Leuk geprobeerd," zeg ik. "Ik weet zeker dat als ik het zou proberen, ik Blue zover kan krijgen dat ze me wat het ook is vertelt."

Ze haalt haar schouders op. "Veel succes ermee."

"Uh-huh, bedankt." Aangezien ik klaar ben met mijn ontbijt, zet ik mijn kom in de vaatwasser en wens Clarice een goede dag.

Terugkerend naar mijn kamer besluit ik bezig te blijven om niet in paniek te raken over het diner. De beste afleiding is, zoals gewoonlijk, magie, dus ik werk aan de routines voor de show van mijn dromen.

Dit werk is bitterzoet. Aan de ene kant hou ik van de fantasie van mijn eigen show, en het uitwerken van de routines brengt het dichter bij de realiteit. Aan de andere kant ben ik ver, ver van het verwezenlijken van mijn droom verwijderd. Ik ben nog niet beroemd, dus wie geeft me een locatie?

Met het geld dat ik van het trainen van Tigger krijg kan ik in de toekomst meer trucs doen om zichtbaarder te worden, waardoor ik dichter bij mijn doel kom.

Rond de lunch krijg ik een idee voor een nieuwe illusie die ik op een groot podium zou kunnen doen, een die veel op The Transported Man in *The Prestige* lijkt. Het probleem is dat ik - spoiler alert - mijn tweelingzus moet overtuigen om te helpen. In geval van nood zou de zesling ook werken. Als ik ze allemaal zou overtuigen - dat zou hetzelfde als het hoeden van een miljoen katten zijn - dan zou ik mezelf naar acht plaatsen in het theater kunnen 'teleporteren'.

De toeschouwers zouden versteld staan.

Een app van Tigger haalt me uit mijn magische gekonkel.

*Zal ik je om 18.30 uur ophalen?*

Shit. Ik moet me zo snel mogelijk omkleden.

Ik antwoord bevestigend en begin me verwoed op te doffen.

Als ik presentabel ben, besluit ik om een goocheltruc mee te nemen, voor het geval iemand vraagt om iets te laten zien. De truc waar ik voor ga, beperkt mijn keuze aan schoenen, maar hé, grote kunst vereist opoffering.

Mijn telefoon tingelt. Het is weer Tigger.

*Ik ben buiten.*

Shit.

Ben ik de reclames vergeten? *"Hij draagt nooit een horloge, omdat de tijd altijd aan zijn kant staat."*

Ik haast me naar buiten en negeer de opmerkingen en het gefluit van mijn huisgenoten.

Tigger staat naast zijn Lamborghini en houdt de deur voor me open.

Fuck mij. Hij draagt een strak sportshirt waardoor ik het van zijn lichaam wil scheuren en zijn buikspieren wil likken. En kussen.

Hij zou Octomam ook een hartaanval kunnen bezorgen. Ze is niet meer de jongste.

Ook al ben ik geen knuffelaar, buig ik instinctief naar voren voor een knuffel, en als hij me in zijn krachtige armen omhult, bezwijk ik bijna ter plekke.

"Je ziet er geweldig uit," mompelt hij als we elkaar loslaten.

"Je bent zelf ook niet afschuwelijk." Ik plof met mijn kont op de stoel van de Lambo en doe mijn gordel om.

Hij kruipt achter het stuur en hij houdt zich weer aan de snelheidslimiet - duidelijk voor mijn comfort.

"Hoe was je dag?" vraag ik.

"Ik heb wat zaken voor het pretpark afgehandeld," zegt hij met zijn ogen op de weg gericht. "En jij?"

"Ik heb aan mijn goochelshow gewerkt," zeg ik met een zekere trots.

"Wauw. Cool." Hij begint mijn kant op te draaien, maar bedenkt dan dat ik hem liever naar de weg voor ons zie kijken. "Wanneer kan ik deze show zien?"

Ik haal mijn schouders op. "Ik heb geen idee."

"Hoezo? Heb je nog geen repertoire?"

"Een repertoire is daar maar een onderdeel van," zeg ik. "Ik zou vandaag als ik op wonderbaarlijke wijze de kans zou krijgen een uur aan materiaal kunnen doen. Wat ik niet heb, is een locatie om op te treden, en nog belangrijker, genoeg bekendheid om die locatie vol met betalende toeschouwers te krijgen."

"Hmm." Hij komt als een heer volledig tot stilstand bij een stopbord. "Ik zou denken dat het de sleutel was om de geheimen van illusies te kennen."

"Geheimen zijn maar een klein onderdeel. Als je geen creativiteit maar wel een groot budget hebt, dan kun je illusies van andere goochelaars kopen. Dat is zelfs grotendeels hoe ik *mijn* geld heb verdiend - door mijn geheimen aan grotere artiesten te verkopen. Om op te treden heb je showmanschap nodig."

"Daar heb je meer dan genoeg van," zegt hij zelfverzekerd. "Ik denk dat je alles hebt wat je nodig hebt om een ster te worden."

Ik voel me helemaal warm en tintelend vanbinnen. Als het zijn doel is om vleierij te gebruiken om in mijn slipje te komen, dan werkt het.

"Hoe zit het met jou?" vraag ik. "Is het runnen van een pretpark jouw droombaan?"

Hij knikt. "Het voelt niet als een echte baan, maar zeker."

Ik krab op mijn hoofd. "Hoe zit het met het bloemschikken? Voelt dat als werk?"

Hij grinnikt. "Nee. Dat is een hobby. Ik doe het voor de lol."

Ik strijk met mijn handpalmen over mijn broek. "Ik kijk films voor de lol."

"Ben je een filmfanaat?" Hij kijkt me even aan en richt dan zijn blik weer op de weg.

"Ja, ik hou van films," zeg ik. "Ik denk dat het voor mij teruggaat naar goocheltrucs. Een video is een reeks foto's die snel genoeg wordt geflitst om de illusie van beweging te creëren. Met behulp van de instrumenten van hun vak creëren de acteurs op het scherm de illusie van echte mensen - mensen die niet echt bestaan. Een goede soundtrack kan denkbeeldige emoties oproepen. De vergelijkingen kunnen maar doorgaan."

"Zo heb ik nog nooit over films gedacht." Hij draait aan het stuur en parkeert de auto in één soepele beweging. "We zijn er."

Yep. Daar is het.

Magia Pan Tumaca, waar de Octo-ouders wachten.

## Hoofdstuk Vierentwintig

*D*e eerste gedachte die bij je opkomt als je het restaurant binnenkomt, is 'schoon', wat een van de redenen is waarom het mijn favoriet is. Het heeft een moderne kunst-esthetiek, waarbij chroom alle oppervlakken domineert. Verdorie, zelfs de tafelkleden zien er metaalachtig uit, omdat ze van een soort aluminiumfolie zijn gemaakt dat tussen het bezoek van elke klant wordt vervangen - nog een reden waarom ik deze plek leuk vind.

Aan de bar zitten mijn ouders en hoewel ik hun weerspiegeling in de spiegelwand kan zien, hebben ze mij niet opgemerkt.

Octomam ziet er even verbazingwekkend jeugdig uit als altijd. Ze zou gemakkelijk voor mijn oudere zus door kunnen gaan en ze lijkt daarom een beetje op Cate Blanchett in de latere delen van *The Curious Case of Benjamin Button*. Pap ziet eruit alsof hij heel rijk zou moeten zijn om met een vrouw als zij samen te zijn, maar dat is hij niet - hij is gewoon niet zo goed ouder geworden. Octomam zegt dat hij er toen hij jong was als Bob Dylan uitzag, maar nu lijkt hij op een hybride tussen Danny Devito en Jeff Bridges: een ruige baard, een muts die zijn kale plek verbergt, en last but not least, van het haar dat bij elkaar geschraapt is een dunne zilveren paardenstaart.

"Wacht hier," zeg ik tegen Tigger. "Ik zal je zo voorstellen."

Hij knikt en ik loop naar de bar om mijn keel te schrapen.

Mam draait zich stralend om en legt haar handen in een yogagroet. "Namaste, zonneschijn."

"Ding 2." Papa klopt op mijn schouder, zijn gezicht licht op met een gekke grijns. "Ben je gespannen? Niet in balans? Mijn schouderwrijven is nog beter geworden."

Oh ja, ik was bijna vergeten dat ik Ding 2 ben. Aangezien mijn tweelingzus de eerste was die uit mama's baarmoeder is gekomen, wordt zij als 'de oudste' beschouwd en noemt papa haar Ding 1 (van de 8).

Octomam knijpt haar ogen tot spleetjes. "Jij *bent* Gia, toch?"

Aangezien ik tijdens het laatste 'afspraakje met Gia' mijn tweelingzus had laten doen alsof ze mij was, kan ik haar niet kwalijk nemen dat ze achterdochtig is.

"Ik ben Gia," zeg ik. "Ik zweer het."

"Bewijs het," zegt Octomam.

"*Downton Abbey* is waardeloos," zeg ik plechtig. Ze

zien er niet overtuigd uit, dus ik voeg eraan toe, "Het heet een wc, niet het toilet. Agenda, geen dagboek... en ik ben dol op nummer vier." Ze zijn door het laatste stukje bijna overtuigd aangezien mijn tweelingzus alle getallen verafschuwt die geen priemgetal zijn tot het punt waarop ze er misschien gepijnigd uit zou zien om erover te moeten liegen.

Voordat ik iets nog overtuigenders kan bedenken, springt Octomam op me af en geeft een venijnige ruk aan mijn haar.

"Auw!" gil ik. "Ben je gek geworden? Dat zit vast."

Ze laat me los en knikt goedkeurend. "Geen pruik. Misschien is het deze keer Gia. Dat of ze heeft haar haren gekleurd."

Ik draai me om naar Tigger en geef hem een "kijk dit"-blik.

"Hier," zeg ik terwijl ik me weer naar mijn ouders draai. "Kan Holly dit doen?"

Daarmee voer ik de goocheltruc uit die ik voor vandaag heb voorbereid. Het is een soort levitatie waarbij mijn benen naar achteren gebogen zijn alsof ik in een zittende positie zit, waardoor mijn kont in de lucht zweeft en de zwaartekracht tart.

Toen Neo in *The Matrix* kogels ontweek, deed hij dit in slow motion.

Deze truc maakt deel uit van de routine die ik voor mijn uiteindelijke show aan het voorbereiden ben. Tijdens een echte uitvoering zou ik dit met de iconische vijfenveertig graden leun naar voren move à la Michael Jackson in 'Smooth Criminal' opvolgen.

"Wauw," roept Tigger uit en het klinkt als muziek in mijn oren. "Hoe?"

Andere restaurantbezoekers uiten soortgelijke emoties, waardoor ik meer vertrouwen in het toevoegen van deze truc aan de show heb.

"Het is inderdaad Gia," zegt Octomam.

Ik recht mijn rug en knipoog naar hen. "Zoals ik al had gezegd. Kom, er is iemand aan wie ik jullie voor wil stellen."

Ik sleep ze naar de plek waar Tigger staat, zijn mond staat nog steeds open van mijn geweldige vertoon van kracht.

"Dit zijn mijn ouders, Crystal en Harry Hyman," zeg ik tegen Tigger. Dan gebaar ik naar Tigger alsof hij een museumexpositie is. "Mam, pap, dit is Anatolio Cezaroff."

"Noem me maar Tigger," zegt hij.

Octomam herstelt zich eerst en lanceert zichzelf op Tigger, hem in een enorme omhelzing omhullend.

"Mam," zeg ik streng als de knuffel langer duurt dan sociaal aanvaardbaar is. Met zoveel sarcasme als ik op kan brengen, vraag ik, "Wil je papa geen kans geven om mijn date ook te knuffelen?"

Als Octomam met tegenzin loslaat, worden haar wangen rood en lacht ze verontrustend koket - niet dat ik het haar kwalijk kan nemen.

Zich niet bewust van mijn sarcasme, duikt Octopap naar voren voor zijn knuffel. Als hij even bezig is, begint hij aan Tiggers rug terug te voelen.

"Papa." Mijn stem is nog strenger. "We moeten naar

onze tafel."

Octopap maakt zich los en kijkt Tigger bezorgd aan. "Je schouders zijn zo gespannen."

Tigger haalt zijn schouders op. "Ik denk dat ik overweldigd ben door de schoonheid van je dochter."

Tjonge, wat voelt dit goed. Tigger verandert me in een junkie voor vleierij. Voordat ik het weet, zal ik voor een shot goocheltrucs doen.

Fuck.

Terwijl ik me in het compliment koester, grijpt Octopap Tigger bij de hand en sleept hem naar een dichtbij zijnde stoel.

"Ga zitten," zegt hij. "Ik ga je batterijen opladen."

Tigger kijkt een beetje verdoofd en gaat zitten en Octopap begint met zijn harige, worstachtige vingers zijn prinselijke schouders te masseren.

Is dit een batterij opladen of aanranding? Octopap werkt met zo'n kracht dat zijn zilveren paardenstaart als een seismograaf tijdens een aardbeving trilt.

Ondertussen kijkt Octomam jaloers toe.

Ondertussen wil ik schreeuwen van schaamte - een gevoel dat Tigger niet lijkt te delen. Hij lijkt in ieder geval van de geïmproviseerde massage te genieten. Maar natuurlijk. Wat had ik dan verwacht? Dit is een man die niet van streek raakt als hij met zijn pik open en bloot in een koffiezaak staat.

Waarom gebeurt dit allemaal? Wat heb ik Octopap aangedaan dat hij zich zo gedraagt? Heeft mijn onwil om me door hem te laten knuffelen hem ertoe aangezet om met mijn date aan de slag te gaan?

"Pap," smeek ik. "Kom op."

"Eén seconde, even snel een hoofdmassage," zegt Octopap en hij begint Tiggers schedel te masseren. "Voel je het? De energie?"

Ik ga therapie nodig hebben. Misschien is Octopap zo geworden omdat hij met negen vrouwen heeft samengewoond? Of is hij zelf getuige van een Zombiemeesslachtpartij geweest?

De andere klanten beginnen ook te staren. Tussen mijn eerdere truc en nu dit, zullen ze ons zich voor altijd herinneren.

"Je moet stoppen," grom ik naar mijn vader.

"Nog één dingetje," zegt hij en knielt aan Tiggers voeten.

Ik ben sprakeloos.

Gaat hij hem een verkwikkende pijpbeurt aanbieden?

"Doe je schoenen uit," zegt Octopap.

Nee. Het is nog erger. "Papa," grom ik. "Wat voor de duivel?"

"Ik ben een meester in voetmassages," zegt Octopap trots. "Vraag maar aan je moeder."

"Meneer," zegt een nieuwe stem en ik bid dat het een stem van redelijkheid is. "Deze tafel is voor een gezelschap van twee gereserveerd."

Ik draai me om en kijk dankbaar naar de gastvrouw, die een stoïcijnse uitdrukking heeft.

"Zijn jullie de Hymans?" Ze zegt dit als een beschuldiging in plaats van als een vraag.

Mijn knikje lijkt een beetje alsof ik mijn hoofd van

schaamte laat hangen.

"Deze kant op." Ze gebaart naar de andere kant van het restaurant.

Tigger springt overeind en helpt Octopap met opstaan.

"Wat een heer," zegt Octomam goedkeurend.

Het blijkt dat de gastvrouw wil dat we in een privé-nis gaan zitten. Ze geeft ons zelfs een tafel die duidelijk voor een grotere groep bedoeld is. Ik vraag me af waarom.

"Er komt geen voetmassage," sis ik in Octopaps oor als Tigger de leiding neemt.

"Waarom niet?" fluistert mijn vader.

"Ik weet niet eens waar ik moet beginnen," sis ik terug. "Wat dacht je hiervan: schoenen uittrekken in een restaurant is onhygiënisch."

"Oh ja," zegt Octopap. "Jij bent zeker weten Gia."

Bij het bereiken van de tafel trekt Tigger een stoel voor Octomam naar achteren, waardoor ze begint te kwijlen.

Octopap kijkt me smekend aan. "Mag ik naast hem zitten?"

Oké. Ik heb een nieuwe theorie over de schijnbare waanzin van mijn mannelijke ouder. Hij ziet Tigger als de zoon die hij nooit heeft gehad. Het is tenslotte geen geheim hoe graag hij er altijd al een heeft gewild. Dat geldt voor beide Octo-ouders. Na een meisjestweeling hebben ze technologie voor geassisteerde voortplanting gebruikt in de hoop om een jongen te krijgen. Toen het wrede lot hen in plaats daarvan zeslingmeisjes gaf, verloor Octopap zijn verstand.

Trigger zet een stoel voor me naast Octomam. "Natuurlijk."

Hé, als ik naast haar zit, dan zal ik me tenminste niet voor de wellustige blikken schamen die ze mijn nep-date toewerpt.

Een ober verschijnt uit het niets. "Kan ik wat te drinken voor jullie halen?"

Ik vraag om een verzegelde waterfles, terwijl alle anderen voor het kenmerkende drankje van het restaurant gaan: sangria met Rioja-wijn, perziken, nectarines en peren.

"Dus," zegt Octomam tegen Tigger als de ober weg is. "Ben jij *echt* Gia's vriendje?"

Shit. Dit is wat er gebeurt als je de reputatie van een bedriegster hebt.

"Natuurlijk," zegt Tigger. "Wie zou ik anders zijn?"

"Een mannelijke vriend die zich er als een voordoet," zegt Octomam.

Tigger grijnst. "Ik geloof niet dat een heteroman zoals ik en een vrouw zo mooi als Gia ooit platonische vrienden zouden kunnen zijn."

Ook al plaagt hij me met Waldo, het enige waar ik me op kan concentreren is het 'zo mooi als'-gedeelte. Ik weet dat hij hier gewoon een rol speelt, maar het voelt nog steeds geweldig om te horen. Die verslaving aan complimenten dreigt zich te vervullen.

Op Octomams voorhoofd ontstaat een frons. "Misschien ben jij de vriend van een van haar vele zussen, die iets terugdoet. Mijn dochters zijn net als gangsters allemaal bezig met het uitwisselen van gunsten."

Tigger knipoogt naar me. "Je dochter heeft een schattige moedervlek onder haar rechterborst. Zou de vriend van een van haar zussen dat weten?"

Die moedervlek is klein. Hoe goed heeft hij naar me gekeken?

Ik vind het ook leuk dat hij het schattig vindt.

Mam streelt haar kin. "Haar tweelingzus weet van de moedervlek en de andere zussen misschien ook."

Ik slaak een zucht. "Dit is belachelijk. Zeg me eens eerlijk, als Tigger *jouw* vriendje was, zou je hem dan door een andere vrouw laten lenen?"

Octomam kijkt nadenkend. "Goed punt. Hij is geen lening."

Onze drankjes arriveren en de ober zet de menu's voor ons neer voordat hij vertrekt.

Octopap kijkt Tigger speculatief aan en schenkt voor iedereen behalve voor mij sangria in. "Misschien is hij een mannelijke escort?"

Ik rol met mijn ogen. "Als hij een escort was, dan zou ik hem niet kunnen betalen."

"Niet waar." Tigger grijnst naar me. "Ik zou je een geweldige prijs geven."

"Zie je wel," zegt Octopap triomfantelijk.

Ik schud mijn hoofd. "Haal alsjeblieft jullie telefoons tevoorschijn en google 'Anatolio Cezaroff.'"

Terwijl ze dat doen, draai ik mijn waterfles open en neem een slok.

Mijn telefoon trilt in mijn zak.

Ik trek het tevoorschijn en kijk er even naar.

Het is een app van Tigger.

*Je ouders zijn schatjes, zeker vergeleken met de mijne.*

Het is een opluchting dat hij zich tot nu toe zo voelt. Ik had al half verwacht dat hij al schreeuwend weg zou rennen.

*Wacht maar af,* antwoord ik.

Hij grijnst en nipt van zijn sangria.

"Wauw." Octopap kijkt met een verbijsterde uitdrukking op van zijn telefoon. "Ben je een prins?"

Tigger haalt zijn schouders op. "Het klinkt mooier dan het is."

"En je komt uit Ruskovia," zegt Octomam vol ontzag. "Wist je dat het vriendje van haar tweelingzus uit Rusland komt?"

"Ik heb hem ontmoet," zegt Tigger. "Een aardige vent... voor een Rus."

"Veel Oost-Europeanen houden, dankzij hun Sovjetverleden, niet van Rusland," zegt Octopap op professorale toon.

"Vertel ons eens hoe het in Ruskovia is." Octomam stuitert bijna van opwinding. "En hoe het is om koninklijk op te groeien."

Tigger nipt van zijn drankje en vertelt hen enkele dingen die ik al heb gehoord, maar ik leer ook een paar nieuwe weetjes, zoals dat zijn familie een eerlijk-tot-goed-motto heeft: "In traditie, kracht."

Nadat hij hun heeft verteld wat hij voor de kost doet, vraagt hij hun hetzelfde en ik krimp ineen.

"Ik ben een penetratietester," zegt Octopap trots. "Maar het is niet wat je zou denken."

"Hij penetreert computers," zeg ik met een rol van mijn ogen.

"Nee, ik penetreer computersystemen," zegt Octopap.

"En mij," voegt Octomam er grijnzend aan toe.

"Natuurlijk." Octopap kijkt zijn vrouw aan alsof ze een plakje ham is. "Hoewel dat een hobby is, geen baan."

Schiet me nu maar neer. Als ze over hun seksleven beginnen te praten, zal Tigger zeker gaan rennen - en ik zal door de vloer zakken.

"En wat doe *jij*?" vraagt Tigger onaangedaan aan Octomam.

"Ik ben een kuikensekser," antwoordt ze met smaak.

"Dat klinkt ook als mijn hobby," zegt Octopap met een knipoog.

Mijn ogen zijn moe van al het rollen. "Mam helpt grote commerciële broederijen om kuikens in mannetjes en vrouwtjes te scheiden."

Octomam zucht. "Tegenwoordig doe ik meer op onze boerderij, omdat mijn baan langzaamaan door in-ovo sexing wordt vervangen."

Ik begin onder de tafel een app naar Tigger te typen:

*Vraag alsjeblieft niet wat ze op de boerderij doet.*

Te laat. Voordat ik op 'verzenden' kan klikken, vraagt hij precies dat.

"Weet u wat u wilt?" vraagt de ober, die naast me

verschijnt.

Iedereen kijkt naar elkaar.

"Ik weet wat ik wil hebben," zeg ik. "Ik ben hier eerder geweest!"

"Waarom bestel je niet alvast terwijl wij het menu bekijken?" zegt Octomam.

Oef. De boerderijkwestie wordt vergeten.

"Ik neem de Pan Tumaca," zeg ik tegen de ober. Aan alle anderen leg ik uit, "Dit is hun kenmerkende gerecht. Een lekker geroosterd broodje met zoute tomaat en olijfolie."

"Ik neem hetzelfde," zegt Octomam.

"Ik neem een Tortilla Española," zegt Octopap.

"Dat is een omelet van aardappel en ei," zeg ik tegen hem.

"Dat wist ik," zegt hij, maar ik zie dat hij liegt. "Ik wil het."

"Ik heb erg veel honger," zegt Tigger, terwijl zijn ogen over het menu dwalen. "Ik neem ook een Pan Tumaca en een Tortilla Española en chorizo."

Al het bloed trekt uit mijn gezicht weg. "Chorizo is worst."

Het stond eerst ook niet op het menu, anders zou deze plek niet meer mijn favoriet zijn.

Tigger sluit het menu en geeft het aan de ober. "Ja. Varkensworst. Ik ben vorig jaar in Spanje wezen deltavliegen. Ben dol op dat spul."

Ik heb al mijn wilskracht nodig om mijn mond over de worst te houden. Ik weet uit ervaring dat mijn waarheden aan tafel niet welkom zijn.

Maar serieus, worst? Deltavliegen is veel veiliger. Worst wordt van alle delen van een dier gemaakt die niemand wil kopen. Geen enkel ander voedselitem heeft meer media-aandacht gekregen, alles van door voedsel overgedragen ziekten tot de meest smerige dingen die ik ooit heb gehoord - zoals toen ze menselijk DNA hadden gevonden, zelfs in de vegetarische versies. En het ergste? Het traditionele omhulsel voor worsten zijn darmen.

Het lijkt wel een wrede grap van een slager.

Daarnaast doet het me aan de Dos Equis-advertentie denken, "*wanneer hij naar Spanje gaat, dan jaagt hij op stieren.*"

"Geweldige keuzes," zegt de ober. "Vooral de chorizo - het is een nieuw item. De chef-kok maakt het helemaal zelf van Mangalitsa-varkens."

Ugh. Dit is tenminste een chique zaak, dus de chef-kok kan vlees van hoge kwaliteit gebruiken. Hopelijk betekent dat dat Tigger dit zal overleven.

"Om je eerdere vraag te beantwoorden," zegt Octomam als de ober weggaat. "Ik doe alles op de boerderij, maar mijn favoriet is de veehouderij."

Shit. Octomam is als een verdomde olifant. Als het tot schaamte leidt, dan zal ze het niet vergeten.

Ik geef Tigger mijn beste "vraag het alsjeblieft niet"-blik, maar hij lijkt het niet te begrijpen en trekt een wenkbrauw op, duidelijk geïntrigeerd.

En ja hoor, Octomam vertelt hem het verhaal van hoe ze Petunia - een varkentje dat toen we opgroeiden als een huisdier voor ons was - tijdens een kunstmatige inseminatiesessie tot een orgasme bracht.

"Het vergroot de kans op biggen met zes procent," zegt Octomam trots.

Verdomme. Overweegt ze om van baan te veranderen van kuikensekser naar brenger van orgasmes aan varkens?

Tigger knikt alleen maar.

Ik hoop dat het beeld van mam die Petunia bestijgt en vuistneukt, zijn honger naar die chorizo verpest.

"Hoe dan ook," zeg ik, terwijl ik van de ene ouder naar de andere kijk. "Vertel ons over jullie toeristische avonturen in New York."

Dit moet toch veiliger zijn dan boerderijonderwerpen?

Tigger gaat rechter zitten. Omdat hij zelf min of meer toerist is, is hij duidelijk geïnteresseerd.

"Er valt nog zoveel te vertellen," zegt mama. "Gisteren zijn we naar een voetenfeestje geweest."

Is dat wat ik denk dat het is? Laat het alsjeblieft niet zo zijn.

Tigger trekt een wenkbrauw op. "Een voetenfeestje?"

"Het is een bijeenkomst voor mensen met een voetenfetisj," zegt Octomam.

Helaas, is het wat ik vermoedde.

Bij de tenen van Houdini, waar heb ik dit aan verdiend?

Voordat iemand kan uitweiden - en ik weet dat ze dat willen - komt onze ober terug met een dienblad.

Terwijl de borden voor iedereen worden neergezet, wens ik met alle eerbied dat ze dit gespreksonderwerp zullen vergeten, maar ik weet dat ze dat niet zullen doen.

Ja, zodra de ober weg is en Octopap zijn omelet proeft, zegt hij, "Om het wat spannender te maken, hebben we allerlei kinky dingen onderzocht."

Ik bijt wanhopig in mijn brood. Misschien gebeurt er een wonder en zullen ze mijn voorbeeld volgen, hun mond met zoveel eten volstoppen dat ze zullen stoppen met praten.

"Ja." Octomam pakt haar brood. "Blijkbaar vinden we het allebei leuk om met voeten te spelen."

Neeeee. Dat kan ik niet meer niet horen. Met die verontrustende nieuwe informatie in gedachten, vraag ik me af of Octopap ook kinky probeerde te worden met Tigger toen hij hem eerder die voetmassage aanbood.

Moet ik jaloers zijn op mijn eigen vader?

"Het eten wordt koud," zeg ik en neem nog een flinke hap van mijn Pan Tumaca.

Dat lijkt te helpen. Iedereen valt zijn maaltijd aan en er is een paar minuten gelukzalige stilte.

Terwijl ik mijn tweede Pan Tumaca eet, trilt mijn telefoon.

Het is een app van Tigger.

Indrukwekkend. Ik heb hem niet eens zien typen. Maar aan de andere kant doe ik heel erg mijn best om hem niet de worst te zien eten, want bah.

*Nogmaals, myodik. Ben dol op je initiatief.*

Wat? De laatste keer dat hij dat zei, was toen hij dacht dat ik opzettelijk zijn videogesprek aannam met een dildo in mijn hand.

Was ik net mijn brood verleidelijk aan het eten? Tomaat van mijn lippen aan het likken?

Ik kijk naar hem.

Zijn oogleden zijn halfgesloten, alsof ik meer doe dan eten om hem te verleiden.

Wat de fuck?

Ik werp stiekem een blik op Octomam om te zien of ze het heeft opgemerkt.

Octomam heeft een stuk brood in haar hand, maar er is iets mis met haar houding. Ze zit onderuitgezakt in haar stoel, bijna alsof-

Nee. Alsjeblieft niet.

Ik til het metalen tafelkleed op en gebruik mijn telefoon als zaklamp.

Even weiger ik de informatie te geloven die mijn ogen naar mijn hersenen sturen, omdat elk klein detail aan een werkelijk verontrustend geheel bijdraagt.

Octomams schoen is uit, wat erg is. Haar voet is naakt, wat nog erger is. En het is duidelijk dat ze de voetenfetisj ter harte heeft genomen: ze heeft een onberispelijke paarse nagellak, een enkelbandje en een teenring.

Wat mijn hersenen pijn doet, zijn natuurlijk niet de versieringen op haar voet, maar wat het aan het doen is - en waar.

Het wrijft over een gigantische tent van een broek... over Tiggers kruis.

## Hoofdstuk Vijfentwintig

"*M*am!" schreeuw ik zo hard dat de andere klanten onze kant op draaien. "Wat voor de duivel?"

Octomam kijkt onder de tafel, wordt zo rood als een biet en trekt haar voet weg van Zijne Koninklijke Hardheid.

"Het spijt me heel erg," zegt ze tegen Tigger. "Ik dacht dat het Harry was."

Opnieuw lijkt Tigger ongevoelig voor schaamte te zijn. "Het is gewoon een vergissing," zegt hij. "Het was erger geweest als Gia Harry voor mij had aangezien."

Geweldig. Bedankt. *Dat* mentale plaatje zorgt ervoor dat ik zelfmoord met worst wil plegen.

"Nee," zeg ik streng. "Ik heb genoeg gezond verstand om te weten dat met je voeten ergens tegenaan wrijven niet voor aan de eettafel is. Een tafel op een openbare plek. In het bijzijn van iemand die ik net heb ontmoet."

"Hé," zegt Octopap, die bij mijn strengheid past. "Zet je moeder niet te schande."

"Ja," zegt Octomam, terwijl haar blos wegtrekt. "Je zou blij moeten zijn dat je ouders een geweldig seksleven hebben."

Ik kijk naar Tigger.

Hij lijkt aan hun kant te staan.

Ik haal een paar keer diep adem en zeg, "Sorry. Het was niet mijn bedoeling om iemand te schande te maken. Ik ben blij voor jullie. Houd vanaf nu al je aanhangsels uit de buurt van mijn man."

Wanneer hij hoort dat ik hem 'mijn man' noem, geeft Tigger me zijn meest arrogante grijns tot nu toe.

Octomam knipoogt naar haar man. "Ze is jaloers. Absoluut geen nepvriendje."

Ik prop mijn mond vol met tomatentoast voordat ik iets zeg waar ik misschien spijt van krijg.

"Ja, hij is echt," zegt Octopap. "Eerst de ene tweeling, nu de andere. Het is de karmische balans die aan het werk is. Is liefde niet groots?"

Gebruikt hij XTC? Misschien doen ze dat allebei? Het zou een aantal dingen kunnen verklaren.

"Laat het ons weten als je ooit seksadvies nodig hebt", zegt Octomam ernstig tegen Tigger. "Tussen ons twee hebben we tientallen jaren ervaring. Wij geloven dat iedereen de meest opwindende, verbijsterende, tantrische orgasmes zou moeten hebben die ze kunnen bereiken."

Ik stik bijna in mijn brood.

"Bedankt," zegt Tigger, bij haar toon passend. "Misschien hou ik je daar wel aan."

Terwijl ik tomatenkruimels uit mijn luchtpijp hoest, krijg ik er met moeite uit, "Of we redden het zelf wel."

Octomam knikt plechtig. "Weet gewoon dat het ondersteuningssysteem er is, mocht je het nodig hebben."

Een slungelige kerel met elastiekjes om zijn dunne polsen komt naar onze tafel gewalst. "Goedenavond, mensen. Mijn naam is DJ. Ik ben uw vermaak voor vanavond."

Ah. Juist. Een andere reden waarom ik dit restaurant leuk vind, is dat ze goochelaars inhuren om aan de tafels te werken. Hoewel dit niet mijn stijl van optreden is, steun ik graag mijn mede-misleidingartiesten, en er is altijd een kleine kans dat iemand mij voor de gek kan houden.

"Ben jij een goochelaar?" vraagt Octomam aan hem.

"Ja, mevrouw," zegt hij.

"Mijn dochter is dat ook." Ze knikt naar me.

DJ kijkt me sceptisch aan. "Dat is leuk."

Octopap grijnst naar DJ. "Ben je over je kunst net zo gepassioneerd als onze Gia?"

DJ springt van voet naar voet. "Tuurlijk."

Octopap glimlacht. "Ik bewonder mensen die hun passie volgen. Magie geeft mensen een goed gevoel. Als je liefdevolle energie in de wereld steekt-"

"Pap, laat die man zijn truc doen," zeg ik.

DJ kijkt me fronsend aan. "Misschien zijn het trucjes wat *jij* doet. Ik voer *effecten* uit."

Dus hij is een van *die* goochelaars die de term 'truc' vernederend vinden. Sommige van mijn huisgenoten zitten in dit kamp, maar ik vind het onderscheid belachelijk. Wanneer mensen naar huis gaan en vrienden over de magie vertellen, is het altijd, "Ik zag haar deze coole truc doen", en nooit, "Ik zag haar dit coole effect doen." Zelfs de term 'illusie' wordt door leken zelden gebruikt - en *dat* woord klinkt zelfs voor mij beter dan 'truc'.

"Het was DJ, toch?" zegt Tigger koeltjes. "Let alsjeblieft op je toon."

Wauw. Ik ben in de war. Een deel van mij is opgewonden over het feit dat Tigger mijn eer verdedigt, maar een veel groter deel is geïrriteerd, omdat ik voor mezelf kan zorgen.

"Laten we hem een kans geven om de trucs te laten zien," zegt Octomam met een glimlach tegen DJ.

"Effecten," mompelt hij en hij haalt een rode sponsbal tevoorschijn.

Dus als ik het goed begrijp staat hij op het punt om iets te doen waarbij een object betrokken is dat op een clownsneus lijkt, maar hij wil dat het met de term 'effect' verwaardigd wordt?

Ik zeg niets, omdat DJ er al behoorlijk chagrijnig uitziet.

Terwijl iedereen stil is, voert hij een paar middelmatige verdwijningen met zijn bal uit.

Mijn ouders kijken verveeld. Ik deed dit soort dingen voor hen toen ik tien was.

Hopelijk deed ik het beter.

Tigger lijkt met tegenzin onder de indruk te zijn, dus ik maak een mentale notitie om iets magisch voor hem te doen waarbij ook ballen betrokken zijn. Allerlei soorten ballen.

"Ik zou graag iemands hand willen lenen," zegt DJ op een verveelde toon.

"Neem die van mij maar." Ik open mijn gehandschoende hand.

Met tegenzin legt DJ 'één' sponsbal in mijn hand en maakt een magisch gebaar.

Ik voel me ondeugend en gebruik dit moment om de elastiekjes van zijn pols te stelen.

"Open je hand," zegt DJ triomfantelijk.

Ik open mijn hand en er vallen twee ballen uit - zoals ik had verwacht.

Tiggers ogen worden groot.

Ja, ik zie in zijn toekomst zeker veel actie met ballen.

"Voor mijn volgende effect ga ik kaarten gebruiken," zegt DJ en hij haalt een kaartspel uit zijn achterzak. "Ik zal een techniek demonstreren die palming wordt genoemd." Hij kijkt me spottend aan. "Misschien leer je er nog wat van."

"Pardon?" Ik vernauw mijn ogen tot spleetjes naar hem. "Wat wil je daarmee zeggen?"

Hmm. Misschien was dat te onvriendelijk? Kaarten *zijn* mijn zwakte, dus ik denk dat ik een beetje gevoelig reageer.

"Meisjes zijn slecht in palming," zegt DJ. "Iedereen weet dat. Hun handen zijn te klein."

Oh nee, dat heeft hij niet echt gezegd. Als Clarice hier was geweest, dan zou ze hem dat dek laten eten. Ze is misschien wel de beste ter wereld als het om palming gaat - en het feit dat haar handen klein zijn, laat het alleen maar onmogelijker lijken.

"Ik wed dat ze beter kan palmen dan jij," zegt Tigger en haalt een fris biljet van honderd dollar tevoorschijn.

"Ja," zeg ik. "En om het je gemakkelijker te maken, zal ik het met mijn handschoenen aan doen."

DJ lacht spottend en geeft me het dek. "Ga je gang."

Ik haal de kaarten eruit en spreidt ze uit terwijl ik zeg, "Laat me eens kijken of je met een volledig kaartspel speelt."

Wat ik echt aan het doen ben, is ter plekke wanhopig iets verzinnen. Dan weet ik het en ik doe stiekem de klaver vier in een handpalmpositie - iets wat niemand zou moeten zien, omdat de truc nog niet officieel begonnen is.

"Noem een willekeurige kaart," zeg ik tegen DJ terwijl ik mijn hand met de kaart in mijn zak steek en zijn elastiekjes erover vastmaak.

"Klaver vier," zegt DJ terwijl ik mijn hand uit mijn zak haal.

"De klaver vier?" Ik doe mijn best om mijn vrolijkheid niet te tonen. Zoals ik had gehoopt, heeft hij de kaart genoemd die onder goochelaars het populairst is. Nu voor een bluf, "Wil je nog van gedachten veranderen?"

Alsjeblieft niet.

Hij schudt zijn hoofd. "Ik blijf bij mijn keuze."

Godzijdank.

"Kijk hoe ik hem palm," zeg ik en zwaai met mijn lege hand over het dek. "Heb je het gezien?"

DJ rolt met zijn ogen. "Je hebt niets gedaan."

"Oh?" vraag ik. "Wat als ik je dan zou vertellen dat ik de klaver vier wel heb gepalmd, het in mijn zak heb gestopt, vervolgens je elastiekjes heb gestolen en ze eroverheen heb gewikkeld?"

Tiggers ogen worden groot en zelfs mijn magisch onderlegde ouders lijken onder de indruk te zijn.

DJ's blik schiet naar zijn pols en hij wordt bleek als hij ziet dat die leeg is.

"Wil je in mijn zak kijken?" vraag ik.

Tigger schraapt zijn keel. "Als hij je aanraakt, dan verliest hij zijn hand - en hij heeft hem nodig om door te gaan met palmen."

Ik rol met mijn ogen. "Goed dan. Wat denk je ervan als jij ze er voor hem uithaalt?"

Tigger stemt in en houdt de met elastiekjes omwikkelde kaart voor DJ's gezicht.

DJ grijpt de kaart en deinst achteruit. "Ik moet naar een andere tafel."

"Ik accepteer je nederlaag," roep ik hem na terwijl hij wegsnelt.

"Dit doet me aan de weddenschap denken die ik laatst met je vader heb gesloten," zegt Octomam. "Hij dacht dat mijn kegelspieren niet sterk genoeg waren om een walnoot te kraken."

En zo is het geluksgevoel van mijn overwinning

spoorloos verdwenen. Het enige wat ik nu wil, is dat iemand mijn hersenen in bleekwater baadt.

"Ja," zegt Octopap weemoedig. "Ik ben haar nog steeds een seksuele gunst verschuldigd, omdat ik heb verloren."

Misschien kan ik ook mijn oren in bleekwater wassen?

"Zou iemand iets van een toetje willen hebben?" vraagt de ober, die uit het niets opduikt en zo bewijst dat hij een betere goochelaar is dan DJ ooit zal zijn.

"Ik zit vol," zeg ik, maar zelfs als ik honger had, dan zou ik dit gesprek niet voort willen zetten.

"Ik zit ook te vol," zegt Octomam en de mannen zijn het daarmee eens.

"Hier is dan de rekening," zegt de ober.

Tigger grijpt het snel. "Ik trakteer."

Octomam straalt naar hem. "Alleen als je ons de volgende keer laat betalen."

Denkt ze dat hij dit nog een keer zou willen doen?

"Afgesproken," zegt Tigger, alsof hij het meent.

Geef deze man een Oscar. Of als het echt is, geef hem dan een aureool.

"Je zou ons ook eens op de boerderij moeten bezoeken," vult Octopap aan.

"Klinkt goed," zegt Tigger.

Ja, natuurlijk. Over mijn dode en volledig ontbonden lichaam.

Terwijl Tigger betaalt, verspreidt zich een zweem van angst door me heen. Ik zeg mijn ouders gedag en ik mis het gênante wat ze als afscheid zeggen, omdat het gevoel groeit.

Als we terugrijden, weet ik de oorzaak aan te wijzen.

Ik maak me zorgen over dat moment dat we bij mijn huis aankomen. Ondanks dat ik weet dat dit geen date was, is mijn parasympathische systeem in volledige staat van paraatheid - alsof het helemaal een date was en het op het punt staat om in de gebruikelijke ramp te eindigen.

Tegen de tijd dat hij naast mijn huis parkeert, ben ik klaar om tegen de muren op te stuiteren.

Tigger draait zich naar me toe. "Voor alle duidelijkheid, ik zal niet proberen om je te kussen."

Ik knipper naar hem, niet zeker of ik opgelucht of teleurgesteld ben. "Niet?"

"Alleen als je dat wil," zegt hij, met zachte en warme lichtbruine ogen. "Houd er rekening mee dat we vandaag alle trainingen overslaan. Als er iets gebeurt, dan moet het puur uit verlangen zijn, niet voor educatieve doeleinden."

Ik maak mijn gordel los en verwerk zijn verklaring.

Hij traint me vandaag niet, maar het klinkt ook dat als ik hem zou willen kussen, hij ervoor in zou zijn.

Fuuuck. Wil ik dit - ervan uitgaande dat ik het kan?

Echt wel.

Het is misschien lust die mijn gezond verstand vertroebelt, maar ik wil het wel. Heel erg.

En waarom niet? Zelfs al is het maar voor deze ene keer, op welke betere eerste kus kan ik ooit hopen?

Hij is een prins. De enige manier waarop een kus epischer zou kunnen zijn, is als hij een kikker was die na een beetje bestialiteitsactie *in* een prins zou veranderen.

Dat brengt me terug bij "Kan ik het?" Dat is de grote vraag. Het antwoord is dat het vandaag super onwaarschijnlijk is, maar wat ik wel opnieuw wil proberen is hem zonder handschoen aan te raken.

Dat moet toch te doen zijn?

Tigger kijkt toe hoe ik in stilte denk en ik kan het niet helpen dat ik hem op een roofdier vind lijken dat geduldig zijn prooi besluipt.

"Ik wil handen aanraken," zeg ik ten slotte.

"Tuurlijk." Hij steekt zijn hand uit, als voor een high five.

Ik schud mijn hoofd. "Ik wil het niet hier doen. Ik heb slechte associaties met auto's."

Hij knikt begrijpend. "Vertel me gewoon waar je je prettiger voelt, dan gaan we daarheen."

"Mijn kamer," zeg ik. "Maar je moet weten dat ik hoogstwaarschijnlijk terug zal krabbelen."

Zijn lippen trillen. "Geeft niet. Ik zou al blij zijn om nog een goocheltruc te zien."

Ik vernauw speels mijn ogen tot spleetjes naar hem. "Zoals, laten we zeggen, als mijn kleren zouden verdwijnen?"

Zijn blik wordt verhit. "Dat zou leuk zijn."

Ik schraap mijn plotseling droge keel. "Geef me even een momentje. Ik moet ervoor zorgen dat mijn kamer toonbaar is."

Hij loopt met me mee naar de deur. "Kom me maar halen als je klaar bent."

Ik haast me naar mijn kamer en verberg een paar onnoembare dingen voordat ik mijn gepimpte schoenen voor een exact duplicaat paar verwissel dat niet verbeterd is. Daarna stel ik 'The Final Countdown' op repeat in om een aangename sfeer te creëren.

Als ik terugloop om Tigger te halen, zie ik Hannibal de keuken in gaan.

Oh nee. Dit gaat niet.

Ik klop op de deur van Clarice.

"Binnen," zegt ze.

Ik steek mijn hoofd naar binnen en vraag haar om haar kat mee te nemen en hem vannacht in haar kamer te houden.

"Waarom?" vraagt ze.

"Ik neem Tigger mee naar mijn kamer."

Ze klapt opgewonden.

Ik kijk haar hardvochtig aan. "Het spreekt voor zich, maar ik zeg het toch voor de zekerheid: blijf uit mijn kamer. Ik denk niet dat er iets tussen ons zal gebeuren, maar als het op het punt staat om te gebeuren en jij verpest het, dan zul je laxeermiddelen en slaappillen in je eten en drinken gaan vinden. Soms apart. Soms samen."

Ze grijnst. "Ik vind het heerlijk als je het me zo vriendelijk vraagt."

Ik laat Clarice verder met rust en voor het geval dat, voer ik een soortgelijk 'blijf uit mijn kamer'-gesprek met al mijn huisgenoten.

Op hoop van zegen.

Ik ga terug naar de voordeur en open hem voor Tigger.

Hij kijkt me aan. "Geen pak voor gevaarlijke stoffen?"

Ik haal mijn schouders op. "Wat is het punt? Je bent schoon."

"En ik zal nog schoner zijn als ik mijn handen heb gewassen," grijnst hij.

Hij kent me zo goed. Ik grijns terug, zwaai naar hem en wijs hem naar de badkamer. Als hij even later weer tevoorschijn komt, leid ik hem naar mijn kamer.

"Zie je, ook geen seriemoordenaarsuitrusting," zeg ik terwijl hij naar binnen stapt en om zich heen kijkt. "Die mannequin is bedoeld om het zakkenrollen te oefenen, niet om pakken van huid aan op te hangen die van ex-vriendjes gemaakt zijn."

Tigger kijkt Manny afkeurend aan. "Dus je bevestigt er geen dildo's aan?"

Ik schud mijn hoofd. Dat is trouwens wel een geweldig idee. Waarom heb ik daar niet aan gedacht?

Tiggers ogen zijn katachtig als hij zijn aandacht weer op mij richt. "Wat nu?"

Ik haal diep adem om kalm te worden. Mijn handpalmen zweten en mijn hart bonst tegen mijn ribbenkast.

"Steek je hand uit," zeg ik. "Net als laatst."

Hij doet wat ik vraag en het sexy flexen van zijn biceps maakt de onrust die aan mijn maag knaagt de moeite waard.

"Ik zal je handpalm aanraken, oké?" zeg ik.

Hij knikt, zijn katachtige ogen hypnotiseren me.

Ik reik naar hem toe. Deze keer lijkt het minder op een slow-mo high five en meer op het channelen van ET en zijn gloeiende vinger.

Net als de vorige keer stop ik als mijn vinger een haarbreedte van zijn hand is, zo dichtbij dat ik de warmte van zijn handpalm af voel komen.

Verdomme.

Alsof het een eigen wil heeft, wil mijn verdomde hand niet verder gaan.

Ik sluit mijn ogen en adem uit.

"Je kunt het," zegt hij zacht. "Je bent sterker dan je denkt, weet je nog?"

Terwijl mijn bonzende hart langzamer begint te kloppen, pep ik mezelf op door naar het liedje te luisteren.

*"We're headin' for Venus."*

Nou, dat helpt niet echt. Als vrouwen van Venus komen, dan *ga* ik nu naar Mars. Ik had 'Eye of the Tiger' op moeten zetten. Toegegeven, het aanraken van de palm van een aantrekkelijke prins is misschien niet zo'n grote beproeving als wat Rocky heeft moeten doorstaan, maar het komt in de buurt.

*"It's the final countdown."*

Ja. Dat is het. Bij drie raak ik zijn handpalm aan of ik geef het op.

Eén.

Ik knars met mijn tanden.

Twee.

Ik doe mijn ogen open.

Drie.

Ik gebruik al mijn wilskracht... en mijn vinger maakt contact met zijn huid.

## Hoofdstuk Zesentwintig

*B*ij de bliksem van Houdini... Het is alsof een boog van pure elektriciteit langs mijn vinger schiet, mijn tepels springen omhoog om aandacht te krijgen, en het schiet vervolgens over mijn hele lichaam voordat het zich warm in mijn kern nestelt.

Is aanraken altijd zo?

Nee. Dit is speciaal. Alleen Tigger voelt zo.

"Gaat het?" mompelt hij.

Als antwoord verstrengel ik mijn vingers met de zijne.

Als ik onze muziek vanavond zou variëren, dan zou Madonna's 'Like a Virgin' op dit moment het meest geschikte nummer zijn.

Zijn hand volledig vasthouden voelt nog verbazingwekkender, maar ik ben hebzuchtig. Ik wil meer.

Met bonzend hart breng ik zijn hand naar mijn mond en lik ik aan zijn vinger.

Hij ademt scherp in. In zijn broek staat Zijne Koninklijke Hardheid in volle paraatheid.

"Kus me," zeg ik ademloos, mezelf verbazend. "Alsjeblieft."

Even voelt het alsof we gaan stijldansen. Zijn linkerhand houdt nog steeds mijn rechterhand vast en hij slaat zijn rechterarm achter mijn onderrug om me dichterbij te trekken.

Dan buigt hij zijn hoofd en onze lippen sluiten zich tegen elkaar.

## Hoofdstuk Zevenentwintig

O n. Fucking. Gelooflijk.

Zijn lippen zijn zacht en heerlijk, zijn adem warm en aangenaam met sangria geparfumeerd. Hij gaat met zijn tong over de naad van mijn lippen, plagend en strelend, en ik heb het gevoel dat ik van het genot ervan zou kunnen ontploffen.

Hoe heb ik zonder dit kunnen leven?

Mijn lippen scheiden zich en zijn tong waagt zich in mijn mond, warm en glad en oh zo slim. Mijn hartslag versnelt verder en de wereld om ons heen verdwijnt. Het enig wat ik voel, het enige waar ik me op kan concentreren, is hem. Mijn huid brandt, mijn kern doet pijn van leegte en mijn buik voelt alsof iemand met vuurwerk op een zwerm duiven jaagt.

Het wachten was zo de moeite waard. Ik kan me geen betere eerste kus voorstellen.

Hij ademt zwaar en trekt me dichter tegen zijn warme, hardgespierde lichaam aan. Zijn erectie prikt in mijn buik en mijn tepels drukken tegen zijn borst. Ik kus hem bijna gewelddadig terug, mijn hoofd tolt van de overdaad aan genot. Mijn mond voelt alsof hij op het punt staat om klaar te komen terwijl onze tongen dansen en onze microbiomen samensmelten.

Het is gebeurd. Er is geen weg terug en dat wil ik ook niet. Zijn ziektekiemen zitten in mij, net als de mijne in hem en ik vind het niet erg.

Wat er in de toekomst ook gebeurt, we zullen altijd een deel van elkaar in onszelf dragen.

Na een uur van gelukzaligheid rukt hij zijn lippen weg en omlijst mijn wang met zijn grote, warme handpalm. "Nog steeds alles goed?" vraagt hij, zijn stem ruw van behoefte.

Ik raak mijn tintelende lippen aan. "Meer dan oké." Ik haal diep adem en roep mijn hervonden moed op. "Laten we die stomme kleren uittrekken."

Zijn ogen fonkelen van warmte. Zonder nog iets te zeggen kleedt hij zich met militaire precisie uit.

Wauw. Is Zijne Koninklijke Hardheid naar me aan het knipogen?

Als dat zo is, dan is het echt het oog van de tijger.

Ondertussen lukt het me alleen maar om mijn schoenen en sokken uit te trekken.

"Laat me je helpen," zegt hij en pelt al mijn lagen van me af. Terwijl hij zijn blik over me heen laat gaan, haalt hij diep adem en zijn stem wordt nog heser. "Ik zal het nog een keer zeggen: fucking prachtig."

Blozend strijk ik met mijn hand langs zijn

borstspieren en buikspieren zoals ik dat in VR had gedaan.

Bij de oestrogenen van Houdini, de manier waarop dit toen voelde, is slechts een bleke benadering van het echte werk.

Mijn hand landt op de echte Koninklijke Hardheid en mijn adem stokt. Ik heb slecht nieuws voor Holly en Bella: VR is niks in vergelijking met de realiteit. Zijn pik voelt aan als een stalen staaf die met zijde omhuld is, naast warm en levendig en alle dingen die slipjes doordrenken.

Goedkeurend kreunend naar mijn bedieningen, pakt Tigger mijn borst in zijn hand.

Dubbel wauw.

Hij kneedt het.

Drievoudig wauw.

Hij knijpt zachtjes in mijn tepel.

Ik heb geen wauws meer.

Een golf van genot schiet door tot in mijn kern en ik doe niet meer de moeite om deze realiteit met VR te vergelijken.

"Laten we op bed gaan liggen," zeg ik, terwijl ik hem aan Zijne Koninklijke Hardheid in de richting trek die ik wil.

Als een tijger die wacht om een heerlijke gazelle te bespringen, komt Tigger langzaam in beweging. Het ene moment sta ik en houd zijn pik vast en het volgende moment lig ik uitgespreid op het bed, met hem over me heen in een plankpositie.

Heeft hij me gewoon neergegooid of heeft hij een

goocheltruc uitgevoerd die mijn toekomstige show waardig is?

Voordat ik op adem kan komen, kust hij me nog hartstochtelijker, alsof er iets lekkers in mijn keel zit.

Ik smelt weg in mijn matras, mijn handen naar de lakens grijpend.

Hij bevrijdt mijn lippen en kust mijn nek. Mijn huid tintelt van de overvloed aan sensaties, de hitte in me groeit met de seconde terwijl zijn lippen naar mijn schouders gaan, dan over mijn sleutelbeen en naar beneden naar mijn rechtertepel.

Bij de erogene zones van Houdini, zou het zo goed moeten voelen? Ik ben in de hemel, maar toch is er een knagende leegte in mijn kern, een behoefte aan iets - en ik ben er vrij zeker van dat ik dat iets tegen mijn dij kan voelen drukken.

Tigger verplaatst zijn aandacht verder langs mijn borst naar beneden en even is mijn tepel verdrietig om vrij te zijn.

Tot zover mijn steun aan de Bevrijd de tepel-beweging.

Hij knabbelt zich een weg langs mijn ribbenkast, een gevoel deels kriebelend, deels heerlijk. Als hij langs mijn navel komt, vergeet ik de tepel. Ik heb genoeg porno gezien om zijn bestemming te weten en ik kan niet geloven dat dit mij gaat overkomen.

En dan gebeurt het.

Hij kust zachtjes mijn vagina, zijn lippen soepel met slechts een vleugje tong.

"Heerlijk," mompelt hij tegen mijn plooien.

Voordat ik kan antwoorden, plaatst hij een kus direct op mijn clit, en woorden schieten me tekort. Het enige wat ik voor elkaar kan krijgen is een onsamenhangend gekreun, elke spier in mijn lichaam spant zich door de toenemende spanning aan.

Hij laat zijn geniale tong over mijn clit glijden. Een keer, twee keer, drie keer, en verder en verder met ondraaglijk plezierige meedogenloosheid.

De spanning neemt toe, een krachtig orgasme bouwt zich in me op terwijl zijn likken steeds sneller gaan, zijn tanden die zachtjes over mijn plooien schrapen. Het voelt alsof hij mijn vagina verslindt, elke centimeter ervan consumeert. Verdwaasd vraag ik me af of hij nog ademt.

Zo niet, dan werpt de training die ik hem heb gegeven verrassende vruchten af.

Hijgend grijp ik met mijn hand in zijn haar. Ik sta op het punt om te komen. Moet ik hem wegtrekken? Zou het onbeleefd zijn om over zijn hele mond te komen? Of is het egoïstisch? Ik heb op geen enkele manier de kans gehad om hem te plezieren. Dit is geen training, dus het zou-

Te laat.

Met een hijgende kreet kom ik klaar - en daarbij scalpeer ik hem bijna.

Hij lijkt het niet erg te vinden. Het is eigenlijk het tegenovergestelde. Met een uitdrukking van puur mannelijke voldoening opkijkend, mompelt hij, "Goed zo, myodik." Dan geeft hij mijn overgevoelige clit een lichte kus en kust de binnenkant van mijn dijen.

"Oké," zeg ik als ik op adem kom. "Nu ga ik hetzelfde met jou doen."

Hij kijkt naar zijn enorme erectie en dan weer naar mij. "Weet je het zeker?"

Ik bijt op mijn lip en knik.

Zijn ogen branden heter. "Prima, maar gebruik een condoom. Ik wil niet dat je je zorgen over het sperma maakt."

Tot mijn verbazing maak ik me er in het minst geen zorgen over. Ik wil het moment echter niet verpesten door in discussie te gaan. Trouwens, ik kan een van mijn condooms met kersensmaak gebruiken - mijn eerste pijpbeurt de smaak van kers geven.

Ik kruip loom over het bed om het condoom van het nachtkastje te pakken. Niet alleen voelen mijn spieren na dat orgasme als te gare noedels, maar dit moment lijkt veel op een goocheltruc na de eerste opzet. Wanneer de toeschouwer op deze manier aan de haak is geslagen, dan zal een beetje vertraging de uitbetaling veel krachtiger maken.

Yep. Tiggers ogen zijn hongerig op mijn rondingen gevestigd als ik met het condoom terugkom.

Mijn snode plan werkt. Ik blijf sensueel bewegen en verander het proces van het condoom over hem heen rollen in een nieuwe plagende vertraging.

Zijn neusgaten die groter worden zijn mijn beloning.

De volgende keer doe ik dit misschien met mijn mond. Ik heb die truc in porno gezien.

Als het condoom om is, onderzoek ik met enige

schroom Zijne Koninklijke Hardheid. Het lijkt alsof deze keizer er in zijn nieuwe kleren nog intimiderender uitziet.

Ik ga er sowieso voor.

Ik wikkel mijn vingers om de schacht en zeg, "Ga liggen, sluit je ogen en denk aan Ruskovia."

Zijn ogen zijn als spleetjes als ze de mijne ontmoeten. "Oh nee, myodik. Ik ga kijken."

Een nieuwe golf van hitte trekt langs mijn ruggengraat. Ik denk dat mijn gevoel voor showvaardigheden op de proef worden gesteld.

Gezien de katachtige aard van de eigenaar van deze pik, is het channelen van een sexy kat mijn beste gok. Ik houd oogcontact en geef Zijne Koninklijke Hardheid een smachtende lik van basis tot hoofd.

Jammie. Dit is als het likken van een Jolly Rancher met kersensmaak... gemaakt voor Godzilla.

Vulkanisch vuur woedt in Tiggers ogen.

Is het normaal om je tijdens een pijpbeurt zo begerenswaardig te voelen? Zo krachtig?

Ik geef Zijn Koninklijke Hardheid nog een verticale lik en als reactie daarop schokt hij.

Tijd voor de grote jongens.

Weer zou ik willen dat ik 'The Eye of the Tiger' in plaats van 'The Final Countdown' op repeat had gezet. Wat ik ga doen is iets in de trant van *Rocky*.

Terwijl ik mijn rug bol maak als de yogahouding van de kat, buig ik hem vervolgens voor de koehouding voordat ik het hoofd van Zijne Koninklijke Hardheid in mijn mond schuif.

Wauw. Het voelt op deze manier gigantisch aan. Als ik TMJ krijg, dan weet ik waarom.

Ik negeer de drang om te kokhalzen en schuif hem dieper.

Tiggers ogen worden groot en moedigen me aan om hem nog een stukje verder te nemen. Ik kom weer omhoog en ga dan weer naar beneden, keer op keer, genietend als hij van genot begint te kreunen.

Hoe meer ik dit doe, hoe meer de wanden van mijn vagina jaloers op mijn mond worden. Als ik de verleiding niet langer kan weerstaan, trek ik me terug en flap eruit, "Ik wil dat je in me zit."

"Fuck, ja." De zin klinkt als de territoriale uitdaging van een tijger.

Wauw. Rustig aan... tijger. Mijn hart maakt al radslagen in mijn borst zoals het is.

Ik adem rustig in, schuif naar voren en ga schrijlings op hem zitten.

Hij grijpt mijn kont met zijn krachtige handen en helpt me naar beneden te gaan terwijl ik Zijne Koninklijke Hardheid in mijn opening leidt.

Bij de zijdezachte warmte van Houdini.

Niets - niet prins Regent, noch enig ander voorwerp dat ik in me heb mogen hebben - heeft ooit zo gevoeld.

Het strekkende gevoel zweeft op de grens tussen plezier en pijn, maar naarmate ik verder naar beneden glijd en dan weer omhoog, verschuift die verhouding stevig naar het gelukzalige vlak, waardoor ik hem met meer enthousiasme berijd.

Mijn hart voelt alsof het op het punt staat om weer te ontploffen, en zinderende hitte kookt onder mijn huid als een orgasme als nooit tevoren in me omhoogkomt. Bij elke stoot ontsnapt er een steeds luider gekreun van mijn lippen.

Tigger ademt zwaarder en hij knijpt hard genoeg in mijn billen om een handafdruk achter te laten. "Fuck, je voelt goed."

Dat lage gegrom duwt me over het randje en ik kom met iets dat op een Tarzan-schreeuw lijkt klaar. Alles in mij klemt zich tegelijk vast en ontspant, gelukzaligheid schiet door mijn zenuwuiteinden terwijl ik boven op hem instort.

Terwijl ik naar de aarde terugkom, vraag ik me vaag af of Tarzan ooit met een tijger te maken heeft gehad. Ik weet dat Mowgli dat heeft gedaan. En Pi in *Het leven van Pi*.

"Brave myodik," zegt Tigger hees.

Als het idee was om me aan te moedigen om op hem te blijven rijden, dan werkt het als een tierelier. Ik duw mezelf omhoog naar een zittende positie en glijdt over zijn lengte op en neer totdat er weer een orgasme in me ontstaat en mijn beenspieren beginnen te branden.

Alsof hij mijn ongemak voelt, voert Tigger een andere versie van zijn manipulatietruc uit. Het ene moment ben ik bovenop; het volgende moment lig ik onder hem vastgepind - en om het nog indrukwekkender te maken, zou ik kunnen zweren dat zijn Koninklijke Hardheid mijn vagina nooit heeft verlaten.

Misschien moeten we samen een hele nieuwe tak van magie beginnen: seksmagie. Of een nieuwe categorie porno.

Als ik aan magie denk, dan moet ik aan de oudste truc in de geschiedenis denken - bekers en ballen - dus ik reik naar voren en pak een van zijn ballen vast.

Hij kreunt goedkeurend en dringt zich dieper in me.

Mijn brein staat op het punt om kortsluiting te krijgen.

Hij knabbelt aan mijn nek en drijft me verder tot waanzin terwijl hij het tempo van zijn stoten opvoert.

Kreunen worden van mijn lippen gedwongen.

Hij gaat nog sneller.

Mijn gekreun verandert in geschreeuw.

Zijn ballen voelen strak en vol in mijn handpalm. Hij komt dichterbij, wat goed is. Mijn tsunami van een orgasme staat op het punt om aan land te gaan.

Ben er bijna.

Het *is* de final countdown.

Terwijl de golf van genot over me heen komt, krommen mijn tenen zich en heb ik alleen nog genoeg rationaliteit over om *zachtjes* in zijn ballen te knijpen.

Met een kruising tussen brullen en kreunen, dringt hij dieper in me, schuurt tegen me aan terwijl zijn climax toeslaat, en een andere orgastische golf sist door mijn overgevoelige zenuwuiteinden.

In de nagloed voel ik me alsof ik in het matras

wegzak, elk bot in mijn lichaam vloeibaar van gelukzaligheid.

Met een tedere kus op mijn lippen trekt Tigger zich uit me los, doet het condoom af, knoopt er een knoop in en stopt het in zijn broekzak. "Ik neem dit mee, zodat de kat het niet te pakken krijgt."

"Oké," zeg ik met een wat schorre stem.

Ik had aan het eind misschien nog een Tarzan-imitatie gedaan zonder het te beseffen.

Een futloze glimlach vormt zich om mijn lippen. Ik voel me te veel als een uitgeperste citroen om nog een gesprek te voeren. Het is een wonder dat ik nog weet hoe ik moet ademen.

Terugkerend naar het bed, schikt Tigger mijn noedelachtige lichaam in een lepelpositie en omhelst me van achteren.

"Dat was een serieuze handaanraking," fluistert hij.

Geeuwend knik ik.

Zijn woorden laten de realiteit van wat er is gebeurd kristalliseren.

Het is me gelukt. Ik heb eindelijk seks gehad - en het was verbazingwekkender dan alles wat ik me had voorgesteld. Geen gemakkelijke opgave, want mijn verwachtingen waren torenhoog.

Het zou me niet verbazen als ik hierna Octomam zou worden en nooit over de voordelen van orgasmen zou zwijgen. Seks is misschien zelfs beter dan magie - en niemand zal me geloven als ik ze dat vertel.

Terwijl de slaap me begint op te eisen, kan ik niet anders dan me hoopvol voelen. Misschien kan wat dit ook tussen ons is, werken. Ondanks het feit dat hij boven mijn stand is en mijn cliënt is, en ondanks de grote leugen die ik hem heb verteld.

Het grootste obstakel was tenslotte altijd mijn onvermogen om te doen wat we net hebben gedaan.

Hij omhelst me steviger en ik gaap weer.

Ja. Misschien zou dit *kunnen* werken.

Met een gelukzalige grijns val ik in slaap.

## Hoofdstuk Achtentwintig

Ik word wakker met mijn wang op een hardgespierde borst en een heerlijke geur van de branding van de oceaan in mijn neusgaten.

Hmm. Wat is er aan de hand?

Oh.

Als ik me de vorige dag herinner, verdampt elk spoor van slaperigheid alsof het door een grote espresso wordt weggejaagd.

Mijn comfortabele kussen is Tigger en hij is hier omdat we samen hebben geslapen, in elke betekenis van die zin.

Bij Houdini's ongepaste gedrag ben ik met een cliënt naar bed geweest... en een prins. Ik ben met hem naar bed geweest zonder eerlijk te zijn geweest over mijn ademhalingsstunt en ondanks de bezorgdheid dat hij me misschien als een pure uitdaging zou hebben gezien - als een bergbeklimmer die naar die ongrijpbare top op zoek is.

"Goedemorgen," mompelt mijn kussen, waardoor ik schrik. "Hoe heb je geslapen?"

Ik wrijf in mijn ogen. "Ik ben als een LED-lamp uitgegaan. Jij?"

Hij rekt zich uit als een kater. "Beste nachtrust die ik in jaren heb gehad."

Ik ga rechtop zitten.

Hij stuitert van het bed en kanaliseert zijn fictieve dubbelganger.

"Ik heb om acht uur een belangrijke vergadering, dus ik moet rennen," zegt hij terwijl hij zich aan begint te kleden. "Als ik klaar ben, dan neem ik contact met je op."

"Oké," zeg ik.

Als ik onzeker klink, dan kan dat zijn omdat zijn aankleedvaardigheden met militaire snelheid zo vroeg in de ochtend nogal desoriënterend zijn. In de tijd die ik nodig heb om mijn voeten op de grond te zetten, is hij helemaal klaar om te vertrekken.

"Spreek ik je snel?" zegt hij.

Ik knik, nog steeds een beetje versuft.

Hij kust me op de wang en loopt naar buiten.

Ik raak de wang aan en knipper met mijn ogen naar de lege kamer.

Was hij echt net hier?

Alles krijgt een natte-droomkwaliteit.

Ik duw mezelf overeind, kleed me aan en haast me naar de badkamer voor mijn ochtendroutine. Dan ga ik terug naar mijn kamer en snuffel aan de lakens.

Yep. Het is allemaal gebeurd. Ik kan zijn lekkere geur nog steeds ruiken.

Ik ga naar de voordeur.

Hier is nog meer bewijs. De deur is ontgrendeld.

Terwijl ik naar de keuken navigeer, pak ik wat Frosted Flakes voor mezelf en denk na over de gebeurtenissen van gisteravond. Ik kom niet ver, omdat mijn telefoon piept.

Is het Tigger?

Nee. Het is Blue. Ze wil weten of ik nog iets nieuws te melden heb.

Ik videobel haar.

"Hé," zegt ze terwijl ze in de camera kijkt. Net als ik heeft ze een kom met iets dat in melk is verdronken voor haar neus staan. "Hoe gaat het, zus?"

Ik vertel haar wat er is gebeurd, inclusief mijn zorgen.

"Wauw," zegt ze. "Een prins, hè? Je levert geen half werk, ofwel?"

Ik haal mijn schouders op. "Gezien wat ik heb verteld, denk je dat wat we hebben gedaan een one-night-stand was?"

Ze fronst. "Hij heeft gezegd dat hij na zijn bespreking contact met je op zou nemen. Hij zei ook, 'Spreek je snel.' Dat klinkt niet als iets wat een one-night-stand zou zeggen."

Ze heeft een punt, maar mijn ontbijtgranen zijn toch smakeloos. "Moet ik hem vertellen dat mijn onderwaterillusie slechts dat was?"

Ze knikt heftig. "Zo snel als je kan. Je vindt deze

man duidelijk leuk en mensen kunnen over het hele eerlijk zijn-gedoe behoorlijk gevoelig zijn."

De man *leuk* vinden? Dat is een understatement.

Voordat ik iets anders kan zeggen, slentert Machete, de kat van Blue, het beeld van de camera in.

Of liever gezegd, hij blokkeert het met zijn vacht van vlekken.

"Wegwezen," zegt mijn zus.

Was hij net tegen haar aan het blazen?

Ik grinnik. Groot en sjofel is deze asielkat de perfecte lijfwacht van mijn zus tegen het kwaad dat vogels heet. Ik heb voorgesteld om hem een naam te geven zoals ze heeft gedaan omdat hij op Danny Trejo lijkt, de acteur die een geweldig personage met de naam Machete in een film met dezelfde naam speelt. Vergeleken met Machete is Hannibal een kitten en het is maar goed dat Tigger er niet is. Voor hem zou het zien van *deze* kat zijn wat het voor mij zou zijn om zonder mijn pak een lab met gevaarlijke stoffen binnen te lopen.

"Ik kan het beest maar beter gaan voeren," zegt Blue en we hangen op.

Me een beetje somber voelend, eet ik mijn ontbijt op.

Wat nu?

Het is half negen. Te vroeg voor Tigger om klaar te zijn met zijn bespreking, toch? Ik zou zijn telefoontje niet zo snel moeten verwachten, ofwel?

Om te voorkomen dat mijn geest verder op dat pad afdwaalt, hou ik mezelf bezig. Gelukkig heb ik een idee voor een illusie bedacht. Voor het publiek zal het lijken alsof ik een van een man geleende portemonnee in een tas heb veranderd - en dan blijkt het van zijn date te zijn.

Als ik de basisstappen van de truc heb gladgestreken, kijk ik op mijn telefoon.

Het is nu negen uur. Hoelang duren vergaderingen? Een uur? Langer?

Waarom belt hij niet? Of appt hij niet?

Word ik genegeerd?

Een deel van mij weet dat ik een beetje onredelijk ben. Ik geef de schuld aan het feit dat Tigger mijn eerste in vrijwel alles is wat met seks te maken heeft.

Tenzij... kan het een teken zijn dat ik gevoelens heb gekregen?

Shit. Moet mijn gezond verstand behouden. Moet terug naar de illusie - met name een groot probleem dat ik ermee kan voorzien: mensen zullen aannemen dat het stel met de portemonnee/tas assistenten zijn die op mijn loonlijst staan.

Zuchtend pak ik een boek over mentalisme van mijn boekenplank. Bewijzen dat je toeschouwer geen assistent is, is een groot deel van die tak van magie.

Tegen tienen heb ik een procedure voor toeschouwersselectie gekozen die er volledig willekeurig uit zou moeten zien, maar er is nog steeds niets van Tigger.

Grrr. Ik denk dat ik aan het volgende aspect van deze nieuwe illusie zal gaan werken: hoe je de tas zo flitsend mogelijk kunt maken.

Moet ik een cool vuureffect gebruiken waarbij speciale chemicaliën worden gebruikt?

Nee. Dat kan een brandalarm op de locatie veroorzaken.

Ik pak nog een boek van de plank en kijk wat ik nog meer kan doen - en wordt dan door een ping van mijn telefoon uit mijn leesboek gerukt.

Mijn hart maakt een sprongetje.

Is het Tigger?

Nee. Het is slechts een herinnering aan de afspraak van elf uur met Waldo die ik bijna vergeten was.

Het is nu half elf, dus ik kan maar beter gaan.

Dit zal goed zijn. Door met een vriend iets te gaan doen, zou moeten voorkomen dat ik mijn telefoon ga stalken om te kijken of er berichten van Tigger zijn. En van vragen als, "Het is nu half elf, waarom heeft hij niet geappt of gebeld?"

Tenzij... zou ik hem zelf moeten bellen?

Nee. Waldo wacht.

Ik kleed me aan en loop naar de koffiezaak.

Tegen de tijd dat ik daar aankom, zit Waldo al aan onze gebruikelijke buitentafel, dezelfde waar we Tigger en Zijne Koninklijke Hardheid hebben ontmoet.

"Hoi," zeg ik vrolijk.

Waldo's uitdrukking is somber. "Gegroet."

"Is er iets aan de hand?"

Hij ontwijkt mijn blik. "Ik sprak laatst een collega. Zijn camera is in de buurt van Crispy Mushroom op een illegale manier in beslag genomen nadat hij een foto van een zekere prins had gemaakt. Gaat er bij dit alles een belletje rinkelen?"

Oh. Dus die paparazzi van laatst werkt voor hetzelfde tijdschrift als Waldo? Dat wist ik niet.

"Laat me raden," zeg ik. "Je collega heeft de vrouw die bij die zekere prins was beschreven en je besefte toen dat ik het was?"

Hij knikt. "Het was meer alsof mijn vriend al wist wie je was door het artikel dat ik heb geschreven. Ik dacht dat ik je voor Anatolio had gewaarschuwd. Wat ben je aan het doen?"

"Hij is maar een klant," zeg ik. "Ik leer hem hoe hij moet ademen."

Waldo trekt een wenkbrauw op. "Ademen?"

"Onder water," zeg ik. "Hij wil gaan vrijduiken. Dit is trouwens vertrouwelijk."

"Waarom jij?" vraagt hij.

Ik haal mijn schouders op. "Waarom niet ik? Jij hebt dat artikel geschreven, weet je nog? Je noemde me Geweldige Hyman."

Hij knippert naar me. "Ik dacht dat die stunt niet echt was."

"Hoe zou jij dat kunnen weten?"

Hij haalt zijn telefoon tevoorschijn. "Ter verduidelijking... je bent niet met hem aan het daten?"

Ik frons. "Hoezo?"

"Hierom." Hij duwt zijn telefoon naar me toe.

Ik bestudeer de afbeelding op het scherm. Daarop staat Tigger voor een beeldschone blonde vrouw. Hij ziet eruit alsof hij haar hand net heeft losgelaten - een hand waarvan de ringvinger met een diamant ter grootte van prins Regent bedekt is.

Mijn maag vult zich met vloeibare stikstof. "Waar kijk ik naar?"

"Ze is zijn verloofde," zegt Waldo. "Ze is ook een koninklijke uit-"

De rest hoor ik niet, want het woord 'verloofd' maakt me doof, blind en stom tegelijk.

Verloofd?

Fucking *verloofd*?

Dat kan niet, toch? Ik bedoel, nadat hij getest was, heeft hij me verteld dat hij *niet* met alles wat beweegt naar bed gaat. Hij zei dat hij meestal alleen seks heeft als hij een relatie heeft en dat zijn constante gereis daar niet bevorderlijk voor is.

Hoe rijmt dat met 'verloofd?'

Ik knijp mijn handen tot vuisten tot ze pijn doen.

Was het allemaal een leugen? Als hij een verloofde heeft, dan is dat duidelijk een relatie.

Dit is zoveel erger dan mijn oorspronkelijke zorg dat hij een mannelijke hoer was. Maar als hij een verloofde heeft, maar met mij naar bed is geweest, dan is dat het bewijs dat hij wel een mannelijke hoer *is*. Een bedriegende mannelijke hoer.

Maar serieus, is er een andere verklaring?

Ik kijk op mijn telefoon.

Het is tien voor half twaalf. Hij had me allang moeten bellen.

Is dit bewijs? Is hij me aan het ghosten nu hij heeft gekregen wat hij wilde?

"Gaat het met je?" vraagt Waldo, zijn stem bereikt me als van een afstand.

"Kun je me die foto sturen?" zeg ik hees.

Ik ga het uitprinten en Tigger het op laten eten.

Of ik duw het in zijn kont.

Of ik ga elke kat die ik ken, van Hannibal tot Machete, in de principes van terroriseren trainen-

"Het spijt me," zegt Waldo. "Dat kan niet. Het wordt gepubliceerd als onderdeel van-"

Ik luister niet naar de rest. Ik heb die foto nodig en ik heb niet de energie om met hem over journalistieke integriteit in discussie te gaan.

"Ik moet gaan," zeg ik. "Sorry."

Hij kijkt me aan, ogen wijd opengesperd. "Dus je *was* met hem aan het daten?"

"Nee. Dat was ik niet." Ik sta op en probeer er zo ellendig mogelijk uit te zien, wat niet veel acteervaardigheid vereist. "Mag ik een knuffel?"

Even kijkt hij verbijsterd. Hij weet dat ik gevoelig ben voor aanraken. "Natuurlijk," zegt hij ten slotte en omhult me in zijn dunne armen.

"Dank je," zeg ik terwijl ik zijn telefoon steel. "Ik had dit even nodig."

Ik stop zijn telefoon stiekem in mijn zak en maak een mentale notitie om me hier later voor te verontschuldigen. En me ook in bleekwater te baden.

"Natuurlijk," fluistert hij.

Ik trek me terug. "Het spijt me dat ik het zo kort moet houden."

"Ik begrijp het," zegt hij.

Ik draai me om en sprint weg.

Als ik ver genoeg van Waldo vandaan ben, pak ik zijn telefoon en toets ik de pincode in die ik hem niet lang geleden heb zien gebruiken.

Oef.

Even was ik bang dat hij het had veranderd, maar nee. Ik zit erin.

Ik stuur de foto naar mezelf door, en zodra hij op mijn telefoon staat, stuur ik hem naar Tigger door met een kort:

*Wil je dit uitleggen?*

## Hoofdstuk Negenentwintig

$\mathcal{M}$ inuten die als eeuwen aanvoelen gaan voorbij zonder antwoord van Tigger te krijgen.

Tegen de tijd dat ik thuiskom, ben ik woedend, net zo boos op mezelf als op hem. Hoe heb ik mezelf zo dicht bij iemand kunnen laten komen terwijl ik zulke redelijke bedenkingen had? Wat heeft me überhaupt laten denken dat ik met een man samen kon zijn? Ik, met al mijn problemen?

Aan de andere kant zou ik niet zo hard voor mezelf moeten zijn. Ik heb mijn angst voor ziektekiemen overwonnen en ben met hem naar bed geweest - en dit is wat ik voor mijn moed krijg.

Fucker.

Ziedend van woede toets ik zijn nummer in.

De telefoon blijft overgaan totdat hij naar de voicemail gaat.

"Negeer je mijn telefoontjes?" grom ik. "Goed dan.

Doe dan ook maar geen moeite om terug te bellen. Ik wil je nooit meer zien of spreken."

Zo. Kon ik mezelf maar van hetzelfde overtuigen.

Ik voel me vies, deels door het bericht dat ik heb achtergelaten, maar vooral door de knuffel met Waldo van eerder, dus ga ik douchen. Het kalmeert me tijdelijk. Maar tegen de tijd dat ik schone kleren aan heb, ben ik terug in het gekkendorp en verwijt ik mezelf dat ik met Tigger niet op mijn hoede ben geweest.

Omdat ik niets beters kan bedenken om te doen, bel ik Blue via een videogesprek en leg ik de hele situatie uit.

"Wauw, wat erg voor je," zegt ze als ik klaar ben. "Kan dit op de een of andere manier een misverstand zijn?"

"Ja, natuurlijk," zeg ik bitter. "En weet je wie het kan verduidelijken? Tigger! Maar hij is niet bereikbaar."

"Stuur me die foto eens," zegt ze. "Ik kan de afbeelding door onze gezichtsherkenningsdatabase laten gaan om te zien wat ik over de verloofde te weten kan komen."

Ik doe wat ze zegt en kijk toe hoe ze op haar laptop typt.

De deurbel gaat.

"Wie is dat?" vraagt ze. "Tigger?"

"Ik weet het niet," zeg ik terwijl mijn hartslag omhoog gaat. "Laat me even gaan kijken. Ik bel je terug."

Zou het Tigger kunnen zijn? Zo ja, is hij dan

vergeten om zijn telefoon te checken voordat hij terugkwam? Waarom zou hij eigenlijk terug zijn gekomen? Wil hij me nog een paar keer voor seks gebruiken voordat hij naar zijn verloofde teruggaat?

Als het laatste is, zou ik Hannibal dan om kunnen kopen om in Zijne Koninklijke Hardheid te bijten?

"Wie is daar?" vraag ik als ik bij de voordeur ben.

"Waldo," zegt een bekende stem.

Ik doe de deur open en kijk mijn vriend verward aan.

"Hé," zegt hij en stapt naar binnen. "Nadat je weg was, begon ik me steeds meer zorgen te maken, dus ik kwam even bij je kijken. Sorry dat ik niet heb gebeld - ik schijn mijn telefoon kwijt te zijn geraakt. Heb je hem toevallig gezien?"

"Nee," lieg ik. Ik moet het zo snel mogelijk in zijn zak terug stoppen. "En ik ben helemaal in orde. Zoals ik al zei, er was niets tussen mij en de prins."

Waldo kijkt opgelucht. "Echt?"

"Echt. Als je het niet erg vindt, ik moet-"

"Wacht even." Waldo verschuift van voet naar voet. "Ik moet je iets vertellen."

Ik frons. "Nog meer slecht nieuws?"

Hij doet een stap achteruit. "Nee. Nou, ik hoop van niet."

Ik kijk hem verwachtingsvol aan.

"Ik... wil je al een tijdje iets vragen. Wil je een keer samen koffie gaan drinken?"

Ik kijk Waldo aan alsof hij op het punt staat koffie

uit zijn ogen te laten spuiten. "Is dat niet iets wat we altijd doen?"

"Misschien uit eten dan," zegt hij. "Of lunchen."

Wacht eens even. "Waldo," zeg ik ongelovig. "Vraag je me mee uit op een date?"

Hij doet nog een stap achteruit en knikt schaapachtig.

"Je vraagt mij - je *vriendin* vriendin - mee uit op een date? Je vraagt het aan me, terwijl je heel goed weet hoe kwetsbaar ik nu ben?"

Hij doet nog een stap achteruit. "Ik dacht dat je zei dat je niets om hem gaf."

"Ik heb gelogen." Ik stap dreigend naar hem toe. "Was dit vanaf het begin je briljante plan? Me vertellen dat de man met wie ik date een verloofde heeft, zodat je me zelf mee uit kunt vragen?"

Ik weet dat ik tot op zekere hoogte op de boodschapper schiet, maar het kan me niet schelen. Waldo's geslachtsdelen lopen net zoveel gevaar als die van Tigger zouden lopen als hij hier was geweest.

Waldo moet dit op mijn gezicht lezen, want hij gaat helemaal achteruit in de deurpost staan en draait zich gedeeltelijk om om die geslachtsdelen te verbergen. "Ik wilde je al lang voordat hij in beeld kwam mee uit vragen, al sinds we elkaar voor het eerst hadden ontmoet, eigenlijk al toen ik je voor dat artikel interviewde."

Ik schud langzaam mijn hoofd, te verbijsterd voor woorden.

"Zal ik gaan?" mompelt hij.

Ik haal diep adem. "Ja, graag. Ik wil niet binnen nu en snel met *wie dan ook* daten."

Zijn uitdrukking is bedroefd, Waldo draait zich om en schuifelt weg.

Ik keer terug naar mijn hectische geijsbeer, nu gelijke delen verward en boos, met een zweem van schuldgevoel. Het doet bijna pijn om het toe te geven, maar het lijkt erop dat Tigger, bovenop al het andere, gelijk had over Waldo.

Mijn vriend was er niet blij mee om alleen maar vrienden te zijn.

Ik blijf staan.

Wacht eens even.

Is dat de reden waarom Waldo benadrukte dat Tigger, en ik citeer, "een totale playboy" was? Was hij gewoon slecht over de concurrentie aan het praten?

Dat zou betekenen dat hij er niet alleen uitziet als de Green Goblin, maar ook door een groen monster wordt gedreven.

Aan de andere kant heeft Waldo Tigger niet gedwongen om zich te verloven. Tenzij-

Een video-oproep van Blue licht op mijn telefoon op.

"Ik heb nieuws," zegt ze zonder inleiding.

"Vertel het me," grom ik, de zwerm van duiven maakt salto's in mijn buik.

Blue brengt de telefoon dicht bij haar gezicht en ze spreekt elk woord duidelijk uit terwijl ze zegt, "Die foto is nep."

# Hoofdstuk Dertig

*N*ep?

Ook al was dat waar mijn geest op het punt stond om naartoe te springen voordat ze me belde, klinkt het behoorlijk gek om het iemand hardop te horen zeggen.

"Hoe bedoel je?" Ik zet het volume van mijn telefoon hoger, zodat ik geen enkele lettergreep mis.

"Wat ik bedoel is dat de foto is geëxtraheerd uit een video die je op de Ruskoviaanse versie van YouTube kunt vinden. In die video heeft je vriend alleen de hand van de blondine gekust. Hij heeft nooit een ring om haar vinger gedaan. En volgens het onderzoek dat ik heb gedaan, geloof ik niet dat hij haar voor die dag of daarna ontmoet heeft. Ze is een Ruskoviaanse zangeres en haar hand kussen was ofwel een teken van respect of een kleine flirt die nergens toe heeft geleid."

Elk woord van Blue is als een klap in het gezicht. "Ze is geen koninklijke?" mompel ik.

"Niet meer dan jij en ik."

"Maar de ring-"

"Gefotoshopt," zegt ze. "Het is goed gedaan, maar bij mijn bureau hebben we tools waarmee we dergelijke BS kunnen doorzien."

Fuck.

De jaloerse app die ik Tigger heb gestuurd. En die voicemail. Als hij me eerst niet had geghost, dan zal hij dat nu zeker doen.

"Wil je het vanaf hier overnemen?" vraagt Blue. "Of heb je mijn hulp nodig om wraak op Waldo te nemen?"

"Wat bedoel je met wraak op Waldo te nemen?" vraag ik, maar ik weet al wat ze zal zeggen.

Waldo heeft dit gedaan.

Hij heeft een foto van Tigger gefotoshopt.

Een nepverloving verzonnen om ons uit elkaar te halen.

Sterker nog, hij doet gedurende het anderhalf jaar dat we elkaar kennen al alsof hij mijn vriend is, wachtend op een kans om toe te slaan - en niet op de sexy manier van Tigger.

"Oh, sorry," zegt Blue. "Dat was ik vergeten te vermelden. Hij was het. Aangezien hij de bron van de afbeelding was, heb ik op zijn werkcomputer gekeken en heb ik de fotoshop-bestanden gezien."

Ik knars met mijn tanden. "In dat geval, nee, bedankt. Ik heb geen hulp nodig om Waldo terug te pakken. Geloof me."

Ze knikt plechtig. "Laat het me weten als je van gedachten verandert."

"Doe ik," zeg ik en ik hang op.

Als Waldo tot vandaag geen vriend was geweest, dan zou ik haar me hebben laten helpen - en ze zou iets heel erg kwaadaardigs kunnen doen, zoals hem op een lijst met een vliegverbod zetten.

Niet dat ik veel vriendelijker zal zijn, gezien wat hij heeft gedaan.

Bijna duizelig van alle onthullingen app ik Tigger nog een keer:

*Kunnen we praten?*

Geen antwoord.

Ik bel hem en laat een nieuwe voicemail achter. "Het spijt me van eerder. Bel me."

Terwijl ik wacht tot Tigger terugbelt, haast ik me naar mijn computer en zoek een foto die ik voor een bijzonder kwaadaardige grap heb bewaard - een enorme collage van micropenissen met verschillende soa's.

Kokhalzend mail ik de afbeelding naar Waldo. Dan ontgrendel ik zijn telefoon en sla ik de afbeelding lokaal op voordat ik iedereen op zijn contactenlijst selecteer en ze de micropenissen met het volgende bijschrift app: "Waar is die van Waldo?"

Ik e-mail hetzelfde naar iedereen die hij kent, met uitzondering van contacten die dezelfde zakelijke e-mail hebben als hij - omdat ik niet helemaal een monster ben - en dan gebruik ik de sociale media-apps op zijn telefoon om het te tweeten, het op zijn Instagram te posten, het op zijn Pinterest te pinnen en maak er op Facebook zijn profielfoto van.

Ik neem een pauze van het wraak nemen en kijk op mijn telefoon.

Niets van Tigger.

Waar is hij verdomme? Het is nu middag en zijn vergadering was om acht uur. Elke vergadering, hoelang die ook zou duren, zou nu voorbij zijn - wat betekent dat hij me doelbewust geen kans geeft om het uit te leggen.

Met andere woorden, ik heb het verknald.

## Hoofdstuk Eenendertig

*I*k heb het helemaal verknald. Tigger reageert niet en ik weet niet zeker of ik dat wel had gedaan als ik in zijn schoenen had gestaan.

Fuck.

Beelden van onze epische sekssessie flitsen door mijn hoofd, gevolgd door onze pseudo-dates en trainingsoefeningen en al het andere totdat ik het gevoel heb dat mijn hoofd zou kunnen barsten.

Nou, fuck dit.

Als ik het kapot heb gemaakt, dan kan ik het repareren.

Als hij me wil negeren, dan kan hij dat in mijn gezicht doen.

Tandenknarsend bel ik een taxi.

Bestemming: het Palace Hotel.

## Hoofdstuk Tweeëndertig

*D*e lobby van de Palace wemelt weer van de papegaaien en pauwen.

Ik sprint naar de receptie en vraag Anatolio Cezaroff te spreken.

Ze kijkt me verwaand aan. "En jij bent?"

"Gia Hyman," zeg ik. "Zijn trainer."

Ze typt iets in de computer, misschien controleert ze me op een lijst met 'goedgekeurde bezoekers'. Ze knikt naar het scherm en zegt, "Mag ik een identiteitsbewijs zien?"

Ik laat haar mijn rijbewijs zien.

"Bedankt. Laat me hem even bellen."

Ze toetst een nummer in en wacht. En wacht.

"Hij lijkt niet in zijn kamer te zijn," zegt ze. "Het spijt me."

Shit. Vertelt ze me de waarheid, of heeft hij haar gevraagd om me niet naar boven te laten gaan? Dat laatste lijkt een beetje onwaarschijnlijk gezien de rompslomp met ID en naam - tenzij ze een leugenaar op goochelaarsniveau is.

"Kun je me een kopie van zijn kamersleutel geven?" vraag ik. "Ik zou graag naar boven gaan om te zien of hij in orde is."

"Het spijt me," zegt ze. "Dat is tegen ons beleid."

"Mag ik op zijn minst naar boven gaan en op zijn deur kloppen?"

"Het spijt me," zegt ze, en ze doet me aan de papegaaien denken die in de buurt rondlopen. "Dat is tegen ons beleid."

Ik kijk naar de kamersleutelkaarten in de doos op de toonbank. Zelfs met al mijn wonderbaarlijke vaardigheden als zakkenroller, kan ik er op geen enkele manier een pakken en het voor Tiggers kamer laten coderen zonder dat ze het merkt.

Ik slaak een zucht. "In dat geval zou ik graag zijn broer Kazimir willen bezoeken."

Haar ogen worden groot. "Verwacht hij je?"

"Ja," lieg ik.

"Een momentje." Ze toetst een ander nummer in en ratelt iets in het Ruskoviaans. Het enige wat ik kan onderscheiden is mijn naam en haar algemene twijfelachtige toon.

Wat de persoon aan de andere kant ook zegt, verrast haar genoeg om haar ogen tot komische niveaus te vergroten.

Ze recht haar ruggengraat en zegt, "Zijne Koninklijke Hoogheid zal u nu ontvangen."

Wauw, Kaz. Beetje last van een power trip? Zal ik

die machtige titel ook altijd met Tiggers pik associëren?

De receptioniste zwaait naar een in pantalon geklede krachtpatser die in de buurt zit en zegt iets in het Ruskoviaans.

"Deze kant op," dreunt de man met een zwaar accent en begint te lopen.

Ik volg hem door de lobby en een mooie trap op. Dan nemen we een scherpe bocht naar rechts en gaan we een enorm theater binnen.

Ik kijk jaloers om me heen. Kaz zou hier een Broadway-show kunnen hosten als hij dat zou willen. Ik zou mijn linkerpink - en misschien mijn linkeroorlel - geven om zelfs maar één keer magie op dat podium uit te voeren.

"Wat denk je ervan?" vraagt Kaz, die uit het niets opduikt.

Ik grijp mijn borst vast en adem rustig in. "Ik vind dat je werknemers je Uwe Koninklijke Ninjaness moeten noemen."

"Ik bedoelde de locatie," zegt Kaz en er is niet eens een zweem van een glimlach op zijn gezicht.

De man in pantalon lijkt daarentegen op het punt te staan om me het hotel uit te gooien.

Oké, ik snap het. Voortaan zal er geen grapje met Zijne Koninklijke Serieusheid worden gemaakt.

"Hoe bedoel je, de locatie?" vraag ik.

Kaz geeft de man in pantalon een licht, maar zeer heerszuchtig knikje.

De man buigt en deinst een paar meter achteruit voordat hij zich omdraait en wegrent.

Er is eerbied, en dat is dat. Het lijkt erop dat iemand het Palace-thema een beetje te serieus neemt.

Kaz gebaart naar het podium. "Ben je niet hier om de locatie te bekijken?"

Ik knipper naar hem. "Waarom zou ik?"

Er verschijnen rimpels op zijn voorhoofd. "Vanmorgen heeft Tigger me ervan overtuigd om je show hier te houden. Ik dacht dat het slechts een kwestie van tijd zou zijn voordat je wilde zien of het acceptabel is."

"Acceptabel?" Ik wankel achteruit, naar de gordijnen, de toneelverlichting, de stoelen voor duizenden mensen starend...

Maakt hij een grapje of is dit echt?

"Ik begrijp het niet," zeg ik. "Tigger heeft namens mij met je gesproken? Vanmorgen." Dan weet ik het. "Jij bent zijn geheime afspraak van acht uur?"

"Geheim?" Zijn lippen vormen een afkeurende streep. "Dat wist ik niet."

Ik flapper met mijn arm. "Dat maakt niet uit. Heb je ja gezegd?"

Hij knikt kortaf. "Ik vond het een geweldig idee. We zouden hier meer variatie aan optredens kunnen gebruiken en illusies passen goed bij het thema van het hotel."

Heilige Houdini.

Zou ik er onprofessioneel uitzien als ik een paar radslagen zou maken?

Ik kom zelfs in de verleiding om Kaz een dankbare knuffel te geven, het is alleen dat hij iemand lijkt te zijn die het nog minder op prijs zou stellen dan ik.

Ik kan niet geloven dat Tigger dit voor mij heeft gedaan.

Het is geweldig.

Ongelooflijk.

Verbijsterend.

Dat neem ik terug. Ik *kan* geloven dat hij dit heeft gedaan. Hij is voor mij altijd tot het uiterste gegaan. Daarom doet het zo'n pijn om te denken dat ik hem kwijt ben.

Ervan uitgaande dat dat zo is. Het is nu minder duidelijk - althans voor zover hij nog niet de stekker uit dit initiatief met zijn broer heeft getrokken.

"Waar *is* Tigger?" vraag ik. "Ik kan hem niet bereiken."

Kaz knippert. "Ik weet het niet. Onze bespreking begon pas om negen uur, omdat er een noodgeval was in het hotel waardoor ik vertraging opliep. Nadat we hadden gesproken, zei hij dat hij met een paar mensen van de media zou gaan praten. Hij denkt dat hij zijn bekendheid kan gebruiken om publiciteit voor je show te krijgen. Hij heeft me niet veel details gegeven, maar ik dacht dat het zoiets zou zijn als het nemen van foto's van jou die hem doormidden zaagt, zoals in de klassieke illusie."

Huh. Een koninklijke hottie doormidden zagen. Ik zou dat helemaal kunnen - en misschien dezelfde truc als Pen en Teller uithalen, waar ik het op het einde op een bloederig ongeluk laat lijken.

"Dus hij is met de paparazzi aan het praten?" vraag ik, mijn opwinding getemperd door voorzichtigheid.

Zelfs als wat Kaz zegt waar is, hoe groot is dan de kans dat hij mijn appjes niet heeft gezien of mijn voicemails niet heeft gehoord?

Fronsend haalt Kaz zijn telefoon tevoorschijn en werpt een blik op het scherm. "Het is al vele uren geleden. Hij zou nu allang klaar moeten zijn."

Daar gaat die hoop.

Tigger *negeert* me, alleen niet vanuit zijn hotelkamer.

De telefoon van Kaz gaat over in zijn hand.

Er afkeurend naar kijkend neemt hij op. "Spreek je mee."

Wat iemand hem ook aan de andere kant vertelt, zorgt ervoor dat zijn gelaatstrekken zo stormachtig worden als de lucht in Mordor.

Is dat Tigger die hem vertelt dat hij me de toegang tot dit hotel moet ontzeggen?

"Wanneer?" gromt Kaz.

Die vraag past niet in mijn theorie.

Kaz knijpt in de telefoon in zijn hand. "Herhaal de naam van het ziekenhuis nog een keer."

IJs overstroomt mijn maag.

Iemand heeft het over een ziekenhuis. Tegen Kaz.

Bloed verlaat mijn gezicht als ik me realiseer dat er een theorie is waar ik nog niet aan had gedacht.

Wat als Tigger me niet negeert? Wat als hij mijn oproep niet kan beantwoorden omdat-

"Wat is er gebeurd?" De vraag van Kaz is een dwingende eis.

Ik wil die telefoon uit zijn hand rukken zodat ik ook kan horen wat er is gebeurd.

Als blikken konden doden, dan zou Kaz de spreker aan de andere kant van de lijn vermoorden. "Ik ben zijn verdomde broer. Vertel me wat-"

Hij stopt met een grom en ik zie dat hij op het punt staat om zijn telefoon aan stukken te slaan.

"Ze hebben opgehangen," zegt hij, terwijl hij ongelovig naar het apparaat staart. "Ze vonden mijn verdomde taalgebruik niet prettig."

"Wat is er gebeurd?" roep ik, terwijl ik nauwelijks de neiging kan weerstaan om de informatie uit hem te wurgen.

Hij ontmoet mijn blik. "Het is Tigger. Hij ligt in het ziekenhuis."

## Hoofdstuk Drieëndertig

"*W*at?" roep ik uit. "Wat is er gebeurd? Is hij-"

"De klootzak aan de telefoon wilde het me niet vertellen," gromt Kaz. "Hij zei dat ik er persoonlijk heen moest komen. Iets met het bewijzen van identiteit."

Er komt een vreemd soort gevoelloosheid over me heen. "Welk ziekenhuis?"

Hij vertelt het me en het klinkt bekend.

Heel bekend.

"Mijn vriendin heeft daar pas met een allergische reactie gelegen," zeg ik onvast. "Laten we gaan."

"Juist. Laten we gaan." Met opeengeklemde kaken stapt hij zo snel de kamer uit dat ik moet sprinten om hem bij te houden, wat ik helemaal niet erg vind.

Hoe sneller we er zijn, hoe beter.

"Is Tigger ergens allergisch voor?" vraag ik ademloos, terwijl ik hem in haal.

Hij schudt zijn hoofd zonder zich om te draaien.

"Heeft hij zonder mij onderwaterademhaling geoefend?"

Hij haalt zijn schouders op, ook zonder zich om te draaien.

Fuck. Is het mogelijk dat Tigger is verdronken? Dat zou me medeplichtig maken aan-

Nee. Dat slaat nergens op. Het zwembad is in dit hotel en als hij hier gewond was geraakt, dan zou Kaz het geweten hebben. Wat er ook is gebeurd, moet zijn gebeurd nadat Tigger namens mij met de media heeft gesproken.

Een afschuwelijk scenario komt in me op als ik me hem voorstel terwijl hij in zijn vervloekte Lambo rijdt. Met de manier waarop hij rijdt, zou hij het misschien niet eens overleven als hij een ongeluk zou krijgen.

Nee.

Laat het alsjeblieft niet zo zijn.

Allesbehalve dat.

We bereiken de gang en Kaz blaft als een generaal op een slagveld bevelen naar zijn mensen.

In een oogwenk piepen buiten de banden van een limousine.

"Dat is voor ons," zegt Kaz kort en haast zich naar buiten.

Zodra we instappen, schiet de limousine naar voren.

Door het waas van paniek schiet me een idee te binnen en ik pak mijn telefoon om Blue te bellen.

Kaz werpt me een afkeurende blik toe.

"Misschien kan mijn zus ons helpen om erachter te komen wat er is gebeurd," leg ik uit terwijl de verbinding tot stand komt.

"Hé," zegt Blue. "Heb je-?"

"Geen tijd voor beleefdheden. Ik heb dringend je hulp nodig."

"Wat is er?"

"Tigger ligt in hetzelfde ziekenhuis waar Clarice laatst lag. Ze hebben ons niet verteld wat er met hem is gebeurd. Kun jij erachter komen?"

"Natuurlijk," zegt ze. "Ik kom zo bij je terug."

Ik hang op en leg de situatie aan Kaz uit, wiens uitdrukking niet langer afkeurend is.

"Dank je," zegt hij net als de limo piepend tot stilstand komt.

We haasten ons naar buiten en Kaz gaat op weg naar de bekende ingang van het ziekenhuis.

Ik volg hem tot ik bij de automatische deuren kom.

De deuren schuiven open.

Hij rent naar binnen, maar mijn voeten stoppen met bewegen.

Fuck.

Niet dit weer.

## Hoofdstuk Vierendertig

Ik probeer mezelf moed in te spreken om naar binnen te gaan.

Tigger is binnen. Misschien ligt hij op sterven.

Waarom kan ik niet voor deze ene keer normaal zijn? Waarom heb ik een pak voor gevaarlijke stoffen nodig om een ziekenhuis binnen te gaan?

De laatste keer heeft het pak trouwens niet geholpen.

Ik ben niet alleen de slechtste gewone vriendin, ik ben ook de slechtste vriendin ooit - en ja, ik heb mezelf net tot vriendin opgewaardeerd om dit argument te maken.

Wat dacht je van slechts één stap?

Ik wil dat mijn voeten bewegen en schuifel een paar centimeter in de richting van de deur.

Oké, dit is het verste dat ik tot nu toe ben gekomen, maar ik ben nog steeds niet binnen.

Kaz komt met een chirurgisch masker terug. "Hier."

Hij duwt het naar me toe. "Ik dacht dat het schone zwembad en je onwil om naar binnen te komen misschien iets met elkaar te maken hebben."

"Bedankt." Dankbaar pak ik het masker en plaats het op mijn gezicht.

"Ik ga rennen," zegt hij. "Ik zie je binnen."

Tuurlijk. Binnen. Zo simpel.

Ik bal mijn vuisten.

Mijn voeten bewegen niet.

Ik klem mijn tanden op elkaar.

Mijn voeten blijven aan de grond vastgelijmd zitten.

Ik span mijn sluitspier en kegelspieren en al het andere aan dat aangespannen kan worden en zet een stap.

En nog een.

Dan nog een.

Bij het immuunsysteem van Houdini, het lukt me.

Ik kom voorbij de deur.

Ja!

Ik ben nu in het ziekenhuis.

Mijn volgende stap is zekerder. Degene daarna is bijna zelfverzekerd.

Voordat ik het weet, ben ik aan het snelwandelen, ik heb alleen geen idee waar ik heen ga.

Shit.

Waar is Kaz?

Ik denk dat ik terug moet naar de administratieve-

Mijn telefoon tingelt. Het is een berichtje van Blue:

*Hij is opgenomen vanwege voedselvergiftiging.*

Ik bots bijna tegen een passerende verpleegster aan.

Voedselvergiftiging? Ik wed dat het door die teef van een Matilda met haar ongepasteuriseerde melk is gekomen. Verdomde koe. Wacht, is dat fatshaming? Nee, ze is een koe, dus het is oké. Het enige wat ik weet is dat ze maar beter kan hopen dat we elkaar nooit zullen ontmoeten, anders sla ik haar misschien in haar koeiengezicht. En als Tigger het niet haalt, dan eet ik haar lever met wat tuinbonen en een lekkere Chianti.

Ik stuur Blue snel een app terug:

*Waar is hij?*

Ze antwoordt meteen:

*Tweede verdieping. Kamer 2E.*

Ik sprint naar de lift en druk op de knop van de tweede verdieping.

"Hij zou in orde moeten zijn," zeg ik tegen mezelf.

Maar aan de andere kant misschien ook niet. Alleen de ernstigste gevallen van voedselvergiftiging vereisen ziekenhuisopname, vooral zo kort nadat hij volkomen in orde was.

Nee.

Hij is oké.

Dat moet gewoon.

Als ik de lift verlaat, komt er een nieuwe app:

*Dit is raar. Hij heeft net uitgecheckt.*

Een golf van opluchting raakt me, hard.

Je checkt niet uit als je niet in orde bent.

Ik kijk door de gang en de golf van opluchting groeit uit tot een tsunami. Daar is Kaz met een paar lijfwachten met pantalons - en bij hen is Tigger.

Hij ziet er een beetje groen uit, maar hij kan

zelfstandig lopen - iets waar zijn entourage met hem over in discussie lijkt te zijn.

Ik haast me naar voren.

Tigger ziet me en knijpt zijn ogen tot spleetjes en ik realiseer me dat ik vanwege het masker misschien moeilijk te herkennen ben.

"Gia?" vraagt hij.

"Ik ben het," zeg ik ademloos. "Zeg me alsjeblieft dat je in orde bent."

"Het gaat goed met me." Hij werpt de mannen in pantalons een gepikeerde blik toe. "Iemand heeft overdreven gereageerd door me hierheen te brengen. Je raakt een keer in coma en iedereen begint je te behandelen alsof je van porselein bent."

Ik spring naar voren en geef hem een dikke knuffel. "Geen ongepasteuriseerde melk meer," zeg ik streng. "Nooit meer."

Hij grinnikt zwakjes. "Geen probleem. Ik denk dat ik nooit meer iets zal willen eten of drinken wat ik vandaag heb gehad."

Huh. Tot nu toe doet hij alsof hij mijn krankzinnige berichten niet heeft gekregen.

Als dat het geval is, dan kan ik ervoor zorgen dat hij er nooit achter komt.

Ik ga in zakkenrollermodus en pak zijn telefoon uit zijn zak terwijl ik wegloop. "Wanneer is het gebeurd? Ik heb geprobeerd om je te bereiken."

"Ik weet niet zeker hoelang geleden het is," zegt hij. "Ik heb vanwege alle onnoemelijke activiteiten waar ik mee bezig was niet de kans gehad om op mijn telefoon te kijken." Hij ziet er bij de herinnering nog groener uit. "Laten we zeggen dat ik nooit meer naar *The Exorcist* ga kijken."

"Zeg maar niets meer." Aangezien we bij de lift zijn, roep ik hem voor ons op. "Ik ben gewoon blij dat ik je niet kwijt ben."

Zo. Als hij naar mijn berichten heeft geluisterd, dan zal zijn reactie het laten zien.

"Nee, myodik, zo makkelijk kom je niet van me af."

Zoals ik had gehoopt. Hij heeft geen idee van de berichten.

We lopen een overvolle lift binnen en ik sta achter iedereen.

Dit is mijn kans.

Ik ken zijn pincode en ik heb zijn telefoon.

Ik kan de telefoon ontgrendelen, verwijderen wat ik nodig heb en hij zal nooit wijzer worden.

Alleen is er iets dat me tegenhoudt.

Schuld.

En niet de schuld van een goochelaar.

*Dit* schuldgevoel is van het soort dat moeilijk te negeren is.

Gezien alles wat Tigger voor me heeft gedaan en wat ik voor hem voel, zou ik zijn privacy niet op deze manier moeten schenden. Of tegen hem moeten liegen.

Ik wil niet dat onze relatie op bedrog gebaseerd is.

Bij het geweten van Houdini. Het lijkt erop dat ik hem de telefoon terug moet geven - en ook mijn gebrek aan ademexpertise op moet biechten.

Wat betekent dat ik hem misschien nog steeds kwijtraak.

De lift gaat open en ik loop in gespannen stilte door de lobby van het ziekenhuis terwijl de anderen in het Ruskoviaans praten.

Als we eenmaal buiten zijn, zie ik niet één maar twee limousines.

Tigger kijkt naar zijn metgezellen in pantalon. "Ga alsjeblieft met Kaz mee."

Ze knikken.

Geweldig. We hebben wat privacy.

"Dag, Kazimir." Ik verwijder mijn chirurgisch masker. "Of moet ik zeggen, 'Dag, Uwe Koninklijke Hoogheid?'"

Voor het eerst sinds onze kennismaking raakt een vleugje van een glimlach de ogen van de man. "Na vandaag mag je me Kaz noemen."

Tigger fluit spottend. "Wat een eer."

Kaz negeert zijn broer, geeft me een hoofs knikje en verdwijnt in zijn limousine.

Tigger doet de deur voor me open. "Klaar?"

"Dank je." Met een kus op zijn wang als misleiding stop ik de telefoon weer in zijn zak.

Alleen omdat ik een geweten heb gekregen, wil nog niet zeggen dat ik een heilige ben.

Tigger stapt in, komt naast me zitten en vraagt de chauffeur om het privacyschot omhoog te doen.

"Dus," zegt hij als het ding omhoog is. "Hoezeer ik het ook waardeer dat je me in het ziekenhuis bent komen bezoeken, snap ik niet zo goed hoe je dat wist.

Kaz was mijn contactpersoon voor noodgevallen en hij heeft je nummer niet."

Ik zucht. "Ik moet je iets vertellen."

Hij houdt zijn hoofd schuin. "Ik had al het gevoel dat dat het geval was."

Ik doe mijn handschoen uit en pak zijn hand. Het tintelende genot van zijn aanraking maakt me moediger. "Toen je wegging en een tijdje niet belde, dacht ik dat het over was tussen ons."

Zijn wenkbrauwen schieten omhoog. "Over? Hoezo?"

Ik knijp in zijn hand. "Ik dacht dat ik een Everest was."

"Wat?" Hij kijkt me aan alsof die berg zojuist op mijn hoofd is geland. "Waar heb je het over?"

Mijn grip wordt nog steviger. "Ik was bang dat als we eenmaal seks hadden gehad, je je interesse in me zou verliezen. Je hebt de Everest nooit voor de tweede keer beklommen, dus ik dacht misschien-"

"Stop." Hij bedekt mijn hand met de zijne. "Je zou er niet verder naast kunnen zitten, myodik. Met jou is het meer alsof ik de top van de Everest heb bereikt, de Ruskoviaanse vlag daar heb geplant en heb besloten om daar voor altijd te blijven."

De zwerm van duiven in mijn buik krijgt een driftbui. "Kun je in dat geval de berichten negeren die ik voor je heb achtergelaten? Er was iets met Waldo en-"

Ik stop bij de duistere uitdrukking op Tiggers gezicht en haast me om het te verduidelijken, "Er is niets gebeurd. Het is gewoon dat je gelijk had. Hij was naar me toegekomen, maar eerst heeft hij geprobeerd om me te laten denken dat je verloofd was."

*"Wat?"*

Hij lijkt klaar om Waldo aan flarden te scheuren, dus ik leg uit wat er is gebeurd en hoe ik wraak heb genomen.

Dat lijkt hem enigszins te sussen. Hij lijkt niet langer klaar te staan om een moord te plegen.

"Hier." Hij ontgrendeld zijn telefoon en geeft hem aan me. "Verwijder wat je wilt."

Wauw. Ik ben zeker blij dat ik dit niet eerder stiekem heb gedaan. Dit is zoveel beter.

Ik veeg mijn lei schoon en geef de telefoon terug. Nu voor de echte zware biecht. Ik verzamel mijn moed. "Er is nog één ding dat je moet weten."

Wacht, moet ik hiermee doorgaan? Wat als hij het toch met me uitmaakt?

Ik moet zeggen dat als ik een psychopaat zou zijn, mijn leven zoveel eenvoudiger zou zijn.

Hij stopt de telefoon in zijn zak en kijkt me bezorgd aan. "Wat is er?"

"Het gaat om de training." Ik sla mijn blik neer en bekijk de mooie vloermat. "Weet je nog hoe je dacht dat ik twintig minuten lang mijn adem in kon houden?"

Voorzichtig kijk ik op, maar ik zie hem grijnzen.

"Dacht ik dat?"

Ik vernauw mijn ogen tot spleetjes. "Nou, ja. Je hebt me ingehuurd, omdat-"

"Ik heb je ingehuurd om dicht bij je te zijn," zegt hij. "Ik wist dat je onderwaterstunt maar een truc was. Ter verdediging, je hebt me nooit in de ogen gekeken en iets anders beweerd."

Ik heb het gevoel dat er net een koe van mijn schouders is gehaald. Een kwaadaardige, zoals Matilda.

Hij wist het.

Al die tijd wilde hij gewoon een excuus om bij me te zijn.

En wat een perfect excuus. Hij heeft me een goed gevoel over een van mijn illusies gegeven.

"Wacht," zeg ik. "Hoe zit het met vrij duiken in dat meer? Was dat slechts een dekmantel?"

Moet ik boos zijn dat hij *mij* heeft bedrogen?

Nee. Dat zou mega hypocriet zijn.

Hij schudt zijn hoofd. "Dat *zou* ik ooit wel eens willen doen. Maar als je het niet erg vindt, zal ik me eerst door een paar echte experts laten trainen voordat ik het probeer."

Ik grijns. "Ik sta erop dat je dat doet. Het grootste deel van mijn training draaide om jou met zo min mogelijk kleding aan te zien."

De limousine stopt en hij doet de deur voor me open. Zijn kattenogen glinsteren. "Wil je bij mij komen, Netflix kijken en chillen?"

"Kan Houdini een slot openbreken?" Ik pak zijn hand en spring uit de auto.

Hand in hand stappen we de Palace binnen, hoewel ik het gevoel heb dat ik door de lobby zweef.

Wat me eraan herinnert: ik ga binnenkort een show in dit hotel geven. Tigger heeft het mogelijk gemaakt.

Met de angst van het ziekenhuis en de rest heb ik niet de kans gekregen om dat feit volledig te verwerken, maar nu wel - en zonder zijn hand zou ik als een heliumballon naar het plafond zweven.

Dat brengt me op een idee. Ik zou een illusie aan vandaag moeten wijden. Mijn kijk op een klassieker - vliegen. Ik heb al enkele ideeën die heel erg door David Copperfields versie van deze verbazingwekkende illusie geïnspireerd zijn.

Als we voor de deur van zijn suite staan, realiseer ik me dat ik de hele weg hierheen verdwaald in mijn magische fantasieën ben geweest.

Ik draai me om en scan Tiggers gezicht.

"Je ziet er beter uit," zeg ik en meen het. Die groene tint is spoorloos verdwenen.

"Dank je." Hij opent de deur. "Ik denk dat het voordeel van dat ritje naar het stomme ziekenhuis een sneller herstel is."

Luid geblaf weerhoudt me van een antwoord.

Mefistofeles ligt aan onze voeten en kwispelt met genoeg energie met zijn staart en lichaam om heel Manhattan een week van stroom te voorzien. Caradog is ook blij om ons te zien, maar zijn kwispelende staart is in vergelijking met de jongere beer - ik bedoel, hond - erg getemperd.

Het vreemde van dit welkom is dat Caradog een stok in zijn muil houdt. Hij loopt naar me toe, gaat op zijn achterpoten staan, zijn lichaamstaal kristalhelder: *pak de stok, mens.*

"Wil je apporteren?" Ik pak de stok en kijk naar Tigger. "Is het veilig om te gooien?"

Hij grijnst. "Doe het hier in de gang. Mijn bloemstukken zijn kwetsbaar."

Ik gooi de stok.

Caradog beweegt niet, maar Mefistofeles jaagt op de stok alsof het lot van de wereld ervan afhangt.

Ik kijk naar de grotere hond. "Ben je hem aan het leren om te apporteren?"

Die intelligente ogen achter de bril lijken te zeggen, *Yep, apporteren.*

"Kun je met ze spelen terwijl ik douche en mijn tanden poets?" vraagt Tigger.

Ik knik en Tigger geeft me een paar hondenkoekjes voordat hij vertrekt.

Ik gooi de stok nog een paar keer en herhaal dan met behulp van de hondenkoekjes mijn muntenmagie bewegingen - dit tot grote vreugde van beide honden.

"Hoe doe je dat?" vraagt Tigger, terwijl hij me op het moment betrapt dat ik weer een koekje laat verdwijnen.

"Deskundig," zeg ik terwijl ik opkijk.

Onmiddellijk vult mijn mond zich met speeksel, in Pavloviaanse hondstijl.

Tigger draagt alleen een handdoek en zijn ziek zijn is slechts een verre herinnering. Hij is zelfs de belichaming van gezondheid... en mannelijkheid.

"Andere keer, jongens," zeg ik tegen de hondjes.

Tigger leidt me naar de slaapkamer, doet de deur op slot en zet muziek op.

Ik grijns en begin te strippen. "Is dat 'The Final Countdown?'"

"Ja." Hij laat de handdoek vallen. "Ik dacht dat het je zou helpen."

Ik wijs naar Zijne Koninklijke Hardheid. "Dat werkt beter."

Hij grijnst terug, trekt me dan naar hem toe en drukt zijn lippen op de mijne.

Voordat ik het weet, doet hij zijn magische beweging: me in een oogwenk op het bed krijgen. We pauzeren alleen om de naaktheid van Zijne Koninklijke Hardheid met een latex overjas te bedekken, we worden samen één en deze keer zijn stoten in me traag en berustend. Hij bedekt me met zijn lichaam en verstrengelt zijn vingers met de mijne, zoals de dag dat ik hem voor het eerst aanraakte, en wat we doen voelt niet als seks, maar eerder als iets dat met de letter 'L' begint.

We komen tegelijk en mijn orgasme is krachtiger dan die van alle voorgaande dagen bij elkaar. Terwijl we daar liggen, uitgeput en diep tevreden, duwt hij zich op zijn elleboog en stopt een haarlok achter mijn oor voordat hij zijn handpalm over mijn wang buigt. Zijn lichtbruine ogen zijn zacht en warm terwijl hij mompelt, "Ik moet je iets vertellen."

Mijn hartslag schiet weer omhoog, de adrenaline van eerder giert nog steeds door mijn systeem. "Wat is er?"

"De dag dat we elkaar hebben ontmoet, heb je niet alleen mijn riem gestolen," zegt hij zacht. "Je hebt ook mijn hart gestolen."

Bij de oxytocineproductie van Houdini.

Mijn borst voelt alsof hij van vreugde zal barsten.

"Toen ik vandaag dacht dat ik je kwijt was, voelde het alsof ik geen zuurstof meer had," geef ik toe, terwijl ik mijn hoofd draai om zijn handpalm te kussen.

De warme gloed in zijn ogen wordt intenser. "Dat komt omdat jij en ik bij elkaar passen. Zoals lupines en pioenrozen."

"Nee," zeg ik ademloos. "Zoals hoge hoeden en konijnen."

Hij knikt. "Zoals basejumpen en parachutes."

Ik bedek zijn hand met de mijne. "Ik hou van je."

Ik had het niet aan mezelf toegegeven totdat ik het zei, maar het is waar.

Helemaal waar.

"Ik hou ook van jou," zegt hij. "Jij bent de enige berg die ik wil beklimmen."

Stralend kijk ik naar Zijne Koninklijke Hardheid terwijl die opnieuw ontwaakt. "Eerlijk gezegd lijkt het er meer op dat jij mij bestijgt en ik jou beklim."

# Epiloog

## TIGGER

*H*et podium is enorm, het grootste in Ruskovia en een van de grootste ter wereld.

Gia doet haar wereldberoemde vliegillusie en zoals gewoonlijk ben ik door ontzag en verwondering overweldigd.

En gek genoeg heb ik geen idee hoe het moet. We zijn in de open lucht, dus ze heeft geen plek om draden aan te bevestigen, tenzij er een stille helikopter boven de wolken hangt.

Ze beweert geen snoeren te gebruiken en ze liegt er meestal niet over hoe ze een truc *niet* doet.

Ik zal eerlijk zijn. Als eigenaar van dit pretpark heb ik het personeel gevraagd om me te vertellen of ze een hint van een draad of een andere verklaring zien voor hoe Gia doet wat ze doet, maar tot nu toe hebben ze me niets gegeven. Hetzelfde geldt voor het hotelpersoneel van Kaz.

Hé, ik vind het niet erg. Niet heel erg, in ieder geval.

Ik denk dat als mijn onwetendheid mijn myodik gelukkig maakt, ik daarmee kan leven. Natuurlijk, als ik zelf iets kan bedenken... Nou, als alles in liefde en oorlog mag, dan mag ook alles zonder oorlog.

Na haar laatste acrobatische manoeuvre belandt Gia sierlijk op het podium naast een toeschouwer die als ogen voor de rest van het publiek fungeert. Haar ravenzwarte haar golft dramatisch om haar heen en benadrukt de bleke gloed van haar gezicht.

Ze laat de toeschouwer nog een keer op draden controleren en maakt een sierlijke buiging voor het grotere publiek.

De toeschouwers - alle honderdduizend van ons - springen overeind en geven Gia de meest enthousiaste staande ovatie. Het applaus is donderend. Net als de anderen klap ik zo hard dat mijn handpalmen pijn doen en zelfs mijn ouders, die naast me zitten, klappen met tegenzin.

Ik kan niet in woorden beschrijven hoeveel ik van deze vrouw hou. Ik viel meteen voor haar. Tegen de tijd dat ze mijn riem stal, was het net dat liedje van Bryan Adams: *I was seeing my unborn children in her eyes... and she was one of those tiger moms to my tiger dad* (ik zag mijn ongeboren kinderen in haar ogen... en zij was een van die tijgermoeders voor mijn tijgervader).

Als de spanning weg is en het doek valt, haast ik me backstage.

Gia begroet me met een hartstochtelijke kus. Sinds onze eerste keer samen, is ze volledig zorgeloos als het om de uitwisseling van lichaamsvloeistoffen met mij gaat. Sterker nog, ze staat om ze te popelen.

Zoals gebruikelijk in haar nabijheid, gaat mijn pik - of Mijn Koninklijke Hardheid zoals zij hem noemt - volledig rechtop en reageert op haar slanke rondingen. Met haar porseleinen huid, donkere haar, blauwe ogen en zwartleren outfit doet ze me aan de meest sexy vampier ooit denken en hoewel ik haar dit nooit heb verteld, was ik enorm verliefd op Kate Beckinsale in *Underworld*.

Ik pas mezelf zo goed mogelijk aan. "Weer een geweldige voorstelling."

Ze kijkt me stralend aan. "Denk je dat echt?"

"Oh ja. En het beste is, ik kon zien dat mijn ouders geen idee hadden hoe je het deed. Ik weet zeker dat ze dat niet leuk vonden."

Haar grijns wordt sluw. "Denk je dat ze de Ruskoviaanse CIA zullen opdragen om mijn geheimen te achterhalen?'

"Het zou me niet verbazen." Het is ook geen slecht idee. Misschien zou ik dat kunnen doen.

Als onderdeel van deze reis naar mijn moederland heeft Gia de koning en koningin ontmoet - en ze heeft het daarna niet met me uitgemaakt, wat een wonder is dat vergelijkbaar is met de dingen die ze op het podium doet.

Mijn ouders zijn niet bepaald aardige mensen, vooral niet voor degenen die ze als onder hen beschouwen en dat is zo ongeveer iedereen.

"Ik heb een verrassing voor je," zeg ik. "Kom, ik zal het je laten zien."

Eigenlijk heb ik twee verrassingen: een grote en een enorme.

Ze laat me haar naar de kamer leiden waar de eerste 'verrassing' heeft gezegd dat ze zou wachten.

Met een zwaai open ik de deur. "Gia, ik wil dat je een Ruskoviaanse nationale schat ontmoet. De grote, de geweldige... Rasputina."

Gia's ogen worden groter als ze de vrouwelijke figuur in zich opneemt die op dezelfde manier gekleed is als zij - eigenlijk geen verrassing, want Rasputina was een grote invloed op Gia's toneelpersonage.

Ik kan me niet eens voorstellen hoe mijn myodik zich nu voelt. Het ontmoeten van deze beroemde goochelaar is voor haar als het ontmoeten van Evel Knievel voor mij is.

"Ik ben het niet waard," mompelt Gia.

"Onzin," zegt de andere vrouw met een aanstekelijke lach. "Ik heb je show gezien. Ik ben vereerd om je te ontmoeten."

Gia schudt haar hoofd. "Mevrouw Rasputina, u bent-"

"Noem me alsjeblieft Sasha," zegt ze.

"Sasha." Gia ziet eruit alsof ze het woord proeft en het heerlijk vindt. "Mag ik je handtekening?"

Sasha doet dat graag en ik houd alles nauwlettend in de gaten, want ik zal nooit iets vergeten dat Gia ooit tegen me heeft gezegd: "Als ik met een vrouw naar bed zou moeten gaan – zo'n situatie met een pistool tegen het hoofd - dan zou ik met Rasputina naar bed gaan."

Om die reden heb ik drie keer laten controleren dat er vandaag geen wapens in mijn park zijn. Ik ben te jaloers om mijn vrouw met iemand anders naar bed te laten gaan, zelfs met een andere vrouw.

"Dus," zegt Sasha. "Weet je dat ik voorspellingen doe?"

Gia knikt. "Ja. Ze zijn geweldig!"

Als je het mij vraagt, zijn ze borderline eng. Mijn moeder heeft in ruil voor haar 'profetieën' een fortuin uitgegeven en adellijke titels aan deze vrouw gegeven die, voor zover ik weet, op de een of andere manier zijn uitgekomen.

Een bliksemschicht lijkt vanuit Sasha's hand in haar ogen te schieten - een goocheltruc, duidelijk.

"Jullie zullen je hele leven samen zijn," zegt ze, terwijl ze ons om de beurt aankijkt. "En het zal een vreugdevolle verbintenis zijn."

In het begin ben ik net zo verbijsterd als Gia.

Dan weet ik het.

Rasputina is mijn enorme verrassing aan het verpesten - die had in de balzaal in het koninklijk paleis moeten plaatsvinden, met onze honden die hun schattige rollen spelen en zo.

Fuck.

Ik zal nu moeten improviseren.

Gezien de gewichtigheid van deze gelegenheid, zal dit misschien net zo, zo niet meer, gedenkwaardig zijn voor Gia.

Ik haal een speelkaartendoosje uit mijn zak en laat me op één knie vallen.

Haar gezichtsuitdrukking duivels, Sasha wijst Gia's aandacht mijn kant op.

Gia draait zich om en verstijft en kijkt komisch verbijsterd. "Wat is er aan de hand?"

"Dit." Ik open de kaartdoos ceremonieel zoals Clarice me dat heeft geleerd.

Langzaam en majestueus zweeft de diamanten ring uit de doos en landt op mijn handpalm.

Ook al weet Gia misschien hoe deze truc wordt gedaan, ze hapt naar adem en grijpt naar haar borst.

Een goed begin.

Ik pak de ring tussen mijn duim en wijsvinger. "Gia Hyman, bij jou zijn is het grootste avontuur dat ik ooit heb ondernomen." Ik pauzeer om ervoor te zorgen dat mijn stem niet onmannelijk overslaat. "Ik heb de Everest beklommen. Ik heb op Cape Fear gesurft. Ik heb een basejump van Burj Khalifa gemaakt. Maar geen van die prestaties is te vergelijken met gewoon jouw hand vasthouden." Ik pak zachtjes haar pols vast, trek haar toneelhandschoenen uit en houd de ring over haar vinger. "Wil je mij de eer bewijzen om mijn vrouw te worden?"

Gia kijkt naar me, dan naar de ring, voordat ze zich tot haar idool wendt. "Wist je dat dit zou gebeuren?"

Sasha knipoogt en Gia draait zich weer naar mij om.

"Ja," zegt ze en ze steekt haar vinger in de ring. "Bij

de ballen van Houdini, ja. Natuurlijk wil ik met je trouwen."

Ik spring overeind en geef Gia een nette kus. Ondertussen neuriet Sasha Beyoncé's "Put a Ring on It".

"Ga ik een prinses worden?" vraagt Gia wanneer we eindelijk loslaten. "Een verdomde prinses? Ik?"

"Nee," zeg ik met een grijns. "Wat mij betreft ben je al een koningin."

## Voorproefjes

Bedankt voor het lezen van *Koninklijk bedrogen*! Als je het verhaal van Tigger en Gia leuk vond, overweeg dan om een recensie achter te laten.

Op zoek naar meer romcoms om hardop te lachen? Als je dat nog niet gedaan hebt, dan moet je de familie Chortsky ontmoeten! Lees Vlads verhaal in *Moeilijke code*, Bella's verhaal in *Hardware* en het verhaal van Alex in *Harde byte*.

Je wil ook zeker een exemplaar van *Femme fatale-isch*, met Blue, een van Holly en Gia's zeslingzussen, en een sexy (mogelijke) Russische spion halen.

Meld je aan voor mijn nieuwsbrief op www.mishabell.com/nl/ om van mijn toekomstige boeken op de hoogte te blijven.

Misha Bell is een samenwerking tussen het schrijfteam van een man en zijn echtgenote, Dima Zales en Anna Zaires. Als ze niet bezig zijn om je als Misha te laten lachen, dan schrijft Dima sci-fi en fantasy en Anna schrijft duistere en eigentijdse romantiek.

Sla de pagina om om previews van *Harde byte* te lezen!

# Fragment uit Hard Byte door
# Misha Bell

Het is een algemeen erkende waarheid dat een alleenstaande man met gezichtshaar een scheerbeurt nodig heeft. En op moet ruimen. En een nep-date moet hebben.

Mijn naam is Holly Hyman. Ik hou van netheid en priemgetallen - en ik zit in de problemen. Het bedrijf waar ik voor werk is overgenomen en niet op een manier die ik leuk vind. Ons nieuwe management? Alex Chortsky, een prachtige, sjofele Russische duivel. Onze nieuwe richting? VR-entertainment van het pittige soort.

Misschien zou ik het niet zo erg vinden als mijn levenswerk niet voor kinderen bedoeld was. Of als ik niet per ongeluk een VR-versie van mijn goddeloos knappe baas had aangesloten.

De enige manier om mijn droomproject te redden is door een pact met de duivel te sluiten. Een avond lang doe ik alsof ik de vriendin van Alex Chortsky ben.

Wat zou er in vredesnaam mis kunnen gaan?

―――――

"Dus je gaat me niet helpen?"

Een sater-achtige grijns verlicht zijn prachtige gelaatstrekken. "Dat heb ik niet gezegd. Ik denk dat ik je misschien wil helpen... tegen een prijs."

Daar gaan we.

Ik kan me praktisch voorstellen dat ik mezelf in een vinger prik en een contract onderteken waarin om mijn eerstgeborene wordt gevraagd.

Mijn ingewanden beginnen te trillen en nu gaat het niet meer alleen om mijn eierstokken. "Wat wil je?"

"Nog twee dingen," zegt hij met een lage en diepe stem. "Deze keer niet werkgerelateerd."

Ik wist het. De duivel eist een deal - men kan zijn natuurlijke aard niet verbergen.

"Wat zijn die dingen?" Ik ben van mezelf onder de indruk. Mijn stem is vast en het Britse accent is niet meer teruggekomen.

"Bella wordt gek, omdat ze wil weten wat je van het pak vond," zegt hij. "Ik wil dat je haar een volledig rapport geeft. Het zal haar gelukkig maken."

Ik staar hem aan. Aan de ene kant heeft dit niet

helemaal niets met werk te maken, maar aan de andere kant is het waanzin.

"Daar ben ik niet voor gekwalificeerd," zeg ik, me realiserend dat ik naar strohalmen grijp. "Ik ben geen QA."

"Oh, maak je geen zorgen," zegt hij. "Bella heeft een formulier en zo. Ze kan je ook met Fanny in contact brengen - ze heeft hier ervaring mee."

Is er iemand bij betrokken die Fanny heet? Die arme vrouw. In Engeland betekent dat vagina - hoewel het hier in de VS kont betekent, dus ook geen geweldige associatie.

Drommels. Nu laat de duivel me over vagina's en konten nadenken.

"Wat nog meer?" vraag ik vrijblijvend.

Zijn ogen glanzen. "Morgen is mijn vader jarig. Ik wil dat je met me meegaat naar het feest."

Mijn ademhaling versnelt. "Zoals... een date?"

De grijns is terug. "Geen echte date. Een nep-date. Mijn moeder heeft geprobeerd om me met willekeurige vrouwen in contact te brengen en ik wil dat het stopt."

De trut. Hoe durft ze om hem aan een of andere sloerie te koppelen? Ik zou-

Wauw. Dat is snel geëscaleerd. Voor zover ik weet, is zijn moeder misschien wel een lieftallige dame.

"Geen date." Ik proef de woorden en vindt ze aan iets ontbreken.

Zou ik niet opgelucht moeten zijn dat hij niet om

die eerstgeborene heeft gevraagd - of om de vader van die eerstgeborene te zijn? En waarom is het zo gemakkelijk om je dit hypothetische duivelsgebroed voor te stellen? Het zou ongetwijfeld zijn hemelsblauwe ogen hebben, mijn ovaalvormige gezicht, zijn-

"Dus," zegt de duivel, terwijl hij me uit mijn door hormonen veroorzaakte delirium haalt. "Ben je ooit eerder naar een Russisch feest geweest?"

Ik schud mijn hoofd.

"Een Russisch restaurant?"

Ik schud nog een keer.

"Dan staat je wat te wachten. Er zal geweldig eten en een show zijn." Hij bekijkt me van top tot teen. "Houd er rekening mee dat de dresscode behoorlijk formeel is, dus misschien wil je iets leuks aantrekken."

Zegt hij nu dat wat ik draag niet iets leuks is? Eikel. Hij draagt ook een hoodie. Pot die verwijt dat de ketel zwart ziet?

"Prima," zeg ik tussen knarsende tanden door. "Ik accepteer je voorwaarden."

"Geweldig. Ik zal je de details sturen."

Ik draai me boos op mijn hielen om en loop naar de deur.

Met een snelheid die zijn bovennatuurlijke aard waardig is, springt de duivel overeind en doet de deur voor me open.

Het lijkt erop dat het overtuigen van de wereld dat hij niet bestaat niet de enige truc is die de duivel uit probeert te halen. Hij wil ook dat ik denk dat hij een heer is.

Drommels. Als ik deze plek wil verlaten, dan moet ik ofwel vlak langs hem heen of hem heel onbeschoft vragen om aan de kant te gaan, wat ik niet wil doen.

Ik doe een stap naar voren.

Een vage geur van lekkere thee dringt mijn neusgaten binnen, waardoor het water me in de mond loopt. Oolong, keemun, misschien lapsang souchong, samen met iets onuitsprekelijk mannelijks.

Nog een stap.

Onze blikken versmelten zich.

Er is een tumult in mijn buik - mijn verraderlijke eierstokken proberen elkaar ongetwijfeld te wurgen.

Hoe dichterbij ik kom, hoe gehypnotiseerder ik door zijn blik raak.

Misschien moet ik teruggaan - of toch onbeschoft zijn?

Dat zou verstandig zijn, maar ik doe geen van beide. Als een ten dode opgeschreven ster die in de zwaartekracht van een zwart gat gevangen zit, word ik naar hem toe getrokken - wat de reden moet zijn waarom ik de afstand sluit.

Ga weg, Holly.

Mijn voeten voelen alsof ze aan de grond vastgelast zitten.

Doe het niet, Holly.

Ik ga op mijn tenen staan.

Zijn hoofd buigt zich naar me toe.

Bezoek www.mishabell.com/nl/ om jouw exemplaar
van *Harde byte* vandaag nog te bestellen!

## Over de auteur

Ik ben dol op het schrijven van humor (vaak de ongepaste soort), happy endings (beide soorten) en personages die eigenzinnig genoeg zijn om rare snuiters te worden genoemd (omdat... rare ballen). Als je van romance houdt die veel komedie en feel-good vibes bevat, ga dan naar www.mishabell.com/nl/ en meld je voor mijn nieuwsbrief aan.